VIDA VERTIGINOSA

JOÃO DO RIO

VIDA VERTIGINOSA

Introdução, preparação e notas de Giovanna Dealtry

1ª edição

Rio de janeiro
2021

Capa: Leticia Quintilhano
Imagem de capa: Jacob van Loon

CIP-BRASIL. CATALOGAÇÃO NA PUBLICAÇÃO
SINDICATO NACIONAL DOS EDITORES DE LIVROS, RJ

M219t

Rio, João do (1881-1921)
   Vida vertiginosa / João do Rio / Introdução, preparação e notas
de Giovanna Dealtry. – 1. ed. – Rio de Janeiro : José Olympio,
2021.

   ISBN 978-65-5847-032-8

   1. Crônica brasileira. I. Título.

20-68371
CDD: 869.1
CDU: 82-1(81)

Meri Gleice Rodrigues de Souza – Bibliotecária – CRB - 7/6439

Texto revisado segundo o novo Acordo Ortográfico da Língua Portuguesa.

Todos os direitos reservados. Proibida a reprodução, o armazenamento
ou a transmissão de partes deste livro, através de quaisquer meios, sem
prévia autorização por escrito.

Reservam-se os direitos desta edição à
EDITORA JOSÉ OLYMPIO LTDA.
Rua Argentina, 171 – Rio de Janeiro, RJ –
20921-380 – Tel.: (21) 2585-2000.

Seja um leitor preferencial Record.
Cadastre-se no site www.record.com.br
e receba informações sobre nossos
lançamentos e nossas promoções.

Atendimento e venda direta ao leitor:
sac@record.com.br

ISBN 978-65-5847-032-8

Impresso no Brasil
2021

Sumário

Nota da edição 7

Introdução: *Vida vertiginosa*, um livro
em movimento. 9

Cronologia. 25

Vida vertiginosa. 31

A era do Automóvel 39

O povo e o momento 49

O amigo dos estrangeiros 67

O chá e as visitas. 77

Os sentimentos dos estudantes d'agora. 85

O reclamo moderno 95

Modern girls. 109

A crise dos criados. 117

O muro da vida privada 131

Jogatina. 141

Os livres acampamentos da miséria 155

O bem das viagens. 165

Esplendor e miséria do jornalismo. 179

Cabotinos. 189

A má-língua. 205

Feminismo ativo 213

O trabalho e os parasitas 225

As impressões do bororó 239

O sr. Patriota 255

Um grande estadista. 265

O fim de um símbolo 281

O homem que queria ser rico. 295

Um mendigo original. 303

O último burro. 313

O dia de um homem em 1920 321

Bibliografia de João do Rio 331

Nota da edição

Esta edição de Vida vertiginosa produzida pela Editora José Olympio foi cotejada com a primeira publicação, lançada pela Editora Garnier em 1911. A proposta foi fazer desta edição a mais próxima possível à original. Frequentemente mantivemos as escolhas presentes na primeira publicação. É o caso da palavra *automóvel*, que na crônica de abertura aparece ora iniciada em letra maiúscula, ora em minúscula. Sendo o automóvel quase um personagem, entendemos que havia intenção nessas variações. Uma padronização arbitrária não condizia com a proposta de tratar o texto de João do Rio com a fidelidade desejada. Com a finalidade de esclarecer decisões editoriais e possíveis erros de impressão, comuns à época, foram consultados também alguns dos textos originais, publicados em periódicos.

Esta é a primeira edição anotada de Vida vertiginosa. As informações constantes nas notas fornecem recursos para enriquecer a leitura das crônicas, destacando a interlocução de João do Rio com outros escritores, passando por nomes do cenário político e cultural da época e por mudanças importantes no aspecto urbanístico da cidade. Da leitura do livro em diálogo com as notas surgem novos caminhos de pesquisa para a obra de João do Rio. Optou-se também pela inserção de notas para termos e trechos completos originalmente publicados em língua estrangeira e que poderiam dificultar o total entendimento das crônicas. Apesar de todos os esforços, alguns nomes não foram localizados.

Para a realização deste trabalho de pesquisa, foram consultados os acervos do Real Gabinete de Português de Leitura, onde se encontra a coleção João do Rio; a hemeroteca da Fundação Biblioteca Nacional; a Biblioteca brasiliana Guita e José Mindlin; o livro João do Rio: catálogo bibliográfico, de João Carlos Rodrigues (Prefeitura do Rio de Janeiro, Secretaria Municipal de Cultura, 1994) e a biografia João do Rio: vida, paixão e obra, também de João Carlos Rodrigues (Civilização Brasileira, 2010). Demais fontes encontram-se citadas nas notas.

Introdução

Vida vertiginosa, um livro em movimento

Giovanna Dealtry

O ano de 1912 foi especialmente agitado para um certo escritor carioca. O *Jornal do Commercio*, um dos mais prestigiados do país, nos dá notícia daquele momento: "João do Rio, pela terceira vez neste ano, que ainda não tem três meses, aparece na vitrine da Garnier. Em janeiro, a *Psicologia Urbana*; em fevereiro, *Portugal d'Agora*; em março, a *Vida Vertiginosa*.* [...] Enfim, o Rio de hoje. Quem melhor o pintaria do que João do Rio?"

O assombro do jornalista anônimo era compreensível. Além de escritor, dramaturgo, tradutor, João do Rio vivenciava — afinal, essa era sua ocupação principal — o cotidiano das redações dos jornais, sem abrir mão do convívio com sua principal matéria-prima: a cidade moderna.

---

* Apesar de todos os livros terem sido editados em 1911, pela editora franco-brasileira Garnier, eles só entraram em circulação no início de 1912.

Nascido em 5 de agosto de 1881, João Paulo Emílio Cristóvão dos Santos Coelho Barreto, mais conhecido como Paulo Barreto, era filho de Alfredo Coelho Barreto — professor de matemática do Colégio Pedro II e um dos fundadores da Igreja Positivista no Rio de Janeiro — e Florência dos Santos Barreto — mulher de família negra e pobre. Aos 17 anos, iniciou sua carreira no jornalismo como crítico teatral do jornal A *Tribuna*. Em seguida, passou a escrever para o *Cidade do Rio*, fundado por José do Patrocínio. E nesse momento também nasceu "Claude", o primeiro dos pseudônimos adotados por Paulo Barreto — uma prática comum à época entre jornalistas. Ao longo de sua curta carreira, foi acompanhado por outros pseudônimos, como "Joe", "José Antonio José" e "Caran d'Ache".

Mas foi na *Gazeta de Notícias* que surgiu o escritor "João do Rio" — não mero pseudônimo, mas uma persona maior do que o próprio Paulo Barreto, por ligar-se, por meio da escrita e da deambulação, à cidade. Escrever, para João do Rio, significa escrever a partir da cidade. Em seus textos encontramos inúmeras marcas que apontam para a junção entre vida urbana e escrita. Como leitores, nos tornamos testemunhas participativas da extinção dos bondes puxados a burro, dos costumes das *modern girls*, das máximas do mendigo filósofo — alguns dos eventos e personagens que habitam as páginas de *Vida vertiginosa*.

O olhar do escritor costura os diversos sujeitos, eventos sociais, intrigas privadas e públicas. Não há lugar ou

INTRODUÇÃO

personagem que passe incólume às observações argutas, empáticas ou críticas de João do Rio. Mas, espertezas do apreciador das ruas, nem sempre é possível confiar em quem nos narra os fatos. É convenção entre os estudiosos do período da *belle époque* carioca que João do Rio criou a crônica moderna a partir da sua experiência como repórter, em diálogo com uma gama variada de autores, dentre os quais podemos destacar Oscar Wilde e Jean Lorrain. De qualquer forma, o escritor carioca elaborou um personagem complexo; ora travestido com a máscara do jornalista investigativo, ora narrador distanciado, cético diante de qualquer atitude desinteressada do ser humano.

Em muitas das crônicas, narradas em primeira pessoa, ele surge também como personagem; é o caso de "A morte de um símbolo" ou "O último burro". Essa fronteira, no entanto, é tênue, e faz parte do jogo autoral de Paulo Barreto brincar com a duplicidade dos fatos. Seria o cronista de "Esplendor e miséria do jornalismo" o próprio João do Rio, por exemplo? Ao criar um pacto de veracidade com o leitor, por vestir a máscara de jornalista, ele também não estaria livre para exagerar, esticar os limites entre o real e o ficcional?

Na crônica "Cabotinos", por exemplo, presenciamos a conversa de um experiente político com um jovem jornalista. Ora, a lógica, pela aproximação com a realidade, nos levaria a pensar que o jornalista, como representante da classe, emitiria juízos próximos aos de João do Rio. Mas quem comanda a narrativa aqui é o político, e é por meio dele que entramos em contato com algumas das convicções de João do Rio: "O homem moderno não tem nem pessimismo nem otimismo, porque não tem alma. O homem moderno trata da sua vida, vê se não perde a ocasião de apanhar o seu, que é quase sempre o dos outros, livre e desembaraçadamente."

No jogo de máscaras, João do Rio faz-se de desencantado, irônico, apaixonado, neurótico, saudoso, cínico, em consonância com a nova cidade, igualmente plural. Cria-se em seus textos uma cidade-caleidoscópio modelada pelos passos e pela observação do cronista, interessado tanto em fixar as últimas imagens da cidade antiga como os efeitos da modernidade sobre os indivíduos. A crônica surge como forma ideal para essa finalidade. Produzida para os periódicos, ela é uma resposta rápida, ágil, capaz de oferecer visões imediatas dos acontecimentos. Eternizada nos livros, ela ultrapassa a volatilidade da imprensa e torna-se gênero literário, construtor de uma época. João do Rio tinha clareza desse movimento, por isso *Vida vertiginosa* não é apenas uma coletânea de crônicas. A apresentação do livro, a seleção e organização das crônicas, a modificação de títulos, mesmo a supressão ou inserção de partes que não constavam das crônicas originais, são pensadas de forma a compor um livro de modo orgânico, comprometido simultaneamente com o tempo presente e uma visão vasta da modernidade.

INTRODUÇÃO

Por isso, *Vida vertiginosa* não pode ser reduzido a um documento de época. Pelo contrário, grande parte das crônicas tem um caráter inventivo e provoca no leitor associações pertinentes com os desdobramentos de aspectos da modernidade nos dias de hoje. A crônica inicial é intitulada "A era do Automóvel" — assim mesmo, com letra maiúscula, no intuito de personificar o "monstro transformador". Ao escolher esta crônica como abertura do livro, João do Rio estabeleceu o automóvel como signo de leitura dos novos tempos. Não é apenas a novidade da máquina, mas a forma como ela engendrava novas subjetividades. Como escreve o autor: "A quimera montável dos idealistas não é outra senão o Automóvel. Nele, toda a quentura dos seus cilindros, a trepidação da sua máquina transfundem-se na pessoa. Não é possível ter vontade de parar, não é possível deixar de desejar. A noção do mundo é inteiramente outra. Vê-se tudo fantasticamente em grande."

Da fusão entre indivíduo e máquina, nasce uma outra percepção do entorno; a paisagem desaparece, dando lugar a um mundo público-privado sobre quatro rodas que privilegia a velocidade como um valor positivo e garantidor de apreciação social. O automóvel retorna em outras crônicas, com destaque para "*Modern girls*" e "O dia na vida de um homem em 1920", esta uma narrativa distópica, muito mais próxima de um conto, pelo desenvolvimento do enredo e pela elaboração dos personagens, do que da convenção da crônica.

"*Modern girls*" é ambientada "na sala cheia de espelhos da confeitaria". Ver e ser visto: máxima dos aspirantes a gozar dos privilégios da nova sociedade. Nesse lugar de reprodução infinita de imagens, surgem duas meninas — a mais nova aparentando no máximo 12 anos —, acompanhadas da mãe e de dois rapazes. Acabam de chegar de um passeio de automóvel. Estão maquiadas, braços desnudos, bebem e riem exageradamente. Já não há mais infância na era em que o espaço protegido do automóvel é usado para "apertões" enquanto se corre pelo distante bairro do Jardim Botânico...

A vertigem não se traduz somente nos comportamentos até então inéditos ou no fim da inocência. É também o tempo de uma nova linguagem, marcada pela pressa de acabar, pela necessidade da síntese. Daí, a facilidade de João do Rio em incorporar ao discurso literário a expressividade do texto jornalístico. Na já mencionada "O dia na vida de um homem em 1920", crônica final da coletânea, retomamos, de maneira perturbadora, as relações entre tecnologia e indivíduo, desta vez com uma clara condenação ao sistema de trabalho controlado pelo capital, que exaure, literalmente, as últimas forças de empregados e empregadores. De forma semelhante, também a linguagem se esgota. Comunica-se o essencial, emulando a linguagem telegráfica e abrindo mão da capacidade metaforizante da linguagem. Aqui, uma pequena amostra do dia do Homem Superior, protagonista da crônica:

INTRODUÇÃO

— Ginástica sueca, ducha escocesa, jornais.
Entrega-se à ginástica olhando o relógio. De um canto,
ouve-se uma voz fonográfica de leilão.

— Últimas notícias: hoje, à uma da manhã incêndio
quarteirão leste, quarenta prédios, setecentos feridos, virtude mau funcionamento Corpo de Bombeiros [...]

Antes do modernismo paulista, de maneira programá-
tica, elaborar uma linguagem vanguardista, João do Rio já
ensaiava eliminar conectivos, termos de conclusão, pro-
duzindo sensações de desconforto no leitor e na leitora.
Coelho Neto, responsável pelo discurso de recepção de
João do Rio na Academia Brasileira de Letras (ABL), não
esconde certa dificuldade na compreensão dos escritos
de Paulo Barreto:

> A pressa fá-lo transigir com a Arte, mas, no correr das pá-
> ginas, períodos tais, longe de as comprometerem, dão-lhes
> um cunho original, e quem os lê tem a impressão exata da
> vida, ora lenta, grave, olímpica, como as dos tempos augus-
> tos de serenidade, ora impetuosa, ríspida, violenta, como
> nos dias de pressa e ânsia em que rolamos.

Educadamente, Coelho Neto tenta justificar a forma
como João do Rio transgride as regras da arte literária
pelo afã da pressa, conferindo-lhe originalidade. Escapa
ao imortal que João do Rio, como outros escritores e escritoras da *belle époque*, escolhem a síntese, abrem mão da or-

15

namentação estilística, porque era necessário fazer nascer uma nova escrita, uma nova forma de arte, capaz de narrar a contemporaneidade.

A linguagem, as tradições, os hábitos, a moda, o espaço urbano também sofreriam modificações. Tornou-se cada vez mais comum a presença de termos em línguas estrangeiras; ao francês, já presente no século XIX, soma-se agora o inglês, incitando até mesmo a criação de neologismos como "stopa-se", a partir da palavra em inglês *stop*, formulando uma língua própria da avenida Central.

A partir desses breves apontamentos, é possível perceber como a ligação com a contemporaneidade não poderia ser mais evidente. A presença diária da tecnologia em nossas vidas, modificando nosso olhar sobre nós mesmos e a relação com o outro; a necessidade de aprovação de desconhecidos; a velocidade das transformações, incluindo a própria linguagem, criando diferenças geracionais cada vez mais evidentes.

Vida vertiginosa, no entanto, não se resume a tratar das cenas do dia a dia cujos personagens centrais deslizam pelas confeitarias e grandes avenidas apartados da realidade das camadas populares. A maioria das crônicas incluídas neste volume foi escrita entre os anos de 1905 e 1910, período turbulento da história brasileira e da capital, iniciado poucos anos antes com reformas sanitárias, urbanísticas e de costumes capitaneadas pelo prefeito Pereira Passos (1902-1906) e pelo presidente Rodrigues Alves (1902-1906). A "grande artéria", como a avenida Central

INTRODUÇÃO

— hoje Rio Branco — era comumente chamada, tornou-se um símbolo da reformulação da capital nos moldes civilizatórios europeus. Juntem-se a isso as melhorias e o alargamento do porto, o surgimento das primeiras favelas após a demolição dos cortiços, a política de incentivo à imigração europeia e a contínua exclusão de indivíduos e tradições culturais negras, entre outros aspectos da modernização à brasileira.

Algumas das crônicas abordam justamente as consequências do espírito modernizador em atrito com as heranças coloniais ou com o militarismo presente na República Velha. Em "Um grande estadista" — elogio ao presidente Nilo Peçanha (1909-1910) — e "O povo e o momento", vemos o posicionamento civilista de João do Rio, contrário à presença de militares na Presidência. O autor, no entanto, parece esquecer que Nilo Peçanha apoiou a candidatura de Hermes da Fonseca (1910-1914), e não a de Rui Barbosa, para sucedê-lo... De qualquer forma, João do Rio nunca deixou de se manifestar abertamente contrário às lideranças militares, incompatíveis com o processo de modernização liberal.

Vida vertiginosa traz ao menos duas crônicas que apontam as contradições, quando não o preconceito e o racismo, de João do Rio. Este é sempre um tópico sensível entre leitores e pesquisadores, até porque o autor d'A alma encantadora das ruas sofria ataques públicos de cunho racista — sendo chamado publicamente de "beiçudo" ou "amulatado" —, bem como de natureza homofóbica

17

ou ser gordo. Um de seus maiores detratores foi o escritor Humberto Campos, a ponto de João do Rio ter parado de frequentar a ABL quando Campos foi eleito.

Não é possível falar em racismo ou qualquer outra forma de preconceito no Brasil sem compreender as construções sociais de raça, gênero ou homossexualidade naquele momento histórico. Em uma sociedade construída sobre a tentativa de apagamento do negro, ser mais ou menos branco ou negro era um valor atribuído pelas elites economicamente dominantes e um fator que poderia ser usado contra o "amulatado", a depender dos amigos ou inimigos que angariasse.

De forma semelhante, a homossexualidade era um grande tabu. Ao vestir-se e comportar-se como um dândi, seguindo o modelo de Oscar Wilde, João do Rio passa a ser descrito, na melhor das hipóteses, como um cronista "cintilante". Essas experiências não o impediram de reproduzir a visão racista e machista da época, como é possível notar em "A crise dos criados" e "Feminismo ativo".

O narrador em "A crise dos criados", ao tentar explicar as consequências da imigração europeia desde o fim da escravidão, utiliza duras palavras contra os negros.

Com a sua atividade, com o seu egoísmo triunfal, as raças que fizeram o ambiente de progresso vertiginoso, tomando conta de várias profissões, expulsaram e quase liquidaram os negros livres e bêbados, raça de todo incapaz de resistir e hoje cada vez mais inútil. E o problema ficou

INTRODUÇÃO

nitidamente traçado. De um lado os criados negros que a abolição estragou dando-lhes a liberdade. Inferiores, alcoólicos, sem ambição, num país onde não é preciso trabalhar para viver, são torpemente carne para prostíbulos, manicômios, sarjetas, são o bagaço da canalha. De outro, os imigrantes, raças fortes, tendo saído dos respectivos países evidentemente com o desejo sempre incontentado de enriquecer cada vez mais, e por consequência, transitórios sempre em diversas profissões [...]

Notem-se vários estigmas que acompanham os negros, como o alcoolismo, a inferioridade moral e a indolência. Nada disso pode ser explicado pelo contexto da época, ainda mais que João do Rio havia trabalhado no jornal de José do Patrocínio, um dos principais nomes do movimento abolicionista, e demonstrado em crônicas d'A *alma encantadora das ruas* empatia e solidariedade com o cotidiano precário de negros e pobres. De qualquer forma, é necessário explorar essas contradições para entendermos a complexidade e a profundidade do racismo em nossa sociedade. Não se trata de banir nem de desejar apaziguar.

De forma semelhante, a crônica "Feminismo ativo" é, sem dúvida, um importante documento para compreendermos a visão ambivalente de outrora sobre as lutas consideradas dignas e não dignas em prol da autonomia das mulheres. João do Rio defende, de forma progressista, a presença de mulheres nas ruas, a emancipação pelo trabalho, como caixeiras ou médicas. Mas mostra "um atemorado respeito" pelas mulheres de letras. Com exceção da escritora Júlia Lopes de Almeida, há uma condenação explícita àquelas que escrevem.

Mas por que esse terror? Porque, em primeiro lugar e por via de regra, essas senhoras são de uma absoluta mediocridade; porque, em segundo lugar e como consequência da postiçaria espiritual, as mesmas senhoras deixam de ser mulheres para tomar atitudes incompatíveis, vestuários reclames e fazer em torno, com algumas ideias impraticáveis, um barulho maior que o homem bólido.

A ideia de "deixar de ser mulher", ou seja, abandonar os comportamentos condizentes com os padrões de feminilidade, e ainda descuidar-se do lar, do marido, dos filhos, é algo inconcebível para o autor. A partir dessa perspectiva, há um lugar e uma forma de ser escritora aparentemente incompatíveis com as ideias feministas em voga na época. Não muito diferente do que acontece hoje, as palavras de João do Rio separam a independência feminina por meio do trabalho do feminismo e do suposto perigo de uma escrita questionadora dos papéis reservados à mulher.

Uma das facetas mais significativas da obra do autor é a preocupação com o desaparecimento do passado, das marcas identitárias da cidade, vistas por muitos dos seus pares como sinais de atraso. Para aproximar-se das tradições da cidade, de seus lugares esquecidos pela modernização, João do Rio veste a máscara do *flâneur* e nos guia pelas memórias e espaços que, nesse processo, já deveriam ter sido apagados da memória coletiva da cidade, mas retornam em sua escrita. "O fim de um símbolo", "O último burro" e "Os livres acampamentos da miséria" são exemplares desse compromisso. "O fim de um símbolo" é uma das crônicas mais melancólicas deste livro. Em um passeio, o narrador depara-se, por acaso, com uma apresentação do teatro de marionetes de João Minhoca, personagem popular desde o final do século XIX e criado por João Batista. Estamos diante da última apresentação da peça infantil, a última entrevista do inventor do teatrinho de marionetes, de um costume, nas palavras do narrador, "absolutamente nacional nesta cidade de colônias e imitações".

O recurso da conversa, estratégia utilizada em muitos textos do autor, e que nessa crônica acontece entre João do Rio e Batista, nos leva a percorrer a vida pregressa da cidade de um ponto de vista humanitário e intimista. Em "O fim de um símbolo", a melancolia é produzida pela singeleza do desaparecimento de um teatrinho simplório, obscurecido pelas novas diversões importadas.

A última apresentação de João Minhoca e a derradeira viagem do último bonde puxado a burro são também o fim dessa cidade de afetos. Esses relatos evocam um sentimento oposto à superficialidade da cidade de múltiplos espelhos, também foco de interesse do escritor. A vertigem, nesse sentido, não está ligada apenas à aceleração dos tempos, mas apresenta sua contraface: o medo do esquecimento do passado recente.

Cabe ainda destacar a importância das veredas percorridas em "Os livres acampamentos da miséria", provavelmente a primeira crônica a revelar a vida em uma favela à noite. Nela, o jornalista encontra um grupo de seresteiros no Largo da Carioca. Depois de breve conversa, é convidado a seguir com eles para o Morro de Santo Antônio, no centro da cidade. À medida que avançam para longe da cidade da energia elétrica, dos cafés e dos jantares em hotéis, surge um outro Rio:

> Acompanhei-os, e dei num outro mundo. A iluminação desaparecera. Estávamos na roça, no sertão, longe da cidade. O caminho que serpeava descendo, era ora estreito, ora largo, mas cheio de depressões e de buracos. De um lado e de outro casinhas estreitas, feitas de tábuas de caixão com cercados, indicando quintais.

Nessa "outra cidade", João do Rio vivencia uma noite de seresta regada a cachaça, oscila entre a atração e o medo, descobre uma comunidade, com regras próprias, esquecida dentro do Rio de Janeiro oficial. Essa crônica é um texto exemplar para nos aproximarmos do jornalista-*flâneur*, aquele que deambula sem a preocupação do momento seguinte.

As 25 crônicas reunidas em *Vida vertiginosa* capturam, como *flashes* e fotogramas do cinematógrafo recém-

INTRODUÇÃO

-inventado, cenas ora casuais, ora insólitas na suposta privacidade dos escritórios e automóveis, nos bares ou favelas; revelações de entrevistas e conversas com os mais surpreendentes tipos de diferentes camadas sociais. João do Rio inaugura entre nós uma escrita marcada pelo jornalismo em contato direto com a cidade e com a consciência crítica do fazer literário, criando, dessa forma, a crônica moderna. Da mesma forma, os ecos das ruas, das esquinas, fazem-se presentes até os dias de hoje.

No dia 23 de junho de 1921, aos 39 anos, João do Rio tomou um táxi e, logo em seguida, sentiu-se mal. Morreu de infarto do miocárdio, em trânsito, como viveu. Sua mãe, dona Florência, não permitiu que o filho fosse velado na Academia Brasileira de Letras. O corpo foi velado na redação do jornal *A Pátria*, fundado pelo escritor no ano anterior. Os jornais da época informaram que cerca de cem mil pessoas compareceram ao enterro do criador do Rio da *belle époque*.

Cronologia

1852   Instalação do telégrafo por cabo subterrâneo no Brasil.

1859   Início do sistema de bondes por tração animal no Brasil.

1877   Instalação do primeiro telefone no Brasil.

1879   Instalação de luz elétrica na antiga Estrada de Ferro Central do Brasil.

1881   João Paulo Emílio Cristóvão dos Santos Coelhos Barreto, filho de Florência dos Santos Barreto e do professor positivista Alfredo Coelho Barreto, nasce, no dia 5 de agosto, na cidade do Rio de Janeiro, na rua do Hospício, atual rua Buenos Aires.

1881   Fundação da Igreja Positivista do Brasil.

1882   Estreia do primeiro espetáculo de João Minhoca, no Rio de Janeiro.

1883 Paulo Barreto é batizado na Igreja do Apostolado Positivista.

1886 Criação do sistema de telégrafo sem fio pelo italiano Guglielmo Marconi.

1888 Abolição da escravidão no Brasil e criação da Guarda Negra.

1889 Proclamação da República do Brasil.

1890 Implementação da reforma educacional de Benjamin Constant.

1891 Floriano Peixoto assume a Presidência do Brasil.

1891 Início da primeira Revolta da Armada, no Rio de Janeiro.

1892 Inauguração da primeira linha de bondes elétricos do Brasil.

1892 O jogo do bicho é criado no Rio de Janeiro pelo barão João Batista Vianna Drummond.

1893 Segunda Revolta da Armada, no Rio de Janeiro.

1896 É realizada no Rio de Janeiro a primeira exibição de filmes do Brasil.

1897 Inauguração do Salão de Novidades Paris, no Rio de Janeiro, primeira sala de cinema fixa do Brasil.

1897 José do Patrocínio importa o primeiro automóvel para o Rio de Janeiro — o segundo no Brasil.

1898 Estreia do primeiro filme brasileiro, um registro de imagens da baía de Guanabara.

1898 Morre Bernardo, irmão mais velho de Paulo Barreto.

1899 Myrthes Gomes de Campos (1875-1965) é a primeira mulher a exercer a advocacia no Brasil.

CRONOLOGIA

1899   Paulo Barreto inicia sua carreira no jornal A *Tribuna*. Quinze dias depois deixa o jornal e começa a escrever no periódico *Cidade do Rio*, de José do Patrocínio. Surge seu primeiro pseudônimo, "Claude".

1900--1903   Escreve para O *Dia*, O *Paiz*, O *Tagarela*, *Correio Mercantil*, O *Coió*, *Cidade do Rio*. Em setembro de 1903, inicia carreira na *Gazeta de Notícias*, de onde sairá em 1915.

1902   Rodrigues Alves assume a Presidência do Brasil.

1902   Pereira Passos assume a prefeitura do Rio de Janeiro.

1903   Publicação de "O Brasil lê", na *Gazeta de Notícias*, o primeiro artigo de Paulo Barreto com o pseudônimo "João do Rio".

1903   Pereira Passos dá início à derrubada de cortiços, casas de cômodo e armazéns, obrigando a população mais pobre e negra a habitar os morros do entorno do Centro ou a se mudar para os subúrbios.

1904   Criação da empresa The Rio de Janeiro Tramway, Light and Power Co. Ltda.

1904   João do Rio escreve a série de reportagens intitulada "As religiões no Rio", publicada na *Gazeta de Notícias*. As reportagens alcançaram grande sucesso e foram transformadas em livro no ano seguinte.

1904   Inauguração da avenida Central, atual Rio Branco.

1904   Revolta da Vacina, no Rio de Janeiro.

1906   Inauguração da avenida Beira-Mar, no Rio de Janeiro.

VIDA VERTIGINOSA

1906 Afonso Pena assume a Presidência do Brasil.

1906 Estreia de *Chic-Chic*, primeira peça teatral de João do Rio.

1907 Estreia da coluna "Cinematógrafo", na *Gazeta de Notícias*, assinada pelo pseudônimo "Joe".

1908 Inauguração da *Exposição Nacional*, no Rio de Janeiro.

1908 Chegada do navio japonês *Kasato Maru*, no porto de Santos, trazendo os primeiros imigrantes japoneses ao Brasil.

1908 Publicação da edição de *Salomé*, de Oscar Wilde, traduzida por João do Rio.

1908 Primeira viagem de João do Rio à Europa.

1909 Morte de Alfredo Coelho Barreto, pai de João do Rio.

1909 Nilo Peçanha assume a Presidência do Brasil após o falecimento de Afonso Pena.

1910 Campanha presidencial é disputada entre Rui Barbosa e marechal Hermes da Fonseca.

1910 Criação do Partido Republicano Feminino.

1910 Aos 28 anos, João do Rio é eleito em 7 de maio para a Academia Brasileira de Letras.

1910 Criação do Serviço de Proteção aos Índios e Localizações dos Trabalhadores Nacionais.

1910 O marechal Hermes da Fonseca assume a Presidência do Brasil.

1910 Revolta da Chibata, no Rio de Janeiro.

CRONOLOGIA

1915 João do Rio começa a escrever para o jornal O *Paiz*. Cria a coluna mundana "Pall-Mall Rio", assinada com o pseudônimo "José Antonio José".

1917 Fundação da Sociedade Brasileira de Autores Teatrais (SBAT). João do Rio é eleito o primeiro presidente.

1919 João do Rio é correspondente na Conferência de Paz, em Versalhes.

1920 João do Rio funda o jornal A *Pátria*.

1921 No dia 23 de junho, João do Rio sente-se mal dentro de um táxi e falece de infarto do miocárido.

1921 Dona Florência Barreto, mãe de João do Rio, doa ao Real Gabinete Português de Leitura a biblioteca particular de João do Rio, composta de 4.042 volumes.

Vida vertiginosa

*Quel changement ô ciel! et d'âme
et de langage!**

---

* "Quanta transformação, ó céu! e da alma / e da linguagem!" Não foi possível identificar a autoria.

A *Gilberto Amado**

---

* 1887-1969. Escritor, político e diplomata. Amigo particular de João do
Rio, a quem defendeu inúmeras vezes de ataques públicos.

Este livro, como quantos venho publicando, tem a preocupação do momento. Talvez mais que os outros. O seu desejo ou a sua vaidade é trazer uma contribuição de análise à época contemporânea, suscitando um pouco de interesse histórico sob o mais curioso período da nossa vida social que é o da transformação atual de usos, costumes e ideias. Do estudo dos homens, das multidões, dos vícios e das aspirações resulta a fisionomia característica de um poço. E bastam às vezes alguns traços para que se reconheça o instante psíquico da fisionomia. É possível acoimar de frívola a forma de tais observações. Nem sempre o que é ponderado e grave tem senso. E o pedestre bom senso, de que a ciência é prolongamento, sempre aconselhou dizer sem fadiga o que nos parece interessante...

A ERA DO AUTOMÓVEL

E, subitamente, é a era do Automóvel. O monstro transformador irrompeu, bufando, por entre os descombros da cidade velha, e como nas mágicas e na natureza, aspérrima educadora, tudo transformou com aparências novas e novas aspirações. Quando os meus olhos se abriram para as agruras e também para os prazeres da vida, a cidade, toda estreita e toda de mau piso, eriçava o pedregulho contra o animal de lenda, que acabava de ser inventado em França. Só pelas ruas esguias dois pequenos e lamentáveis corredores tinham tido a ousadia d'aparecer. Um, o primeiro, de Patrocínio, quando chegou, foi motivo de escandalosa atenção. Gente de guarda-chuva debaixo do braço parava estarrecida como se tivesse visto um bicho de Marte ou um aparelho de morte imediata. Oito dias depois, o jornalista e alguns amigos, acreditando voar com três quilômetros por hora, rebentavam a máquina de encontro às árvores da rua da Passagem.[1] O outro, tão lento e parado que mais parecia uma tartaruga bulhenta, deitava tanta fumaça que, ao vê-lo passar, várias damas sufocavam. A imprensa, arauto do progresso, e a elegância, modelo do esnobismo, eram os precursores da era automobílica. Mas ninguém adivinhava essa era. Quem poderia pensar na futura influência do Automóvel diante da máquina quebrada de Patrocínio? Quem imaginaria velocidades enormes na carriola dificultosa que o conde Guerra Duval cedia aos clubes infantis como um brinco idêntico aos baloiços e aos pôneis mansos?[2] Ninguém! absolutamente ninguém.

— Ah! um automóvel, aquela máquina que cheira mal?

— Pois viajei nele.

— Infeliz!

---

1 José Carlos do Patrocínio (1853-1905) foi um jornalista, escritor e político brasileiro. Segundo Raimundo Magalhães Junior, em A vida turbulenta de José do Patrocínio, o abolicionista teria importado da França o segundo automóvel a chegar no Brasil, o primeiro no Rio de Janeiro. De acordo com Magalhães Junior, o poeta Olavo Bilac (1865-1918) estaria dirigindo o automóvel durante o acidente mencionado por João do Rio. Coelho Neto, no discurso de posse do poeta Mário Alencar na ABL (1905), cujo patrono da cadeira era Patrocínio, relata o incidente sem mencionar o nome de Bilac; diz ele: "Só um poeta, um dos nossos maiores poetas, ousou sacrificar-se pelo Progresso e subiu na boleia." O escritor também afirma que o acidente teria acontecido "lá pelas bandas da Tijuca".

2 O conde Fernando Guerra Duval foi o responsável por trazer o veículo ao Rio de Janeiro, em 1900, com motor a explosão movido a gasolina.

A ERA DO AUTOMÓVEL

Para que a era se firmasse fora precisa a transfiguração da cidade. E a transfiguração se fez como nas férias fulgurantes, ao tantã de Satanás. Ruas arrasaram-se, avenidas surgiram, os impostos aduaneiros caíram, e triunfal e desabrido o automóvel entrou, arrastando desvairadamente uma catadupa de automóveis. Agora, nós vivemos positivamente nos momentos do automóvel, em que o *"chauffeur"* é rei, é soberano, é tirano.

Vivemos inteiramente presos ao Automóvel. O Automóvel ritmiza a vida vertiginosa, a ânsia das velocidades, o desvario de chegar ao fim, os nossos sentimentos de moral, de estética, de prazer, de economia, de amor.

Mirbeau[3] escreveu: "O gosto que tenho pelo *"auto"*, irmão menos gentil e mais sábio do barco, pelo patim, pelo balanço, pelos balões, pela febre também algumas vezes, por tudo que me leva e me arrasta, depressa, para além, mais longe, mais alto, além da minha pessoa, todos esses apetites são correlatos, têm a origem comum no instinto, refreado pela civilização, que nos leva a participar dos ritmos, de toda a vida, da vida livre, ardente, e vaga, vaga ai! como os nossos desejos e os nossos destinos..."

Não, eu não penso assim. O meu amor, digo mal, a minha veneração pelo automóvel vem exatamente do tipo novo que Ele cria, preciso e instantâneo, da ação começada e logo acabada que ele desenvolve entre mil ações

---

3 Octave Henri Marie Mirbeau (1848-1917) foi um jornalista, escritor e crítico de arte francês. Em 1907, o escritor publica o livro *LA 628-E8*, cujo título faz referência à placa do automóvel do autor.

da civilização, obra sua na vertigem geral. O automóvel é um instrumento de precisão fenomenal, o grande reformador das formas lentas.

Sim, em tudo! A reforma começa, antes de andar, na linguagem e na ortografia. É a simplificação estupenda. Um simples mortal de há vinte anos passados seria incapaz de compreender, apesar de ter todas as letras e as palavras por inteiro, este período: "O Automóvel Club Brasil sem negócios com a Sociedade de Automóveis de Reims, na garagem Excelsior." Hoje, nós ouvimos diálogos bizarros:

— Foste ao A.C.B.?

— Yes.

— Marca da fábrica?

— F.I.A.T. 60-H.P. Tenho que escrever ao A.C.O.T.U.K.

O que em palestra diz-se ligando as letras em palavras de aspecto volapuqueano, mas que traduzido para o vulgar significa que o cavalheiro tem uma máquina da Fábrica Italiana de Automóveis de Turim, da força de sessenta cavalos, e que vai escrever para o Aereo Club do Reino Unido.

É ou não é prodigioso? É a língua do futuro, a língua das iniciais só entrevista, segundo Bidon, pelo genial José de Maistre,[4] que fazia *cadáver* (mesmo credor) derivar de *corpus datus vermibus*.

---

4 Joseph-Marie de Maistre (1756-1821) foi um escritor, filósofo e advogado nascido no então ducado de Savoy, atualmente parte do território da França.

A ERA DO AUTOMÓVEL

Um artigo de duzentas linhas escreve-se em vinte quase estenografado. Assim como encurta tempo e distâncias no espaço, o Automóvel encurta tempo e papel na escrita. Encurta mesmo as palavras inúteis e a tagarelice. O monossílabo na carreira é a opinião do homem novo. A literatura é ócio, o discurso é o impossível.

Mas o automóvel não simplifica apenas a linguagem e a ortografia. Simplifica os negócios, simplifica o amor, liga todas as coisas vertiginosamente, desde as amizades necessárias que são a base das sociedades organizadas, até o idílio mais puro.

Um homem, antigamente, para fazer fortuna, precisava envelhecer. E a fortuna era lamentável de pequena. Hoje, rapazolas que ainda não têm trinta anos são milionários. Por quê? Por causa do automóvel, por causa da gasolina, que fazem os meninos nascer banqueiros, deputados, ministros, diretores de jornal, reformadores de religião e da estética, aliás com muito mais acerto que os velhos.

Se não fossem os 120 quilômetros por hora dos Dietriche de *course*,[5] não se andaria moralmente tão depressa. O automóvel é o grande sugestionador. Todos os ministros têm automóveis, os presidentes de todas as coisas têm automóveis, os industriais e os financeiros correm de automóvel no desespero de acabar depressa, e andar de automóvel é, sem discussão, o ideal de toda a gente.

---

5 Termo em inglês referente à área de corrida de automóveis.

Vá qualquer sujeito que se preza à casa de outro, de tílburi ou de carro. Com um pouco de intimidade o outro dirá fatalmente:

— Pobre criatura! Como deves estar moído! Levaste para aí uma infinidade de tempo! Despede o caranguejo e vem no meu *auto*.

Auto! Compreendam o quanto vai de misterioso, de primacial, de autônomo nesta palavra! Daí, decerto, o poder fascinador para concluir negócios da invenção vertiginosa. Chega-se com estrépito, *stopa-se* brusco, salta-se.

— O sr. veio de automóvel?

— Para quem tem tanto que fazer!

— É uma bela máquina.

— É minha, e está às suas ordens.

— E o *chauffeur*?

— Também meu. Mas o *chauffeur* é sempre o que menos guia. Teria muito prazer em conduzi-lo...

No outro dia o negócio está feito, principalmente se o contratante não contrata por conta própria.

Para se ganhar dinheiro, acima do comum sedentário, é preciso ter um automóvel, conservá-lo, alugá-lo. A quimera montável dos idealistas não é outra senão o Automóvel. Nele, toda a quentura dos seus cilindros, a trepidação da sua máquina transfundem-se na pessoa. Não é possível ter vontade de parar, não é possível deixar de desejar. A noção do mundo é inteiramente outra. Vê-se tudo fantasticamente em grande. Graças ao automóvel a paisagem morreu — a paisagem, as árvores, as cascatas, os trechos bonitos da natureza. Passamos como um raio, de óculos enfumaçados por causa da poeira. Não vemos as árvores. São as árvores que olham para nós com inveja. Assim o Automóvel acabou com aquela modesta felicidade nossa de bater palmas aos trechos de floresta e mostrar ao estrangeiro *la natureza*. Não temos mais *la natureza*, o Corcovado, o Pão de Açúcar, as grandes árvores, porque não as vemos. A natureza recolhe-se humilhada. Em compensação temos palácios, altos palácios nascidos do fumo de gasolina dos primeiros automóveis e a febre do grande devora-nos. Febre insopitável e benfazeja! não se lhe pode resistir. Quando os novos governos começam, com medo de perder a cabeça, logo no começo ministros e altas autoridades dizem sempre:

— Precisamos fazer economias.

Como? Cortando orçamentos? Reduzindo o pessoal? Fechando as secretarias? Diminuindo vencimentos?

Não. O primeiro momento é de susto. As autoridades dizem apenas:

— Vamos vender os automóveis.

Mas logo altas autoridades e funcionários sentem-se afastados, sentem-se recuados, têm a sensação penosa de um Rio incompreensível, de um Rio anterior ao Automóvel, em que eram precisos meses para realizar alguma coisa e horas para ir de um ponto a outro da cidade. E então o ministro, mesmo o mais retrógrado e velho, revoga as economias e murmura:

— Vão buscar o Automóvel!

Oh! o Automóvel é o Criador da época vertiginosa em que tudo se faz depressa. Porque tudo se faz depressa, com o relógio na mão e ganhando vertiginosamente tempo ao tempo. Que ideia fazemos de século passado? Uma ideia correlata à velocidade do cavalo e do carro. A corrida de um cavalo hoje, quando não se aposta nele e o dito cavalo não corre numa raia, é simplesmente lamentável. Que ideia fazemos de ontem? Ideia de bonde elétrico, esse bonde elétrico, que deixamos longe em dois segundos. O Automóvel fez-nos ter uma apudorada pena do passado. Agora é correr para a frente. Morre-se depressa para ser esquecido dali a momentos; come-se rapidamente sem pensar no que se come; arranja-se a vida depressa; escreve-se, ama-se, goza-se como um raio; pensa-se sem pensar no amanhã que se pode alcançar agora. Por isso o Automóvel é o grande tentador. Não há quem lhe resista. Desde o Dinheiro ao Amor. O Dinheiro precisa de automóveis para mostrar quem é. O Amor serve-se do automóvel para fingir Dinheiro e apressar as conquistas. Por S. Patrício, patrono dos automóveis! Já reparastes que se julgam os homens pelo Automóvel? Ouvi os comentários.

— Não. Ele está bem. Vi-o d'automóvel.

— Lá vai aquele canalha d'automóvel. Quanta ladroeira!

— Bravo! De automóvel...

— Os negócios dele são tantos que já comprou outro automóvel para dar-lhes andamento.

E no Amor?

As mulheres de hoje em dia, desde as *cocottes* às sogras problemáticas, resistem a tudo: a flores, a vestidos, a camarotes de teatro, a jantares caros. Só não resistem ao automóvel. O homem que consegue passear com a dama de seus sonhos nos quatro cilindros da sua máquina está prestes a ver a realidade nos braços.

— Vamos passear de automóvel?

— De automóvel?...

Toda a sua fisionomia ilumina-se. Se a paixão é por damas alegres, antes da segunda velocidade, nós já vamos na reta da chegada. Se a paixão é difícil, há sempre a frase:

— Que bom automóvel! É seu?

— É nosso...

Então, com uma *carrosserie* de primeira ordem, *châssis* longo, motorista fardado, na terceira velocidade, pega-se.

— Ai que me magoas.

— Tu é que caíste...

Como o amor é o fim do mundo, num instante compreende-se que de automóvel lá se chegue com a rapidez instantânea. Compreende-se mesmo ser impossível a indiferença nas máquinas diabólicas. Quando se quer dar por concluída uma conquista, diz-se:

— Foi passear de automóvel com ele!

E para a mulher do século XX todo o prazer da vida resume-se nesta delícia:

— Vou passear d'automóvel!

Ah! o automóvel! Ele não criou apenas uma profissão nova: a de *chauffeur*; não nos satisfez apenas o desejo do vago. Ele precisou e acentuou uma época inteiramente Sua, a época do automóvel, a nossa delirante e inebriante época de fúria de viver, subir e gozar, porque, no fundo, nós somos todos *chauffeurs* morais, agarrados ao motor do engenho e tocando para a cobiça das posições e dos desejos satisfeitos, com velocidade máxima, sem importar com os guardas-civis, os desastres, os transeuntes, sem mesmo pensar que os bronzes podem vir a derreter na carreira doida do triunfo voraz!

Automóvel, Senhor da Era, Criador de uma nova vida, Ginete Encantado da transformação urbana, Cavalo de Ulisses posto em movimento por Satanás, Gênio inconsciente da nossa metamorfose!

O POVO E O MOMENTO

A um estrangeiro inteligente que havia meses aqui aportara, perguntei, como toda gente, por uma fatalidade de raça talvez, as suas impressões.

— A respeito?

— Do momento.

— Do momento e do povo?

— Naturalmente.

Ele conhecia um pouco da nossa história, falava bem português, lia os nossos jornais. Respondeu-me.

— O povo e o momento. Naturalmente. O povo das cidades varia segundo os momentos históricos. Esses momentos históricos duram às vezes muitos anos. O povo de Ieddo há cinquenta anos não era positivamente o mesmo de hoje, depois da guerra, de Togo, depois que assiste às representações de Ibsen.[1] O meio é entretanto o mesmo, e a raça é a mesma. É que os filósofos esqueceram o fator tempo. A vida para as nações tem também um relógio que marca o giro do progresso. E, em cada um dos momentos desse dia imenso, as gerações mostram uma feição própria. Há povos que estão no momento da treva inicial, há os que estão na treva de que se não volta. Há também outros que dão a sensação de crepúsculo, de um lento crepúsculo de verão prolongado; outros, crepúsculo de inverno, rápidos, caindo como uma barra de ferro cinza. Se eu tivesse aqui aportado em qualquer ano do Segundo Império, teria visto o mesmo, exatamente o mesmo povo de hoje? Não! Absolutamente não! Os povos novos evoluem com uma rapidez espantosa. Este galopou. É como se tivessem posto uma pedra no aparelho do relógio para obrigá-lo a adiantar-se alguns segundos. E o curioso é que no momento é o povo menos constituído da terra.

Foi no dia seguinte ao da minha chegada que ouvi pela primeira vez a clássica pergunta num clube militar.

— Que pensa do nosso Rio?

— Não penso nada.

— Ilustres viajantes, ao contrário...

— Sei disso.

---

1 Henrik Johan Ibsen (1828-1906) foi um dramaturgo norueguês. Suas peças abrangem diversos aspectos da vida burguesa e dramas existenciais próprios da condição das mulheres do Oitocentos. Entre suas obras mais reencenadas no Brasil, é possível destacar *Um inimigo do povo* (1882) e *Casa de bonecas* (1879).

O POVO E O MOMENTO

— Têm até prometido livros.

— Devo dizer a verdade, então? Penso, penso da cidade coisas graves, gravíssimas, que não convêm dizer. Algumas fisionomias jovens perderam a afabilidade.

— Tão graves que se não possa dizer nenhuma?

— Se fosse um indiferente diria: *c'est charmant!*[2] Mas não sou. É o maior crime humano, a indiferença. Viver é vibrar; viver é interessar-se com entusiasmo pelo assombroso espetáculo da vida. O verso de Terêncio[3] "*Homo sum, et nihil humani a me alienum puto*"[4] é a máxima guia do ser inteligente...

Houve um silêncio. Continuei então.

— Por isso digo, por exemplo, que no Rio o povo é o menos constituído da terra. — E, graças aos deuses, consegui explicar a impressão do cenário da multidão movediça.

O povo do Rio está em formação de um tipo definitivo. Por enquanto, dizem as estatísticas, há maioria de brasileiros e da colônia portuguesa na população. Será assim dentro de vinte anos? Ele parece que espera com prazer outros elementos componentes. Os elementos de agora são o brasileiro na maioria filho ou neto de estrangeiro, o português vindo dos campos, das aldeias, e não das ci-

---

2 Em português, "É encantador!".
3 Públio Terêncio Afro (195/185 a.C.-159? a.C.) foi um comediógrafo romano. Autor de seis peças, entre elas *Os Adelfos* e *A sogra*.
4 Em português, "Sou homem; nada do que é humano considero estranho a mim".

dades, o espanhol, o inglês, o alemão, o francês, o sírio e, cada vez em maior número, o italiano. Como o brasileiro é contrabalançado assim e tem ainda por cima o sangue do colono, segue-se que moralmente ele se sente inferior, elevando um protesto a dizer apenas:

— Estou na minha terra!

Sem aliás uma arraigada convicção a respeito. Daí, em vez de se dar o caso da América do Norte em que se faz a absorção do imigrante, o fenômeno inverso da absorção do nativo pelo imigrante. E o nativo é de uma plasmaticidade espantosa. A primeira influência é a do português. O brasileiro adapta-se a ele. Há vínculos de sangue, há apegos de carne. Mas o português é também adaptabilíssimo. Resiste um pouco, mas cede. De modo que vem o alemão e impõe a cerveja e o chucrute, vem o inglês e impõe a língua, vem o italiano e impõe desde a língua à alimentação, vem o filho da Galiza e lança os seus hábitos também. Andei por diversos bairros, assisti a espetáculos, observei, fiz sempre o possível para não errar. Mas eu raramente erro numa observação, e a que eu fazia, logo depois de chegar, era que em nenhum país do mundo o imigrante se conserva tão preso ao seu país forçando mesmo o nativo a amá-lo e respeitá-lo, e que também em nenhum país da terra o imigrante tem tanto direito, e está tanto na sua casa.

— E Paris?

— Paris é uma cidade de prazer, onde se vai gastar dinheiro. Há turistas, há ricaços, não há imigrantes. Mesmo assim, sendo a cidade de todo mundo, não há artista estrangeiro que faça dinheiro e tenha o teatro cheio, e desde que se vai agir todas as portas se fecham. No Rio, há companhias alemãs, inglesas, italianas.

— E Nova York?

— Em Nova York o estrangeiro cai numa torrente para reaparecer americano. Desse domínio não consciente, premeditado, mas vindo naturalmente da fraqueza numérica e moral do nativo, em que a inteligência se casa a um ceticismo indolente e vagamente orgulhoso, desse domínio de colônias, presas aos países originários e por consequência apenas com um interesse sério (o lucro monetário da ajuda recíproca entre patrícios), segue-se que o Rio é uma cidade sem opiniões, sem convicções políticas, sociais ou artísticas, trocista sem haver razão, entusiástica quando ainda menos razão há, e oposicionista sistematicamente, como as crianças destruidoras.

Tem opiniões políticas? Nenhuma. Ou antes, é garotamente contra os governos, contra todos os homens de governo do Brasil, quando eles estão ocupando os cargos. Isso não é opinião. É uma teimosia. Se fosse um tipo definido seria uma idiossincrasia, cujo resultado era claro: a revolta. Sendo uma salada de frutas, é uma pretensão ingênua — a que os governos podem não dar importância. Passei o período mais agudo da chamada campanha das candidaturas no Rio. Era a primeira vez que se dava a campanha — "porque o povo nunca antes se interessara pela eleição do seu presidente!" Os jornais vinham inflamados e incendiários. Ao lê-los parecia que o vulcão rebentaria. Ao passar pelas ruas, o menos avisado asseguraria a luta para dali a momentos. Gritos, aclamações, vaias, assobios, cavalarias, tiros, um horror.

O povo era contra o candidato de um grupo poderoso que há muito se apossou da administração, chefiado por um caudilho de manha vulpina. E era pela candidatura de uma das maiores inteligências contemporâneas, um talento mundial, cujo nome basta para lembrar aos países uma série de atos admiráveis. O Brasil mesmo, de homens assim respeitados mundialmente, talvez só tenha um outro. Que pensar da opinião política desse povo? Uma das maiores aclamações que eu tenho visto foi a feita ao candidato civil.[5]

Mas felizmente meti-me nessa multidão de barulho diário. E só tirei uma certeza: a aversão ao militarismo pelas próprias causas de internacionalismo do povo e do impatriotismo generalizado. Quanto aos resultados da campanha, o governo no dia suprimiu as eleições, fechando os colégios e o povo veio para a rua ver um jornal contra as suas opiniões içar um boneco com um número fantástico de votos.

---

5 João do Rio refere-se à eleição presidencial de 1910, quando Rui Barbosa perdeu para Hermes da Fonseca, marcando a volta dos militares ao poder. A campanha de Rui Barbosa foi chamada de "civilista" justamente por defender a continuidade dos civis no poder. Note-se que João do Rio omite o fato de Nilo Peçanha, a quem dedica mais adiante uma crônica elogiosa, ter apoiado a candidatura de Hermes da Fonseca.

O POVO E O MOMENTO

Nem uma pedra, nem um gesto violento, desses que à menor manifestação política, sacodem Paris, Londres ou mesmo a inenarrável corrupção de Nova York! No dia seguinte, em vez da Comuna de que se falava — um frio glacial, um frio que eu ia escrever comercial.

Não era possível outra coisa? A antipatia à candidatura continuava, mas ao medo da ameaça do militar sucedia o receio do fato. Não podia haver patriotismo, noções de pátria, quando os interesses econômicos dominavam. E não haverá um "sentimento geral de patriotismo" enquanto a fusão imigratória não se der, criando um tipo perfeito que esteja na sua casa cuidando dos interesses dessa casa para o seu próprio interesse.

São possíveis e até comuns os rompantes, que em certo tempo formaram, segundo me dizem, até uma corrente denominada jacobina. Mas o "sentimento geral", esse falha. Diante das manifestações artísticas, as classes cultas querem o estrangeiro. Mas diante de outras faces da vida, desde o gênero de primeira necessidade ao divertimento e ao prazer carnal, o ímpeto é para o estrangeiro.

Nos países feitos quer-se o estrangeiro para gastar. No Rio o povo deseja-o para ganhar, e dá-lhe logo todas as regalias, tudo quanto ele deseja.

Não fossem eles patriotas — isto é, homens simples ligados aos seus países —, ocupariam fatalmente cargos públicos. Fui a vários teatros. Estavam cheios os estrangeiros. Interroguei vários negociantes e o comércio começa

55

a se tornar um dos mais adiantados do mundo quando já era um dos mais fortes. Um negociante confessou-me:

— Vendo produto nacional, mas com a marca estrangeira. É preciso, para vender...

E o fenômeno claro não é percebido: a sugestão do imigrante que naturalmente, sem querer, zela pelos interesses econômicos do seu país, conservando os seus gostos e impondo-os ao nativo.

O estômago e a língua são sempre bases seguríssimas de observação. Pois bem. Em cem estrangeiros domiciliados no Rio talvez nem dez tolerem uma certa coisa chamada carne-seca, prato nacional. Em cem brasileiros não haverá um que não goste de pratos espanhóis, italianos, portugueses, alemães. Há estrangeiros que passam uma existência sem falar o português. O brasileiro é verdadeiramente espantoso para falar línguas estrangeiras. Encontrei negros nos *shiphands*[6] do cais falando inglês, e o inglês é, segundo me parece, a menor colônia do Rio. A menor colônia não. A menor é a francesa. Mas o francês toda gente fala. É a língua diplomática, a língua de quem recebe...

Assim, eu tive do povo do Rio uma impressão de uma confusão de elementos em caminho de cristalização. Do carioca antigo quase nada resta. O tipo de hoje é o perdulário sem fortuna, conservador, melancólico, achando tudo mau na sua terra, posto que vá ao inferno para que

---

6 Termo em inglês que se refere às tripulações estrangeiras.

O POVO E O MOMENTO

digam bem dela, sensual com um manto de hipocrisia colonial, que cada vez se adelgaça mais, substituindo as opiniões que devia ter por um deboche que vai da vaia garota ao sorriso cético, condescendente em extremo "despreocupado e comercial". E junto essas palavras que se contradizem para explicar o exagero das negociatas em que o arranjo amoral substitui muitas vezes o trabalho.

Para o estrangeiro como eu, e francês de origem, é delicioso tal povo, porque é sempre bom estar numa terra onde se está mais à vontade do que na própria. Há uma verdade confidencial nas entrelinhas dos artigos de vazio louvor. É essa.

Eu abstive-me, porém, do louvor vazio. Assistia a uma agregação de elementos para uma força tão radiosa que dominará o mundo. Nunca senti, nunca palpei tanto vigor. E essa agregação de futuro povo faz-se na base de uma grande e indestrutível esperança. É o momento, o momento inolvidável, o momento da definitiva transformação.

Mas têm todos o maravilhamento da própria obra?

— Certo.

Isso é dos povos crianças e dos povos decadentes. Os extremos tocam-se, e são crepúsculos o da aurora e o do ocaso. No meu caso é a ingenuidade do gigante menino que suspendeu uma montanha, e depois, admirado de o ter feito, exige o pasmo universal. Outrora dizem que o estrangeiro só falava da natureza. Da natureza livre, selvagem e gloriosamente feroz. Era decerto porque mais não havia. Os argentinos levavam à impertinência essa amabilidade:

— Oh! *la naturaleza!*...

Os cariocas, enraivados, quase não mostravam ao estrangeiro a natureza, o Corcovado, o Pão de Açúcar, a Tijuca, as ilhas, a baía de Guanabara. Desde que, porém, o gigante acordou com as súbitas transformações materiais, o frenesi de ser admirado, passou a desejar o louvor pelo assombro da luz elétrica, das avenidas, dos cais, de coisas que o europeu deve conhecer bem.

Dois meses depois de estar no Rio ainda não conhecia uma célebre pedra, que muito aparece em cartões-postais e denominam Pedra de Itapuca.[7] Nessa pedra de Itapuca decerto habitou algum mágico, índio, para que a fotografem, porque é de uma banalidade mórbida. Pedi, entretanto, a um jornalista para lá irmos.

— Vamos antes ver o cais.

— Mas a pedra?

— Vamos antes ver a avenida Beira-Mar.[8]

Parecia ter medo que eu insistisse. Ao demais, eles têm a convicção realmente deliciosa de menineira, a convicção de que são os primeiros do mundo, os maiores do mundo em tudo quanto começam a fazer ou mandam fa-

---

7 Formação rochosa localizada na praia de Icaraí, em Niterói.

8 A construção da avenida Beira-Mar foi idealizada pelo prefeito Pereira Passos e inaugurada em 1906. Em 1907, a obra foi completada, fazendo a ligação do centro até a praia do Flamengo.

zer. É uma feição bem americana do seu modo de ser, e já um começo de cristalização do futuro e definitivo tipo.

— Já viu a nossa avenida Beira-Mar?

— Já.

— É a maior do mundo, pois não?

E outro logo:

— Dizem que mais bonita que a de Nice...

Creio que essa opinião tem o povo a respeito também da avenida Central[9] e das outras avenidas.

Mas a esse apego ao solo e à obra material tão acentuado no carioca corresponde o eterno desprezo pelo trabalho nacional e a maior irreverência pelos homens de mérito do seu país desde os políticos aos artistas. Os jornais que se vendem mais são os jornais que descompõem toda a gente. Não se pede a quem descompõe qualquer qualidade que o imponha. Basta descompor. Parece, aliás, que esse processo generalizado já não faz mal. Os políticos são todos ladrões, descarados, sem-vergonhas desde o primeiro magistrado ao delegado de polícia. Quando deixam os cargos viram honestos aos olhos do povo e não raro dizem dos que os insultavam na véspera a mesmíssima coisa, porque o povo é oposicionista. Oposicionista curioso, pois, como todo o aglomerado rápido de raças diversas num terreno onde é fácil enriquecer, em matéria de negócios há uma condescendência de costumes mais ou menos californesca. O cavalheiro chamado de gatuno de

---

9 Atual avenida Rio Branco. Inaugurada em 7 de setembro de 1904.

fortunas está certo de que a sua cotação sobe. E os seus títulos subiriam na praça, tal a convicção unânime do fato.

Mas é preciso dizer, é regalo para o povo clamar:

— A que estado chegamos! É o cúmulo da miséria moral. Súcia de ladrões que nos governam! Ah! o suor do povo!

E esses excessos de linguagem são calmos, nas confeitarias, nos botequins. Entre os remediados corresponde a uma secreta pergunta:

— E se também arranjasse alguma coisa?

Entre operários, nas classes ínfimas, não corresponde nunca à ideia de rancor socialista. O que daria uma discurseira socialista em França não é motivo para zanga real entre os operários de diversas raças do Rio. Será que o socialismo não tenha raízes num país em que os canteiros ganham 15$ por dia? Será que o não compreendam? Será por não acharem, de fato, verdade no que dizem? Talvez por isso. Ninguém pode de longe pensar que esses administradores patriotas e cheios de vaidade de fazer grandes obras se comprometam em roubalheiras ao atirar o país na senda do progresso com uma velocidade de 120 quilômetros por hora. Não havendo convicções políticas, sendo o povo de ganhadores trocistas, capazes de denominar os negócios agricolamente *cavação*[10] e de qualificar

---

10 *Cavação* e *comer* (que aparece em seguida) eram gírias da época, significando formas de subir na vida. A cavação pode se dar por casamentos, bajulação de poderosos, entre outros meios. Não foi possível recuperar o sentido idiomático preciso do termo *comer* como utilizado por João do Rio.

o fato de receber dinheiro com a ajuda do verbo *comer*, a hostilidade é apenas de palavras. Pode-se *cavar*, pode-se *comer*. Ninguém se afunda. Ou, se cai, é para ressurgir dentro em pouco com redobrado vigor.

— É apenas o *sport* da difamação, dizia-me um senhor grave. Entretemo-nos com isso como com o *cricket*, o *lawn-tennis*, o *foot-ball*. A honra alheia é a bola. E, no fundo, amamos a bola.

Essa insolência estupenda com que se trata o homem de governo, insolência muito diversa da *blague* irreverente de Montmartre, é também uma liberdade a mais na imensa igualdade democrática. Ah! nunca vi, nunca absolutamente vi uma tal ausência de respeito de classe. Há gente que fala na Suíça. É porque nunca estiveram no Rio! É a cidade da intimidade generalizada, dos íntimos desconhecidos. Conhece-se o recém-chegado pela sua maneira respeitosa. Notando isso, disse-me alguém:

— Aqui a divisa é: "Tão bom como tão bom." Diante da autoridade: "Não pode!" Em frente ao mundo: "Sabe com quem está falando?" De modo que todos são importantes, sem de longe pensar que há diferenças.

E, de fato, não há. Os caixeiros de botequim, os criados de restaurante, tratam com insolência, quando não são familiares com os fregueses. A maneira mais comum de mostrar deferência, de *engrossar* como aqui se diz, é dar um abraço. Os carregadores falam de boina à cabeça e os contínuos e os porteiros respondem sentados. Não há da parte dos maltrapilhos o menor receio de varar a turba e ladear um sujeito de posição. A sensibilidade ofendida é mesmo muito maior por parte da gentalha.

Um sujeito sem imputabilidade fica ofendido porque o trataram mal mais rapidamente que o homem importante:

— O senhor não me cumprimentou ontem.

— Não vi.

— É, não viu, os pobres são desprezados... Mas tenho visto castelos mais altos caírem...

Castelos mais altos... Sabem o que é isso? É a ameaça vaga do Destino adverso, é o terror da praga, é como o fio que liga invisível o movimento tempestuoso da turba. Ah! a crendice, o fetichismo, esse fatalismo assustado do povo! Há muitas religiões, há mesmo um ressurgimento da fé católica entre várias religiões intelectuais, mas o terror das crenças inferiores domina, a crendice amarra cada criatura. Pode-se dizer que uma religião é geral: o medo ao Destino. A cidade tem mais de trezentas cartomantes e outro tanto de videntes, *archontes*,[11] espíritas que se encarregam de ler o futuro, de fazer receitas e rezas e mandingas e feitiços. As casas estão sempre cheias. A praga assusta, o mau-olhado aterroriza, a sorte, o azar dominam.

E podia ser de outro modo? A imigração portuguesa vem na quase totalidade das províncias do norte, onde é desenvolvido mais do que em nenhum outro ponto de Portugal o que se chama o terror das velhas bruxas. A imi-

---

11 Termo ligado ao gnosticismo; em sentido popular, equivalente a *ocultistas*.

gração italiana tem todo esse paganismo crente de figas e jetaturas.[12] Os pretos importados da África infiltraram nas gerações a miséria das suas práticas. Junte-se a isso o estado de alma inquieta de cada tipo, a ambição de fazer fortuna, de ganhar muito depressa. Um homem nessa tensão de espírito é o terreno próprio para todas as crenças do Azar...

— Fui a uma cartomante que assegurou a realização de nosso negócio.

— Mas você acredita em cartomantes?

— Pelo menos dá-me esperanças, dá-me forças.

— E se ela dissesse o contrário?

— Eu tentava, a ver se é mesmo verdade...

Um pouco chocado com a intimidade geral, o "você" e o "tu" de desconhecidos de ontem, o ar dos criados cheios de importância, a verdadeira insolência com que as classes baixas passeiam, a competência que qualquer indivíduo se arroga para discutir os mais variados assuntos; o ar "*je sais tout*"[13] que é fatal encontrar no barbeiro, no taberneiro, no sujeito pernóstico empregado de repartição, capoeira eleitoral ou copeiro, no tilbureiro, no carregador, no hoteleiro, no menino do comércio, no garoto descalço, nas damas, nos homens, essa convicção "*larousse*" — fica-se um momento irritado. Caramba! É ousadia, é topete demais! Mas logo depois é forçoso sorrir. Basta prestar atenção às discussões — porque em vez de conversar

---

12 Em italiano, *jettatore* ou *jettatura*. Mau-olhado.
13 Em português, "eu sei tudo".

mais comumente se discute. As discussões terminam sempre por frases cortantes:

— Você não entende nada disso.

— E é você que entende? Ora não seja besta.

— Besta é você...

Realmente nem um nem outro são bestas. Realmente nem um nem outro conhecem o assunto que discutem: o vendeiro que fala de literatura, o estudante que dá opiniões musicais, o bombeiro que é positivista depois de assistir a umas conferências do sr. Teixeira Mendes,[14] o ator com decretos políticos. Mas esse ar de igualdade, esse mascarar de ignorância com o aspecto do *je sais tout*, esse tom trepidante, os ímpetos do progresso por acessos febris — tudo isso é a ousadia, a divina ousadia da mocidade que na Europa perdemos. Falta método, uma anarquia colossal dá a impressão de pandemônio. Mas é a formação e a formação com uma força de inteligência instintiva verdadeiramente inédita. É possível dizer:

— Que pessoal pernóstico!

Mas é justo assegurar:

— É uma das cidades inteligentes, das mais inteligentes.

Porque a inteligência de uma cidade é um dom que se avalia pelo seu interesse em querer saber. Só uma cidade aparece intelectual no mundo: é Roma.

---

14 Raimundo Teixeira Mendes (1855-1927) foi um matemático e filósofo brasileiro. Foi um dos responsáveis, ao lado de Miguel Lemos, por trazer a Igreja Positivista para o Brasil. Em 1905, Mendes assumiu a liderança da Igreja, posição que ocuparia até sua morte.

O POVO E O MOMENTO

Certo, não é possível esconder a muito forte simpatia que os caracteres principais do povo carioca me causaram. Não sei se seria pretensioso lembrando o prefácio de La Bruyère:[15]

Je rends au public ce qu'il m'a prêté, j'ai emprunté de lui la matière de cet ouvrage, il est juste que, l'ayant achevé avec toute l'attention pour la vérité dont je suis capable et qu'il mérite de moi, je lui en fasse la restitution. Il peut regarder avec loisir ce portrait que j'ai fait de lui d'après nature, et, s'il se connait quelques-uns des défauts que je touche, s'en corriger.[16]

Arrisco, entretanto, a pretensão. Mesmo porque todos de cá, com raras exceções, são temivelmente pretensiosos no bom sentido em geral. Apenas, se me perguntarem: "E o lado estético? É bonito o povo? A impressão?" eu direi com tristeza:

— Não. A impressão geral do povo é feia. Vi multidões e multidões de noite e de dia em manifestações políticas. É um povo misturado que se ressente da falta de exercí-

---

15 Jean de La Bruyère (1645-1696) foi um moralista francês, autor da obra Os *personagens ou os costumes do século*.

16 Em português, "Devolvo ao público o que ele me cedeu, tomei emprestado dele o material desta obra, é justo que, tendo-a finalizado com toda a atenção pela verdade de que sou capaz e que o público merece, restituo o que me foi cedido. Ele pode olhar vagarosamente este retrato de sua natureza e, se ele se reconhecer em algumas das falhas que toco, poderá se corrigir.".

cios físicos e do excesso de *pince-nez*. Em geral os homens vestem sem gosto, são curvados, pálidos. O brasileiro é mesmo magro, seco. Nas grandes massas, as caras suarentas em que os brancos são acentuados por caras pretas e amarelas, em que se vê uma quantidade de pés nus, de homens em tamancos ou em chinelas — não é agradável.

Mas ainda aí o momento é transformador, porque os exercícios físicos preocupam, os *pince-nez* diminuem, e até já se fala em obrigar os homens a andarem calçados contra a liberdade do "não pode!" geral.

E eu que pretendia partir, dois dias depois de chegar, trato o gerente de você, o criado de "tu", já abraço vários íntimos quase desconhecidos, acompanho um francês meu cicerone a uma secretaria onde tem um negócio muito complicado de usinas metalúrgicas para a utilização do ferro...

É a pátria jovem. Compreendo o calor. Não é de sol. É da multidão aquecida pelo torvelinho da vida intensa que vai produzir um grande país. Ainda neste momento leio que um navio acabado de construir é o maior do mundo.

Pretensão? Não! Eles talvez não saibam que não é. Juventude! Juventude apenas, a glória da mocidade!

E o estrangeiro, a sorrir, concluiu:

— O grande momento em que se forma um povo!

O AMIGO DOS ESTRANGEIROS

— Permite que o apresente?...

— Oh! por quem é!

— O sr. Sicrano, um dos nossos homens mais apreciáveis. Estes cavalheiros e estas damas já devem ser seus conhecidos.

— Sim, talvez...

— Não há dúvida alguma. São mesmo. O capitão japonês Iro Koju, a conferente finlandesa Hips Heps, o jovem paxá turco Muezim, *el señor Gorostiaga nuestro amico del Plata*, Mlle Clavein, *la charmante virtuose des danses arabes*, miss Gunther, *the admirable* miss Gunther...

É na rua. O sr. Sicrano faz muito atrapalhado um gesto esquivo, de quem não sabe o que há de dizer. O grupinho internacional sacode a cabeça indeciso, com esses sorrisos de dançarina que nada exprimem. O amigo dos estrangeiros, o olho redondo, o gesto redondo, a boca redonda, é o único à vontade. Esfrega as mãos, espera um segundo, e liga a conversação:

— Pois sim senhor! A sra. Hips Heps gostou muito do Corcovado.

— Ah! muito bem.

— It *is not, miss?*

— All *right, very beautiful*...

— E o sr. Gorostiaga, a Beira-Mar...

— Es *verdad. Mi quedé extactico, señor!*

— Ah! muito obrigado.

O amigo dos estrangeiros estala uma gargalhada feliz.

— Ah! senhor Sicrano, estou convencido de que a nossa capital é uma das primeiras do mundo!

— *Sin duda!* — exclama Gorostiaga.

— *Mais naturellement*... — sorri a virtuose das danças árabes.

O amigo dos estrangeiros ainda está uns segundos. Depois dá o sinal da partida. O sr. Sicrano, aliviado, aperta aquelas mãos que nunca mais apertará e já não sabem por quem são apertadas. Passos adiante, o amigo dos estrangeiros descobre Beltrano, outro amigo:

— Esperem que lhes vou apresentar Beltrano. Querem?

— ... prazer! diz em massa e entre dentes o bloco dos *touristes*.

— Ainda temos tempo. Falta meia hora só para tomar o vapor e eu consegui duas lanchas com o inspetor da polícia marítima, a quem pretendo apresentá-los.

E, inclemente, o amigo dos estrangeiros segura Beltrano pela aba do casaco.

Quem é esse curioso homem amável? Por que uma tal teimosia recreativa? É inútil indagar. O amigo dos estrangeiros representa um ponto de interferência entre a velha cidade patriarcal e hospitaleira e a nova cidade vertiginosa. Ele pode julgar-se como qualquer de nós um simples cavalheiro gentil, um pouco gentil demais. Nós não poderemos ter essa modéstia de classificação. O amigo dos estrangeiros é uma figura social, criada num certo momento pelo Destino em pessoa. Ele só, sozinho, resume o acolhimento das cidades novas desejosas de serem gabadas pelos representantes das antigas civilizações; ele só exprime e condensa uma semana oficial; ele só explica aquele comentário do ironista francês após uma visita a América:

— *Ils sont charmants, mais qu'ils sont assomants!*[1]

O amigo dos estrangeiros parece não viver como os mais, parece não ter afazeres, preocupações, necessidades, além do afazer, da preocupação, da necessidade de encontrar estrangeiros e de enchê-los de gentilezas. Também é prodigioso, é incomparável. O seu faro policial, o seu instinto sherlockeano não poderão ter jamais rival. Numa cidade em que o brasileiro é apenas grande colônia, num porto de mar visitado por centenas de navios de todas as procedências, ele sabe descobrir o estrangeiro recém-

---

[1] Em português, "Eles são encantadores, mas como são cansativos!".

-chegado, sabe apanhar o estrangeiro com cartão de visita, sabe encontrar nos hotéis, nas ruas, em outros lugares a vítima peregrina. Os estrangeiros hão de dizer:

— Mas que homem amável! E como ele conhece gente!

O amigo dos estrangeiros encontrou-os, trocou bilhetes de visita, pediu informações e apresenta-os sem mais perguntas a quantos topa.

Os nacionais, que com ele têm pouca intimidade e só o conhecem através daquelas imperativas apresentações, tiram-lhe o chapéu com imenso respeito.

— Diabo! um sujeito que conhece o mundo inteiro...

Ele entretanto é uma flor, obrando por bondade, agindo por instinto. Um poder superior exige de seu bom coração aquele esforço gratuito e mesmo dispendioso — porque para ser hospitaleiro às direitas o amigo dos estrangeiros paga jantares, paga almoços, paga ceias, paga automóveis. Há quem sorria da sua missão — os frívolos. Os observadores admiram-no. Uma conversa de meia hora com tão importante figura internacional dá bem a medida do progresso do Brasil, da corrente de curiosidade que pelo nosso país se faz no mundo. Nunca o encontramos sem um cacho de estrangeiros de nome. São bacharéis de Coimbra, são oficiais de marinha, são filhos de milionários americanos, são doutores das universidades alemãs, são banqueiros russos, estudantes franceses, conferentes de várias nacionalidades, industriais de todas as terras, velhas damas literatas, atrizes com ou sem renome. Não diz

O AMIGO DOS ESTRANGEIROS

bom dia sem despejar dos bolsos alguns estrangeiros, não nos aperta a mão sem nos deixar na companhia de alguma personalidade desejosa de conhecer o nosso país. Essa condição especial deu-lhe uma segurança, uma autoridade verdadeiramente brilhantes. Ele aparece pelos teatros guiando um bando cosmopolita, entra sem dar satisfação ao porteiro e dirige-se ao empresário.

— Trago aqui alguns estrangeiros ilustres que desejam visitar as nossas casas de espetáculo. Já decerto ouviu falar neles. É o célebre nadador P'loureus, campeão do mundo, é o senador da Libéria Gomide, é o chefe zulu Togomu. Meus senhores, o distinto empresário, um dos nossos mais distintos empresários.

O empresário aturdido cumprimenta. O amigo dos estrangeiros põe-lhe a mão no ombro.

— Vai ter a gentileza de mandar-nos abrir um camarote para mostrar-lhes como também temos teatro, não é? Os senhores vão ver uma opereta que aqui tem feito muito sucesso.

— Brasileira?

— Não, universal: a *Viúva Alegre*.

— Olé! muito interessante...

— Conhecem?

O empresário não tem remédio senão mandar abrir o camarote. Os estrangeiros não têm remédio senão ouvir mais uma vez a valsa fatal que soa aos ouvidos da humanidade, cantada e guinchada há muitíssimos meses. O amigo dos estrangeiros, porém, irradia, tendo conseguido

71

mais uma prova de hospitalidade, sem poupar sacrifícios, e subindo as escadas:

— Os nossos empresários são como este, encantadores.

— Não há dúvida — dizem as vítimas, monologando internamente: raios o partam!

Mas a hospitalidade é isso, a hospitalidade é uma tradição aborrecidíssima, e o amigo dos estrangeiros é o mais caceteado e sempre a sorrir. Há cinco anos, diariamente passeia de automóvel do Cais do Porto ao recinto da Exposição,[2] ouvindo em todas as línguas as mesmas frases de admiração pela beleza da paisagem. Há cinco anos, diariamente mostra a avenida Central[3] e as novas avenidas. Há cinco anos, diariamente leva a teatros e a clubes personalidades de outras terras. São tantos que às vezes confunde.

— O príncipe magiar Za Konnine disse que a Avenida é a mais bela do mundo.

— Seriamente?

— Não sei ao certo se foi o príncipe Za Konnine, se a condessa russa Trepoff, se o bailarino exótico Balduíno, se o encarregado de negócios do grão-ducado de Baden.

— Grave problema, hein?

— Se lhe parece! Mas foi um deles, foi uma pessoa estrangeira notável.

---

2 Referência à Exposição Nacional de 1908, que se deu no bairro da Urca, em comemoração ao centenário da abertura dos portos do Brasil.

3 Ver p. 59, nota 9.

O AMIGO DOS ESTRANGEIROS

E sorri vagamente inquieto. Quantas complicações não poderão advir daquela falta de segurança!...

O amigo dos estrangeiros está convencido de que presta um alto serviço gratuito à pátria, que é o chefe e único funcionário da repartição de propaganda ainda por fundar. Por isso explica sempre mais ou menos o motivo por que conduz os desembarcados. Se são chilenos, aperta os laços fraternais; se americanos do norte, canaliza para nós grandes capitais; se japoneses, mostra ao gigante do Oriente que gigantes somos nós; se ingleses, alemães, franceses, completa a obra de missão de expansão econômica realizada na Europa. Nada mais comovente do que vê-lo gozar as palavras de banal gentileza dos que ciceroneia. Os seus olhitos redondos acompanham os menores gestos, surpreendem os mais breves movimentos, indagam com uma perpétua desconfiança logo excessivamente agradecida. À exclamação: "Como é lindo!", seja em que língua for, sorri, cheio de vaidade:

— Então, que lhes dizia eu?

Parece que os estrangeiros estão a gabar uma coisa sua. Em noventa e nove casos sobre cem os estrangeiros farejam o fácil negócio de ganhar dinheiro apenas com promessas de trabalhos demonstrativos da sua admiração crescente. Crédulo e bom, o amigo dos estrangeiros interessa-se por eles, leva-os aos jornais, aos ministérios, à sociedade.

E diz com convicção:

— Sabe que vamos ter um livro muito sincero a nosso respeito?

— De quem?

— Daquele jornalista belga.

— Mas você é criança!

— Criança? Se ele me deu a sua palavra de honra!

O estrangeiro não escreve uma linha. O homem extraordinário conserva-se sorridente e puro, na sua missão superior. Se outros repetem a mesma história, o amigo dos estrangeiros continua a sorrir satisfeito e quando muito faz alusões vagas aos notáveis que por cá andaram sem escrever uma linha.

— O sr. deve conhecer o Doumer?[4]

— Muito bem, mr. Doumer.

— Pois andou por cá, disse que ia fazer um livro em dois volumes.

— Não fez?

— E arranjou até (eu não sei, é segundo dizem!) uns bons cobres.

Para ele no fundo os estrangeiros são todos parentes e não tem vontade nenhuma de ofendê-los. Até aos argentinos faz amabilidades. Quando perde uma caravana fica cor de terra, perde a fala de raiva.

---

4 Joseph Athanase Doumer (Paul Doumer; 1857-1932) foi um jornalista e político francês. Esteve em visita ao Rio de Janeiro em 1908. João do Rio também menciona as conferências de Doumer no livro *Cinematógrafo — crônicas cariocas*.

— Eu bem digo!... Levar os estrangeiros pelo Estácio à Tijuca.

— Então?

— Para ver ruas empoeiradas! Essa gente não entende mesmo.

Depois, sorrindo com afetado desprezo:

— Eu, por mim, não me importo. Sua alma, sua palma.

Encontrei ontem o bom amigo dos estrangeiros. Vinha suando, redondo, acompanhado de cinco homens todos estrangeiros. Estava exausto.

— Mas então sempre na lida?

— Que se há de fazer? Estou que não posso mais.

— Descanse.

— Impossível. Acabo de receber cartas de recomendação que me tomam o tempo até o fim do ano.

— Como assim?

— É que os estrangeiros de passagem só encontrando aqui um homem amável, que sou eu, guardam o meu nome e recomendam-me depois os amigos.

— De modo que você fica uma espécie de cônsul universal?

— Mais ou menos. Como descansar? É impossível.

— Sim, é difícil. A menos que não queira morrer.

O amigo dos estrangeiros sorriu, desconsolado. Os estrangeiros, os últimos cinco, estavam impacientes.

— Você permite que os apresente?

— Não.

— Por quê?

— Porque não quero.

— Não me faça isso. É gente de primeira. Vou levá-los ao ministério!

E, sorrindo, o amigo curioso ergueu a voz.

— Aqui este distinto periodista que já ouviu muito falar dos senhores.

— Oh! *monsieur*...

— *Monsieur*...

— *Merci, journaliste*... Aqui o reverendo Schmidt de onde mesmo? Aqui o sr.... o sr.... o sr. como é mesmo o seu nome?... O sr. Berjanac, é verdade. Tão conhecido! Já fomos às obras do porto. Tiveram uma excelente impressão.

— *Mais certainement*...

Olhei o amigo dos estrangeiros. Ele dizia aquilo com a mesma cara com que há cinco anos o mesmo repete! Era uma vocação! Era um predestinado! Era espantoso! E mais uma vez eu o considerei na galeria dos representativos das tendências morais de um país, um tipo excepcional, um tipo que os deuses faziam único e simbólico.

O CHÁ E AS VISITAS

A vida nervosa e febril traz a transformação súbita dos hábitos urbanos. Desde que há mais dinheiro e mais probabilidades de ganhá-lo, há mais conforto e maior desejo de adaptar a elegância estrangeira. A ininterrupta estação de sol e chuva, de todo ano, é dividida de acordo com o protocolo mundano; o jantar passou irrevogavelmente para a noite. Todos têm muito que fazer e os deveres sociais são uma obrigação.

— Em que ocupará a minha amiga o seu dia de hoje?

— A massagista, às nove horas, seguida de um banho tépido com essência de jasmim. Aula prática de inglês às dez. *All right!* Almoço à inglesa. Muito chá. *Toilette.* Costureiro. Visita a Fulana. Dia de Sicrana. Chá de Beltrana. Conferência literária. Chá na Cavé. Casa. *Toilette* para o jantar. Teatro. Recepção seguida de baile na casa do general...

Não se pode dizer que uma carioca não tem ocupações no inverno. É uma vida de terceira velocidade extraurbana. Mas também todos os velhos e todas as velhas que se permitem ainda existir não contêm a admiração e o pasmo pela transformação de mágica dos nossos costumes. E a transformação súbita, essa transformação que nós mesmos ainda não avaliamos bem, feita assim de repente no alçapão do Tempo, foi operada essencialmente pelo Chá e pelas Visitas.

Sim, no Chá e nas Visitas é que está toda a revolução dos costumes sociais da cidade neste interessantíssimo começo do século.

Há dez anos o Rio não tomava chá senão à noite, com torradas, em casa das famílias burguesas. Era quase sempre um chá detestável. Mas, assim como conquistou Londres e tomou conta de Paris, o chá estava apenas à espera das avenidas para se apossar do carioca. Há dez anos, minutos depois de entrar numa casa, era certo aparecer um moleque, tendo na salva de prata uma canequinha de café:

— É servido de um pouco de café?

O café era uma espécie de colchete da sociabilidade no lar e de incentivo na rua. Assim, como sem vontade o homem era obrigado a beber café em cada casa, o café servia nos botequins para quando estava suado, para quando estava fatigado, para quando não tinha o que fazer — para tudo enfim.

Foi então que apareceu o Chá, impondo-se hábito social. As mulheres — como em Londres, como em Paris

— tomaram o partido do chá. O amor é como o chá, escreveu Ibsen.[1] O chá é o Oriente exótico, escreveu Loti.[2] As mulheres amam o amor e o exotismo. Amaram o chá, e obrigaram os homens a amá-lo. Hoje toma-se chá a toda hora, com creme, com essências fortes, com e sem açúcar, frio, quente, de toda a maneira, mas sempre chá. O chá excita a energia vital, facilita a palestra, dá espírito a quem não o tem e são tantos!... — dizem mesmo que é indulgente, engana a fome e diminui o apetite. Quando as damas são gordas, o chá emagrece, quando as damas são magras, dá-lhes, com o seu abuso, sensações de frialdade cutânea, um vago mal-estar nervoso, que é de um encanto ultramoderno. Por isso toda a gente toma chá.

— Aonde vai?

— Tomar um pouco de chá. Estou esfomeado!

— Mas que pressa é esta?

— Quatro horas, meu filho, a hora do *five-o-clock* da condessa Adriana!...

O chá é distinto, é elegante, favorece a conversa frívola e o amor que cada vez mais não passa de *flirt*. É inconcebível um idílio entre duas xícaras de café. Não houve romancista indígena, nem mesmo o falecido Alencar, nem mesmo o bom Macedo, com coragem de começar uma

---

1 O narrador faz referência à peça A *comédia do amor*, de 1862. Ver também p. 50, nota 1.

2 Pierre Loti (1850-1923) foi um escritor francês, conhecido por obras de cunho autobiográfico sobre suas viagens à Ásia.

cena de amor diante de uma cafeteira.[3] Entretanto o chá parece ter sido apanhado na China e servido aí quatro ou cinco infusões de mandarins opulentos, especialmente para perfumar depois de modo vago o amor moderno. Por isso vale a pena ir a um chá, um *tea room*.

Há ranchos de moças de vestes claras, rindo e gozando o chá; há mesas com estrangeiros e com velhas governantas estrangeiras, há lugares ocupados só por homens que vão namorar de longe, há rodas de cocotes cotadas ao lado da gente do escol. Tudo ri. Todos se conhecem. Todos falam mal uns dos outros. Às vezes fala-se de uma mesa para outra; às vezes há mesas com uma pessoa só, esperando mais alguém, e o que era impossível à porta de um botequim, ou à porta grosseira de uma confeitaria, é perfeitamente admissível à porta de um Chá.

— Dar-me-á V. Exa. a honra de oferecer-lhe o chá?

— Mas com prazer. Morro de fome...

E dois dias depois, ele, que esperou vinte minutos, na esquina:

— Mas o Destino protege-me! Chegamos sempre à mesma hora para o nosso chá...

O nosso chá! O chá faz a reputação de uma dona de casa. Nos tempos de antanho, uma boa dona de casa era a senhora que sabia coser, lavar, engomar e vestir as crianças. Hoje é a dama que serve melhor o chá, e que tem com mais *chic* — *son jour*, para reter um pouco mais as visitas.

---

3 José de Alencar (1829-1877) e Joaquim Manuel de Macedo (1820-1882) foram dois dos maiores escritores do romantismo brasileiro.

O CHÁ E AS VISITAS

Se acordássemos uma titular do Império do repouso da tumba para passeá-la pelo Rio transformado — era quase certo que essa senhora, com tanto chá e tantos salões que recebem, morreria outra vez.

Há talvez mais salões que recebam do que gente para beber chá. Diariamente as seções mundanas dos jornais abrem notícias comunicando os dias de recepção de diversas senhoras, de Botafogo ao Caju. Toda dama que se preza — e não há dama ou cavalheiro sem uma alevantada noção da própria pessoa — tem o seu dia de recepção e a sua hora. Algumas concedem a tarde inteira, e outras dão dois dias na semana. Há pequenos grupos de amigos que se apropriam da semana e se distribuem mutuamente os dias e as horas. De modo que o elegante mundano com um círculo vasto de relações, isto é, tendo relações com alguns pequenos grupos, fica perplexo diante da obrigação de ir a três ou quatro salões à mesma hora, ficando um nas Laranjeiras, outro na Gávea, outro em S. Cristóvão e outro em Paula Matos — bairro talvez modesto quando por lá não passava o elétrico de Santa Teresa... Outrora só se davam o luxo de ter dias, o seu "dia", as damas altamente cotadas da corte.

O mesmo acontecia na França, antes de Luís XVI. A visita era imprevista, e sem pose.

Ouvia-se bater à porta:

— Vai ver quem é?

— É d. Zulmira, sim senhora, com toda a família.

Havia um alvoroço. Apenas dez da manhã e já a Zulmira! E entrava d. Zulmira, esposa do negociante ou do

81

funcionário Leitão, com as três filhas, os quatro filhos, o sobrinho, a cria, o cachorrinho.

— Você? Bons ventos a tragam! Que sumiço! Pensei que estivesse zangada.

— Qual, filha, trabalhos, os filhos. Mas hoje venho passar o dia, Leitão virá jantar...

E ficava tudo à vontade. As senhoras vestiam as *matinées* das pessoas de casa, as meninas faziam concursos de doces, os meninos tomavam banho juntos no tanque e indigestões coletivas. Às cinco chegava o Leitão com a roupa do trabalho e ia logo lavar-se à *toilette* da dona da casa, o quarto patriarcal da família brasileira, tão modesto e tão sem pretensões... Só às onze da noite o rancho partia ou pensava em partir, porque às vezes a dona da casa indagava.

— E se vocês dormissem...

— Qual! Vamos desarranjar...

— Por nós, não! É até prazer.

E dormiam mesmo e passavam um, dois, três dias, e as despedidas eram mais enternecidas do que para uma viagem.

Hoje só um doido pensa em passar dias na casa alheia. Passar dias com tanto trabalho e tantas visitas a fazer! Só a expressão "passar dias" é impertinente. Não se passa dias nem se vai comer à casa alheia sem prévio convite. Adeus à bonomia primitiva, à babosa selvageria. Vai-se cumprir um dever de cortesia e manter uma relação de certo clã social que nos dá ambiente em público com as senhoras

O CHÁ E AS VISITAS

e prováveis negócios com os maridos. As damas elegantes têm o "seu dia". Há tempos ainda havia um criado bisonho para vir dizer:

— Está aí o dr. Fulano.

Agora, o dr. Fulano tem as portas abertas pelo criado sem palavras e entra no salão sem espalhafato. Os cumprimentos são breves. Raramente aperta-se a mão das damas. Há sempre chá, *petits fours*, e esse alucinante tormento mundano chamado *bridge*. Muitos prestam atenção ao *bridge*. Fala-se um pouco mal do próximo com o ar de quem está falando da temperatura e renovam-se três ou quatro repetições de ideias que agitam aqueles cerebrozinhos.

Depois um cumprimento, um *shake-hands* perdido, ondulações de reposteiros. Quanto menos demora mais elegância. Vinte minutos são um encanto. Uma hora, o *chic*. Duas horas só para os íntimos, os que jogam *bridge*. Esses levam mesmo mais tempo. E sai-se satisfeito com o suficiente de *flirt*, de mundanice, de dever, de novidade para ir despejar tudo na outra recepção... Haverá quem tenha saudades da remotíssima época do Café e das Visitas que passavam dias? Oh! não! não é possível! Civilização quer dizer ser como a gente que se diz civilizada. Essa história de levar o tempo, sem correção, sem linha, numa desagradável bonancheirice, podia ser incomparável e era. Em nenhuma grande cidade com a consciência de o ser se faziam visitas como no Rio nem se tomava café com tamanha insensatez. Mas não era *chic*, não tinha o brilho delicado da arte de cultivar os conhecimentos, erigir a conservação do conhecimento num trabalho sério e conservar a própria individualidade e a sua intimidade a salvo da invasão de todos os amigos.

Com o Chá e as Visitas modernas, ninguém se irrita, ninguém dorme a conversar, os cacetes são abolidos, a educação progride, há mais aparência e menos despesa, e um homem só pode queixar-se de fazer muitas visitas, isso com o recurso de morrer e exclamar como Ménage[4] na hora do trespasse:

Dieu soit loué!
Je ne ferais plus de visites...[5]

Temos aí o inverno, a "*season*" deliciosa. Em que ocupará a carioca o seu dia! Em fazer-se bela para tomar chá e ir aos "dias" das suas amigas. Não se pode dizer que não tenha ocupações e que assim não conduza com suma habilidade a reforma dos hábitos e dos costumes, reforma operada essencialmente pelo chá e pelas visitas...

Daí talvez esteja eu a teimar numa observação menos verdadeira. Em todo o caso o chá inspira esses pensamentos amáveis, e desde que tem o homem de ser dirigido pela mulher, em virtude de um fatalismo a que não escapam nem os livres-pensadores, mais vale sê-lo por uma senhora bem-vestida, que toma chá e demora pouco...

---

4 Gilles Ménage (1613-1692) foi um autor, gramático e historiador francês.
5 Em português, "Deus seja louvado! / Não farei mais visitas...".

OS SENTIMENTOS DOS ESTUDANTES D'AGORA

— Parece-me que o sr. não deseja ouvir a minha lição?

— Que estou cá a fazer então?

— O sr. fala alto e interrompe-me.

— Estou comentando certas frases suas com que não concordo.

— O sr. é um ignorante, e eu é que devo responder aos seus comentários.

— Está a provocar-me? Olhe que não tenho medo de caretas.

— Nem eu. Retire-se.

— Retiro-me sim.

Era um jovem reforçado. Ergueu-se, caminhou batendo com os pés. Dois outros estudantes fizeram o mesmo, arrogantemente. À porta o jovem reforçado berrou:

— Não tenho medo, não. Saia cá para fora, se é capaz!

A esse desafio, o professor largou a brochura que folheava e voou, positivamente voou para cima do aluno. A aula inteira ergueu-se; contínuos, o pessoal da secretaria, outros estudantes como por encanto apareceram, impedindo a cena brutal de pugilato. O aluno, levado por outros colegas, tinha um sorriso insolente de vitória. O professor, debatendo-se nos braços dos bedéis, gritava:

— Larguem-me! Quero dar uma lição de educação a esse patife insolente!

Estávamos a ouvir uma aula interessantíssima. Aquele incidente fechava-a com um escândalo. Era aliás o terceiro em menos de um mês. O estabelecimento vibrava inteiro. Os estudantes, nem havia dúvidas, tomavam à entrada o partido do colega ou preparavam-se indiferentes para assistir — como me disse um — "à impagável tourada". Na secretaria, a direção deliberava, hesitante na expulsão dos três culpados.

— E se saem todos?...

— Preciso ser desagravado!

— É um escândalo!

Afinal o ato decisivo ficou adiado por vinte e quatro horas e o professor saiu agitado com alguns amigos. Eu, nem ao menos pudera sorrir. A cena empolgava-me, e na rua, conversando com um filósofo, o filósofo comentou o fato.

— Que queres? A culpa é dos professores que, após as aulas, estabelecem uma camaradagem excessiva com os rapazes, vão com eles às cervejarias, contam-lhes anedotas picarescas. Foi-se o tempo do respeito ao lente. O lente é

OS SENTIMENTOS DOS ESTUDANTES D'AGORA

hoje um homem que tem sob a cabeça suspensa a bengala do estudante.

— E o sr., que faz o senhor?

— Oh! eu acho isso muito mau, mas vou também às cervejarias com eles. Porque não quero granjear inimizades...

Estas palavras e a cena a que acabava de assistir fizeram-me pensar. Pensar é fácil agora. O mundo tem o que se pode chamar uma superabundância de ideias. Pensa-se muito. Pensa-se demais. Tomei o meu automóvel, abstrato. O professor de filosofia preferira ir a pé. E só no carro, com rapidez, fui relembrando a transformação da alma do estudante — não do estudante apenas nacional mas a do estudante universal.

O estudante era, há trinta anos, uma criatura que respeitava o saber como o inacessível e por consequência o professor como o venerável instrumento da escalada do impossível. O professor era uma obsessão, a ideia fixa desde os tenros anos. Havia primeiro o feroz e tremendo professor de primeiras letras, armado de uma régua, de uma palmatória, de vários castigos vexatórios e de uma supina ignorância. Não era um professor, era um torcionário do espírito e do corpo. As crianças ficavam pálidas e tinham crises convulsivas de choro, quando se avizinhava a hora sinistra de ir para o colégio. O colégio se lhes afigurava o cárcere, onde um homem cruel era pago para torturá-las. Os pais levavam os meninos pelas orelhas. As mães aflitas soluçavam. As despedidas eram tremendamente cruéis, com gritos, desmaios, um ambiente de morte.

87

— Adeus, meu filho querido!

— Mamã!... mamã!...

O pai severo — era no tempo em que os pais eram severos e não tinham quase nunca a amizade dos filhos — bradava:

— Nada de choros. Não quero maricas em casa! Precisa ser homem. Peralta!

O petiz passava a outros braços a chorar, e o seu último abraço era o de uma preta velha, que fatalmente o criara e a quem ele considerava como a sua mãe preta. Depois lá seguia para o monstro ou jesuíta ou civil e ainda ouvia o pai dizer:

— Inteira liberdade, sr. professor. Quero meu filho homem. Bata-lhe sempre que for preciso.

O pequeno ficava. Batiam-lhe. Aprendia com dificuldade, acumulando ódios e almejando os preparatórios. O cérebro, violentado por um estudo estúpido, trepava a custo nas noções de humanidades dadas por uns professores empoeirados e nada brilhantes. Já homens entravam com furor na pândega e nas academias. Os passados professores eram desprezados; os últimos venerados como os pontífices do saber, e rapazes de bigode tremiam ao interrogatório de um lente catedrático, ouviam as suas palavras como a da própria sapiência.

Esses rapazes, entretanto, são os pais e os lentes de hoje. Aos filhos transmitiram a herança de surdo ódio acumulado na raça, uma porção de lustros contra o professor; esses rapazes fizeram a própria revolução do ensino e,

OS SENTIMENTOS DOS ESTUDANTES D'AGORA

sem querer, oh! sim! infiltraram na geração futura a irreverência, a raiva, a hostilidade contra o professor. Hoje, graças a eles que ainda sofreram e penaram, levando varadas, castigos de jejuns, palmatoadas, ralhos de escravos, os pequenos têm o mimo fraternal, uma esplêndida falta de respeito pelos professores, e tratam o mestre de superior para inferior, vendo sempre no ex-monstro a injustiça.

Os pequenos, hoje, aos seis anos, já passeiam na rua sós, e têm namoradas. Quando, nessa pura idade, não são uns sabidos de marca, com dois anos de colégio, em geral, pedem a escola.

— Quando é que vou para o colégio, papá?

— Está com vontade de aprender?

— É que me aborreço muito em casa.

Vai. O pai paternalmente leva-o, recomenda-o. O colégio pensionista virou caserna em que mais ou menos se preparam os voluntários da campanha da vida. Os jesuítas tremem de medo diante desses petizes, porque, à menor censura, os pais logo resolvem tirá-los dos colégios e dar queixa aos jornais. Os professores leigos têm ginásios e são escravos dos srs. alunos. Nos colégios não internos, é um divertimento. Os rapazes levam flores às professoras e às adjuntas, fumam cigarros, jogam o *foot-ball*, têm namoradas. A vida intensa, esta vida de vertigem, de ambição, de fúria e de velocidade incute-lhes o sentimento de que o professor é um inferior — porque limita a ambição a ensinar-lhes umas coisas que todo o mundo deve saber. Os meninos são príncipes com a ideia que os príncipes fa-

VIDA VERTIGINOSA

zem dos preceptores. Os exames de preparatório tornam-
-se o campo extensíssimo onde os exemplos dessa formidável transformação da alma do estudante pululam. O ato
do exame é tão comicamente ridículo como o de outrora. Os empenhos, a proteção, e a ignorância das matérias
mais ou menos idênticas. Apenas o estudante passado era
o pobre-diabo cheio de medo, aterrado, sem a confiança
em si mesmo, e o estudante d'agora é o rapazola que discute teatro, frequenta o café-cantante, fuma com o papá,
confia cegamente no futuro e tem uma alta compreensão
do seu valor pessoal. Quando chega às academias, os lentes têm apelidos, os comentários às suas falhas de saber e
de moral são constantes, as aulas têm pouca frequência e
o aluno considera o mestre seu igual, ou seu inferior. Os
queridos mestres, quase sempre, os amigalhaços, são os
que com eles saem em charola a conversar. O exame sem
aprovação é considerado como um ato de desconsidera-
ção pessoal que precisa de ataque, que requer a vaia e, na
maioria das vezes, o desforço físico. As perturbações dos
colégios internos são constantes. No Ginásio, no ano em
que meia dúzia de examinadores pretendeu agir com um
pouco de severidade, foi a polícia para lá, o Largo do De-
pósito[1] ficou em polvorosa e eram correrias de piquetes
de cavalaria sob vaias monumentais a assobio e a batata.

— E o saber?

---

[1] Atual Praça dos Estivadores, localizada no centro do Rio de Janeiro. Inte-
gra o Circuito Histórico e Arqueológico da Celebração da Herança Africana.

OS SENTIMENTOS DOS ESTUDANTES D'AGORA

— É preciso saber para ser aprovado?

Nas escolas superiores a mesma concepção igualitária nivela o curso. O estudante vai ao extremo, e lentes, homens absolutamente notáveis, têm sido desacatados porque não aprovaram os alunos, por ódio pessoal...

É só aqui o fenômeno? Não? Não. É em toda parte. Vejam o que se passa na França, em Paris, em países de tradição. As vaias na Sorbonne, os ataques aos lentes estão na memória de todos. E é assim na Áustria, na Alemanha, em Portugal e em Espanha, onde as universidades conservam um poder irradiante de conservadorismo, é assim na Itália. Na Itália os exemplos são tão frequentes como em França. Em 1903 um aluno da escola naval esbofeteou o lente em plena aula. Desde então é moda na península país das artes. Ainda outro dia no liceu Trapani dava-se um caso mais grave do que o visto por mim uma hora antes. O professor de francês, homem bom e fraco, tal era o barulho, exclamara:

— Calam-se ou não, mal-educados?

No fim da aula um dos interpelados aproximou-se do professor.

— Não sou mal-educado. O sr. vai retirar a palavra antes de sair.

O professor, pálido, explicou com sutileza:

— Não disse mal-educado por julgar que os srs. receberam má educação; disse porque no momento os srs. pareciam mostrar tê-la esquecido.

Mas não acabou. O rapaz estendera-o com uma bofetada violenta...

Casos idênticos há uma porção a consignar. E a Europa basta para mostrar a crise típica de transformação, que deve ser é muito mais rápida no novo mundo. O estudante é outro. A vida moderna tem uma divisa:

Tout et pas plus
Tout est permis.[2]

O respeito, a distância cronológica das idades são sentimentos desconhecidos. Foram os nossos ascendentes que prepararam a revolução, somos nós que estabelecendo a igualdade criamos a anarquia. O ímpeto juvenil é incomensuravelmente maior agora do que em qualquer outra época. Há sintomas generosos: o de amor ao trabalho, o de conquista vertiginosa, o apetite de vencer, a segurança com que rapazes são mestres e vencedores na idade com que outrora tremiam diante do professor, o desenvolvimento pasmoso da personalidade, do orgulho, a maravilhosa maneira por que se aprende, estando o conhecimento no próprio ar que se respira. Há também violências e erros. A mocidade despreza o passado e quer ser a única obedecida. O mestre passou a ser uma impertinência. O papel do mestre no futuro será o de conferente, o de conversador. O exame é cada vez mais uma formalidade. Eu os assisti em vários países — os mestres. Brevemente, após as monografias lidas com arte, eles apenas conversarão com os assistentes — porque o aluno no mundo sábio será uma extravagância ridícula ou ver-

---

2 Em português, "Tudo e não mais/ Tudo é permitido.".

OS SENTIMENTOS DOS ESTUDANTES D'AGORA

gonhosa. Um professor de primeiras letras mostrava-me há dias as provas de vários alunos seus que já não aprendiam a ler pelo processo antigo, das letras, das sílabas e das palavras, mas que começavam pelas sílabas, com um processo de fotografia cerebral admirável. Já hoje não há aluno de qualquer curso superior que não critique ou não discorde do professor. Tempo virá em que o ensino não passe de série de conferências sucedidas de diálogos amáveis, em que os conferentes também aprendam um pouco com os assistentes e ao começar peçam desculpas do seu pouco saber... Não há mais crianças — é sabido. Há homens jovens que sabem tudo e são práticos. "A experiência imediata da vida resolve os problemas que mais desconcertam a inteligência pura", disse William James,[3] professor da Universidade de Harvard. Não haverá mais gente idosa, gente velha senão para ser espectadora da vida intensa. Os velhos são fósseis. Os homens que querem se prestigiar com essa ex-importância são vaiados. É a juventude, a vida nova, a vida vertiginosa.

O meu automóvel, entretanto, parara. O motorista, a quem no dédalo das ruas confiara a minha vida, abrira o tampo da máquina para ver os cilindros. E eu a fazer reflexões sobre a diferença das gerações, a propósito de um conflito insignificante! Nada disso era verdade. Os estudantes são crianças, e como tal, entre os estudantes deve haver

---

3 William James (1842-1910) foi um professor estadunidense, atuando em áreas diversas, como teologia, filosofia e psicologia. Participou da expedição científica Thayer, que percorreu o Rio de Janeiro e a Amazônia entre 1865 e 1866.

criança teimosas. Apenas. Nada do que pretendera o meu apetite psicológico poderia ser provado. Ah! fantasia…

Saltei. Indaguei do motorista.

— Então o que há?

— Um pequeno desarranjo, nada de importância.

— Deixe ver.

— Fique tranquilo. O sr. não entende disso.

A resposta fez-me olhá-lo. Era um rapaz franzino, imberbe, com um vinco na testa.

— Que idade tem o rapaz?

— Quinze anos. Por quê?

— Por nada.

— Pronto. Suba.

— Mas quinze anos mesmo?

— Ainda vou fazê-los.

O carro sacudiu-se numa convulsão, deslizou, partiu rápido. Então, como a minha reflexão estava resolvida a continuar, tornei a pensar que tinha razão. O atestado-símbolo de quanto eu dissera ia comigo: aquele menino de quinze anos a quem eu entregara a vida e que seguia, orgulhoso, sem me dar importância, inteiramente entregue à ebriedade de vencer as distâncias. Os estudantes tinham a mesma idade. Como compreender o Respeito no momento da Velocidade? E eu dei mentalmente razão aos estudantes, tremendo, com medo — porque se não desse, se duvidasse deles, se duvidasse, se não concordasse mesmo com os seus excessos universais não seria, oh! deuses imortais! já não seria moço, já teria horror de ser considerado velho, já não gozaria na vida breve o prazer de ser intensamente d'agora…

O RECLAMO MODERNO

Eu saía precisamente de ver combinar várias empresas no escritório de um milionário, pobre há oito anos. O reclamo! É preciso dar na vista, chamar a atenção. Foi-se o tempo da frase: "A boa qualidade impõe-se." Não há boas qualidades: há reclamo, a concorrência, a intensidade de reclamo do rumor. Todos nós estamos à porta de uma barraca de feira, ganindo a excelência dos nossos produtos. Liricamente magoado, ouvira durante meia hora a palavra entusiasmada do poeta Pedreira, que se fizera agente de anúncios e cheio de dinheiro desprezava agora os alexandrinos e os outros poetas. Pedreira, o primeiro dos agentes de anúncio, por direito de conquista e nascimento, falara cheio de verve.

— O Reclamo, meu caro, é o aproveitamento de um mal contemporâneo: o mal de aparecer. É o mal devorador, é a epidemia, é o flagelo açoitando todos os nervos, todos os cérebros, como um castigo dos céus. Que queres tu que se faça na ânsia da vida moderna, na nevrose da concorrência, no desespero de vencer? Aparecer! Aparecer! Não se pensa mais na filosofia amarga do desaparecimento: as legendas em bronze dos portões dos cemitérios perderam o sentido, a significação para o homem contemporâneo do automóvel, que julga a vida um *record* e só pensa em não ficar *en panne*, nem esquecido dos que olham.

"Vê o mundo. O trabalho duplicou, decuplicou, centuplicou. O esforço para a evidência, para a personalização na grande feira humana, chupa os ossos, rasga os músculos, arranca os nervos, esgota, desvaira, enche os manicômios; mas a onda continua, impetuosa, irresistível, para além das forças concebíveis, atirando aos píncaros os vitoriosos — os vitoriosos de um instante que conseguiram aparecer. O reclamo é o rochedo a que se agarram os salvados do desastre — o reclamo, gritado, estridente, reclamo que é às vezes mentira, que é às vezes inconveniência, que chega a ser calúnia, mas que faz aparecer na mente alheia, com a brutalidade de um prego entre os olhos, o nosso nome, o nosso feito, a nossa ação individual...

"Dize cá. Por que faz toda a gente conferências? Para ganhar dinheiro? Não só por isso, mas principalmente para gozar do reclamo antes e depois. Foi um processo de galarim permanente dos aclamados para ser depois a falcatrua dos falhos para terminar em válvula de aparição para uma série de nomes desconhecidos. Por que escre-

O RECLAMO MODERNO

vem as senhoras? por que vão defender o divórcio e outras teorias ex-subversivas? Para armar o escândalo e dar mais na vista. É claro. Por que os escritores não se limitam mais ao livro único, e se esfalfam em originais para as gazetas, no desespero da produção? Dificuldades pecuniárias? Talvez. Mas decerto, fatal, irresistível, orgânica, a permanente vontade de se ver impresso, falado, discutido, citado. Já estiveste cinco minutos com um homem, sem que o visses falar do seu próprio valor? Se é *sportman*, fala dos seus conhecimentos, do seu automóvel, do seu cavalo; se é dado a conquistas, é insuportavelmente vaidoso; se tem uma profissão na classe, só há ele e os seus amigos muito depois. Os mais polidos, os mais amáveis, mesmo fazendo a outrem o elogio que reclama retribuição, não deixam de se elogiar aproveitando a forma comparativa. Diante da máquina humana: uma estrada atravancada de máquinas. No bojo de cada máquina, a movê-la, mola de aço substituta da alma: o *Eu* desesperador. E são todos! Aparecer! Aparecer! Cada sujeito cria uma atitude, cada ser fixa a personalidade de um gesto, cada tipo arvora uma certa mania, e não há quem não queira ser o primeiro da sua classe, o bem conhecido, o sem rival... Observa a sociedade, o torvelinho, o caos, o sorvedouro, o *fjord* humano que é uma grande cidade. Vês aquele cavalheiro? É um valdevinos admiravelmente bem-vestido.

"Não o era antes. A necessidade de posar, de conservar em evidência a sua fachada fê-lo descer a roubar ao jogo, a peitar jóqueis em tribofes reles, a chumbar dados, a se degradar em alcovitismos, em proxenetismos infames. Mas aparece!

"Conheces Mme. Praxedes, a mulher mais elegante do Rio? Tem trinta e cinco anos e um filho de dezoito.

"Suicidar-se-ia, se a proibissem de ir a uma *soireé fashion*,[1] se faltasse a uma festa, a um *raout*[2] qualquer de gente bem-lançada. É preciso aparecer, não ser esquecida, conservar no público a ideia da sua beleza.

"Estás atordoado. É pena. Não faço mais que dizer banalidades sobre observações palpitantes! Esta é que é a verdade.

"Olha, por exemplo, naquele carro a estrela fulgurante dos nossos teatros. Tem quarenta contos de dívidas, todas as suas joias são falsas, são o clássico *double* das verdadeiras já até desaparecidas do prego. Pela manhã, antes de consertar a cara com clara de ovo dormida ao relento, tosse meia hora na crise asmática da velhice retardada. Mas conserva o seu inalterável sorriso de Vênus da ribalta e daria a última gota de sangue e sofre todas as humilhações para permanecer no palco, conservando na mente da cidade o seu nome, o seu gesto, o seu tipo que veio à tona.

"Ainda não te dás com aquela família que caminha a pé para o teatro ou para um baile? O pai já se esgotou; a mãe e as três deliciosas filhas permitem as mais perigosas in-

---

1 Em português, uma festa noturna elegante. A expressão é um exemplo de como era comum à modernidade misturar termos em línguas diversas. *Soirée* (francês): festa noturna. *Fashion* (inglês): elegante, na moda.
2 Termo francês que designa uma grande recepção mundana.

O RECLAMO MODERNO

timidades a sujeitos com dinheiro — para obter cadeiras, vestidos, camarotes, no desespero de querer participar do grande luxo e de aparecer.

"Estes são apagados exemplos urbanos. Na Detenção há gatunos que se suicidam de mentira para que os jornais falem; no hospício, a preocupação da totalidade dos doidos é a sua personalidade perante o público. Os mais audaciosos assassinos e desordeiros, quando são presos, têm *reporters* da sua confiança aos quais mandam chamar para que a notícia seja verdadeira, bem clara, bem cheia de pormenores e bem com o seu nome. Bem considerada, a vida não é senão um penoso trabalho de dar na vista. Não há mais ninguém modesto. O sábio no laboratório arrisca a existência com o fim de ver o seu retrato em todos os jornais, o inventor inventa antes de tudo um meio de se destacar, e se passasses um dia na redação de um jornal é que verias o número de pessoas caridosas, inventoras, artistas, organizadoras de coisas, apenas para empurrar o nome. Que digo? Aparecer é uma questão nacional. Desde que a imprensa francesa deixou de amolar aos seus leitores com um rataplã desordenado em torno do Santos Dumont, o Brasil está todo comovido, e já se fala em justa reivindicação.

"Mas não pares agora, homem de Deus! não me interrompas! Lá vem o redator mundano de um jornal que dá o nome das pessoas. É um idiota. Mas que fazer? Tratemo-lo bem, como ele nos trata! Diabo! Lá parou a conversar. São os Azevedo loucos pelo reclamo. Os coitados inventaram agora mais um grêmio: o *Dreams-Club*... Acabam no hospício! Enfim...

"Reflete no número crescente de desfalques, não só aqui no Rio, mas em todo o mundo, desfalques perpetrados por gente quase sempre considerada digna do nosso cumprimento. É a vertigem, a vertigem alucinadora, o medo, o pavor de não poder aparecer mais, aparecer sempre mais.

"Oh! não se discutem os meios, os processos. A questão é outra. Sou um criminoso, um assassino, um ladrão tremendo? Venha o nome, olhem o meu perfil, assustem-se comigo. Sou eu! sou eu! Levei a minha vida a fazer o bem, protegendo os miseráveis na sombra, construindo hospitais? Inaugurem o meu retrato, falem de mim! Sou eu! O preciso é predominar, ultrapassar o comum e o anônimo. Arranjo dinheiro por meios ilícitos? Que te importa? Aparento mais luxo que os mais, mandei buscar uma vitória-automóvel como a da rainha de Espanha e os jornais falam!

"Uf! Admiras-te destas frases que te vou segredando? Olha a rua, homem paciente e amável. Que vês! O senhor do mundo inteiro, o reclamo no seu horrífico multiformismo. Passou um sujeito de boné, deu-te um papel: 'Faz-te a apologia de três ou quatro cantoras do Cassino.' Paramos há instantes diante de um carro iluminado cruamente: era um carro-anúncio. Em cada praça, onde instintivamente demoramos os passos, nas janelas, do alto dos telhados, em mudos jogos de luz, os cinematógrafos e as lanternas mágicas gritam através do *écran*, o reclamo do melhor alfaiate, do melhor livro, do melhor teatro, do melhor revólver. Basta parar alguns minutos para ver o galope dos nomes. No alto das casas, o interesse e a nevrose, não só nas lanternas mágicas como em letras de fogo, azuis, vermelhas, verdes, enterram no público a pua do reclamo; na praça, as feiras de música em que a luz elétrica incendeia os cartazes e galvaniza os apetites exaustos de multidão! Aparecer. É a moléstia de cidade, a moléstia do mundo.

"E quantos faz ela ganhar, para quantos serve de sustento! São os artistas, são os eletricistas, são os ociosos, são os cavalheiros com boas ideias de fazer o produto dar na vista. Essa nevrose, meu caro amigo, fez perder definitivamente a vergonha a todos, arranjou dinheiro onde era impossível arranjá-lo, e criou uma repartição maior que todas as repartições públicas com empregos desde diretor até contínuo: a Repartição do Reclamo.

— És nessa repartição?...

— Chefe de seção. Na das musas, nem amanuense era...

Deixei-o bem impressionado. Mas tendo caminhado um pouco dei com um excelente rapaz.

— Franz? bom dia, caro...

— Bom dia. Que calor, hem?

— 35 graus à sombra. Um inferno!

— Se tomássemos uma cerveja?

— Com prazer.

Franz sentou-se, e alto:

— "*Garçon*", uma Teutonia "*frappée*". Se não fosse a Teutonia, com este calor, que seria de nós?

— Oh! bebedor!

— Não morreríamos, porque teríamos a excepcional Bock-Ale...

Franz é um bom rapaz que eu encontrei num excelente grupo de ótimos rapazes bebedores de cerveja. Alguns já morreram. Um deles eu vira menino, e morreu com quatro corpos meus, ingerindo umas três dúzias de garrafas de cerveja por dia e gastando oitocentos mil-réis dos seus vencimentos no licor de Gambrinus, como dizia por ouvir dizer.

Não sei qual o emprego de Franz. Vejo-o sempre bem-vestido, rodeado de companheiros, a beber cerveja; hoje é com imenso espanto que o noto de luto fechado, quase triste apesar daqueles gritos, a chamar o "*garçon*"...

— Mas também você de preto!

— Então não sabe?

— De quê?

— Venho de acompanhar o enterro de Guilherme Hopffer, aquele que teve um *chopp*...

— Morreu?

— Está enterrado.

— A moléstia?

Franz ficou sério. Uma nuvem passou-lhe pelos olhos.

— Do que eu vou morrer...

— A bebida?

O RECLAMO MODERNO

— Sim, a bebida com que se ganha a vida...

Fiquei interrogativamente mudo. Franz empurrou o copo. Um silêncio tombou. Afinal, o pobre rapaz teve um arranco.

— Não sabe de que vivia Guilherme? Do mesmo que eu vivo. De beber cerveja. Foi ele, quando quebrou a casa, que imaginou, na luta das fábricas de cerveja, a instituição dos agentes reclamos vivos. Nada do homem-*sandwich*[3], mas o homem barril de cerveja. A fábrica a que se propôs, aceitou. Outra ofereceu-lhe logo o triplo. Ele tinha um conto de réis por mês e ordem ilimitada para beber em qualquer ponto quantas garrafas de cerveja quisesse. Formaram-se grupos desses reclamistas, com ordenados nunca inferiores a quatrocentos mil-réis. Entrei nesses grupos, encarregados de expor indiretamente as marcas, de habituar os bebedores, de forçar a cerveja, mesmo grátis. Guilherme entretanto foi sempre o primeiro. Era espantoso. Não sei quantas dúzias de garrafas ingeria por dia. Tão hábil se tornou que, nas rodas de bebedores por ele formadas, os outros pagavam. Quando tinha o estômago cheio, erguia-se, ia ao "*water-closet*", punha o dedo na garganta, vomitava tudo e voltava plácido, a beber. Passava neste exercício de uma hora da tarde às duas ou três da manhã. Deitava-se, dormia até as oito, ia para o banheiro,

---

3 O homem-*sandwich* foi uma das novas modalidades de reclamo surgidas na modernidade. O nome se deve ao fato de usarem placas presas aos ombros com anúncios à frente e atrás do corpo enquanto andavam pelas ruas.

vomitava, e às nove estava lépido no escritório da companhia, a receber ordens. Sempre o julguei de ferro. Quase não comia. Não comia mesmo. E morreu em poucos dias, caiu desenganado pelo médico. Morria de beber cerveja. O doutor dizia que nunca vira um organismo em tal estado. Tudo — nervos, entranhas, coração — estragado. Pena tenho de não entender disso. Teria guardado o nome da moléstia — da moléstia de que talvez venha a morrer amanhã.

O pobre rapaz falava e eu recordava a figura de Guilherme Hopffer, magro, cabelo ralo, grandes mãos, andar ginástico, uma doçura alcoólica na pupila azul. Era macabramente amável, era extraordinário. Parecia com o frenesi da cerveja.

— Também vocemecê toma cerveja. *Pem pom!*

Surgia logo depois do almoço, alastrava-se numa *terrasse* de confeitaria, passava uma hora; seguia adiante. Certo dia encontrei-o umas dez vezes saindo de beber cerveja. A última, eram três da manhã, no largo do Machado. E agora o que parecera uma extravagância aparecia-me em todo o seu horror de concorrência, de luta pela vida, de desespero heroico.

Aqueles gestos, aquele ar, aquelas pilhérias que pareciam o feitio de um ser exótico, eram a consciente comédia de um negociante falido resolvido a cavar no mesmo ramo de negócio a subsistência.

Em casa havia mulher e filhos a dar comida. Que fazer? Arranjar dinheiro, não pouco, mas o bastante... Como?

O RECLAMO MODERNO

Ah! Como? Numa grande cidade, fechada aos infelizes; diante da indiferença que não se enternece...

Então germinou-lhe no cérebro naturalmente aquele atroz pensamento satânico de extinção para viver. A companhia não lhe daria, decerto, um conto de réis para ficar no seu escritório, mas deu-o sem trepidar para rebentar um homem como uma bomba de *chopps*, para se dilatar, para engolir a rival. E esse homem, absorvendo *chopps* e lançando-os nos cantos, arrastando a ingeri-los dezenas de sujeitos, tentando outros à profissão tremenda, ergue--se num elemento de devastação, convencido de que ele próprio seria uma das principais vítimas.

Que Poe, que Barbey imaginaria um conto de tal forma pavoroso?[4] Qual de nós descobriria em Guilherme o niilista tremendo, o anarquista mais cruel, mais louco, mais perigoso? Logo aos primeiros dias dessa vida de destruição e sem o vício sustentáculo, devia ter sentido claro, já não digo o crime de criar regimentos de suicidas para viver, mas o pavor do próprio desastre. Não recuou, não tremeu. Antes foi atacado de um verdadeiro frenesi religioso. Bebia, bebia, bebia, bebia — sem ficar bêbado, tendo que saber o que estava fazendo e o que devia continuar a fazer: beber.

Franz contava maquinalmente aquela existência, eu sentia na espinha um calafrio de medo, de um medo vago

---

4 Edgar Allan Poe (1809-1849) foi um romancista e poeta estadunidense, e Jules Amédée Barbey D'Aurevilly (1808-1889), um escritor francês. Ambos tornaram-se célebres por inovarem as narrativas de mistério.

e indizível, um medo maior que o dos espíritos timoratos à meia-noite num cemitério, o medo glacial da gente que passava, do "*garçon*" que servia, do pobre e lamentável Franz, das altas casas, das conduções rápidas. Era a civilização, na sua frieza, era o "*struggle for life*" e a engrenagem mecânica da sociedade esmagando os mais fracos. Por que se dera aquela morte? Para reclamo e supremacia de uma companhia. Tinha ela culpa? Absolutamente nenhuma. Aceitava o que julgava útil aos interesses dos seus acionistas. Para que mais seguro fosse o pão de centenas de operários, morriam alguns utensílios do gigantesco aparelho, e utensílios com instintos perigosos. A companhia devia ter mandado uma coroa. Nenhum dos diretores teria de saber a causa da morte, e quem a dissesse arriscar-se-ia, decerto, a perder o emprego, porque estaria a fazer obra de revolta cometendo injustiças contra as larguezas monetárias com que uma poderosa empresa recebera as originais propostas de ociosos bebedores de *chopps*. A verdade era essa para o mundo do interesse e também para os justos. O macabro reclamo vivo estalara como um odre. Que últimos dias teria tido! Que grande ódio ao mundo na segurança da morte! E que entrevista com a Ceifadora, se é que a Morte nos vem regularmente buscar para apressar a extinção da Vida... Mas estava morto, estava enterrado, e outros reclamos vivos, àquela hora, pela cidade vasta mostrariam a excelência de várias bebidas. Era a civilização.

O RECLAMO MODERNO

Cheio de piedade, interroguei Franz.

— E você, que vai fazer?

— Eu?

— Sim. Decerto, com tal exemplo, você não vai ficar na profissão de beber muita cerveja como reclamo.

Ele estava admiradíssimo.

— E por que não?

— Porque morre. É o menos.

— Todos nós temos de morrer. Tanto faz hoje…

— Então continua?

— Eu digo. A companhia tem gasto um dinheiro louco em reclamos. Nem pode imaginar. Depois, são tão gentis!… Chamaram-me para substituir o Guilherme.

— E aceitou?

— Nem tinha dúvidas. Um ordenadão! Olhe que isto é sempre melhor do que ser empregado público. Toma outra garrafa?

— Obrigado.

— Mas tomo eu.

— Por que vai você fazer isso, Franz, você, que já não pode ter sede?

De novo o seu semblante contraiu-se.

— Com este calor, há gente passando… Sempre lhes abre o apetite… "*Garçon!*" outra garrafa! Bem gelada! Está excelente.

Fazia realmente um calor de fornalha. O pobre reclamo moderno ingeria o copo cor de topázio. Um diamantino brilhava-lhe no dedo mínimo. E em outras mesas havia cavalheiros bebendo cerveja. Reclamo? Que sei eu? Havia de outras marcas. Eram as outras fábricas? Talvez... Mas o meu coração confrangia-se ao lembrar que talvez no futuro verão já aquele Franz brilhante não estivesse ali, onde estivera o verão passado a figura macabramente alegre de Guilherme Hopffer...

MODERN GIRLS

— Xerez? *Cok-tail?*

— Madeira.

Eram sete horas da noite. Na sala cheia de espelhos da confeitaria, eu ouvia com prazer o Pessimista, esse encantador romântico, o último cavalheiro que sinceramente odeia o ouro, acredita na honra, compara as virgens aos lírios e está sempre de mal com a sociedade. O Pessimista falava com muito juízo de várias coisas, o que quer dizer: falava contra várias coisas. E eu ria, ria desabaladamente, porque as reflexões do Pessimista causavam-me a impressão dos humorismos de um *clown* americano. De repente, porém, houve um movimento dos criados, e entraram em pé de vento duas meninas, dois rapazes e uma senhora gorda. A mais velha das meninas devia ter quatorze anos. A outra teria doze no máximo. Tinha ainda vestido de saia entravada, presa às pernas, como uma bombacha. A cabeça de ambas desaparecia sob enormes chapéus de palha com flores e frutas. Ambas mostravam os braços desnudos, agitando as luvas nas mãos. Entraram rindo. A primeira atirou-se a uma cadeira.

— Uff! que já não posso!...

— Mas que pândega!

— Não é, mamã?...

— Eu não sei, não. Se seu pai souber...

— Que tem? Simples passeio de automóvel.

A menor, rindo, aproximou-se do espelho.

— Mas que vento! Que vento! Estou toda despenteada...

Mirou-se. Instintivamente olhamos para o espelho. Era uma carita de criança. Apenas estava muito bem pintada. As olheiras exageradas, as sobrancelhas aumentadas, os lábios avivados a carmim líquido faziam-lhe uma apimentada máscara de vício. Era decerto do que gostava, porque sorriu à própria imagem, fez uma caretinha, lambeu o lábio superior e veio sentar-se, mas à inglesa, trançando a perna.

— Que toma?

— Um *chopp*.

A outra exclamou logo:

— Eu não, tomo *whisky*, *whisky and Caxambu*.

— *All right*.

— E a mamã?

— Eu, minha filha, tomaria uma groselha. O sr. tem?

— Esta mamã com os xaropes!

E voltou-se. Entrava um sujeito de cerca de quarenta anos, o olho vítreo, torcendo o bigode, nervoso. O sujeito sentou-se de frente, despachou o criado, rápido, e sem tirar os olhos do grupo, em que só a pequena olhava para ele, mostrou um envelope por baixo da mesa. A pequena deu uma gargalhada, fazendo com a mão um sinal de assentimento. E emborcou com galhardia o copo de cerveja.

Nem a mim, nem ao Pessimista aquela cena podia causar surpresa. Já a tínhamos visto várias vezes. Era mais um caso de precocidade mórbida, em que entravam com partes iguais o calor dos trópicos e a ânsia de luxo, e o desespero de prazer da cidade ainda pobre. Aqueles dois rapazes, aliás inteiramente vulgares, para apertar, palpar e debochar duas raparigas, tinham alugado um automóvel, mas tendo nele a mãe por contrapeso. A boa senhora, esposa de um sujeito decerto sem muito dinheiro, consentira pelo prazer de andar de automóvel, pelo desejo de casar as filhas, por uma série de razões obscuras em que predominaria decerto o desejo de gozar uma vida até então apenas invejada. O homem nervoso era um desses caçadores urbanos. A menina, a troco de vestidos e chapéus, iria com ele talvez…

— É a perdição! — bradou o Pessimista.

— É a vida…

— Você é de um cinismo revoltante.

— E você?

O Pessimista olhou-me:

— Eu, revolto-me!

— E o que adianta com isso?

— Satisfaço a consciência...

— Que é uma senhora cada vez mais complacente.

O Pessimista enlouqueceu de raiva. Eu, com um gesto familiar, tirei o chapéu às meninas — que imediatamente corresponderam ao cumprimento.

— Oh diabo! conhecê-las!

— Nunca as vi mais gordas.

— E cumprimenta-as?

— Por isso mesmo: para as conhecer. É que essas duas meninas são, meu caro Pessimista, um caso social — um expoente da vida nova, a vida do automóvel e do *velivolo*.[1] O homem brasileiro transforma-se, adaptando de bloco à civilização; os costumes transformam-se; as mulheres transformam-se. A civilização criou a suprema fúria das precocidades e dos apetites. Não há mais crianças. Há homens. As meninas, que aliás sempre se fizeram mais depressa mulheres que os meninos homens, seguem a vertigem. E o mal das civilizações, com o vício, o cansaço, o esgotamento, dá como resultado das crianças pervertidas. Pervertidas em todas as classes; nos pobres por miséria e fome, nos burgueses por ambição de luxo, nos ricos por vício e degeneração. Certo, há muitíssimas raparigas puras. Mas estas, que se transformaram com o Rio, estas que há dez anos tomariam sorvete, de olhos baixos e acanhadas, estas são as *modern girls*.

— Um termo inglês...

— Diga antes americano — porque americano é tudo que nos parece novo. Antigamente tremeríamos de hor-

---

1 Termo em italiano para designar *aeronave*.

MODERN GIRLS

ror. Hoje, estas duas pequenas são quase nada de grave. Semivirgens? Contaminadas de *flirt*? Sei lá! É preciso conhecer o Rio atual para apanhar o pavor imenso do que poderíamos denominar a prostituição infantil. Este é o caso bonito — não se aflija: bonito à vista dos outros, porque os outros são sinistros. O que Paris e Lisboa e Londres, enfim as cidades europeias oferecem tão naturalmente, prolifera agora no Rio. A miséria desonesta manda as meninas, as crianças, para a rua e explora-as. Há matronas que negociam com as filhas de modo alarmante. Há cavalheiros que fazem de colecionar crianças um *sport* tranquilo. A cidade tem mesmo, não uma só, mas muitas casas publicamente secretas, frequentadas por meninas dos doze aos dezesseis anos. Ainda outro dia vi uma menina de madeixas caídas e meia curta. Olhou-me com insolência e entrou numa casa secreta, que fica bem em frente ao ponto de carros elétricos em que me achava. Estas talvez não façam isso ainda, estas são as eternas perdidas.

— As eternas perdidas?...

— Criaturinhas com o trópico, o vício das ruas, o apetite do luxo que não podem ter, criaturinhas que desde o colégio, desde os dez anos, se enfeitam, põem pó de arroz, carmim, e namoram. O lar está aberto aos milhafres,[2] como se diria antigamente nos dramalhões. Elas têm um noivo, quando deviam estar a pular a corda. É um rapaz alegre, que lhes ensina coisas, e pitorescamente lhes "dá o

_____
2 Os milhafres são aves de rapina.

113

fora" tempos depois, desaparecendo. Logo, aparece outro. As meninas, por vício e mesmo porque lhes pareceria deprimente não ter um apaixonado permanente, recebem esse e com ele contratam casamento. Ao cabo de dois ou três meses a cena repete-se e vem terceiro, de modo que é muito comum ouvir nas conversas das pobres mamãs: "A minha filha vai casar." "Ah! já sei, com aquele rapaz alto, louro?" "Não. Agora é com aquele baixo, moreno, que em tempos namorou a filha do Praxedes"...

— Você é imoral...

— Estou a descrever-lhe um mal social apenas. Não é assim? É. São as *modern girls*. E o mesmo fenômeno se reproduz na alta sociedade, com mais elegância, sem a declaração de noivado oficial, mas com um *"flirt"* tão íntimo que se teme pensar não ser muito mais... Quais as ideias dessas pobres criaturinhas, meu caro Pessimista? Coitaditas! Ingenuidade, a ingenuidade do mal espontâneo. Elas são antes vítimas do nome, da situação, do momento, da sociedade. Nenhuma delas tem plena convicção do que pratica. E algum de nós, neste instante vertiginoso da cidade, tem plena consciência, exata consciência do que faz?

— Estamos todos malucos.

— Di-lo você! O fato é que de repente nos atacou uma hiperfúria de ação, um subitâneo desencadear de desejos, de apetites desaçaimados. Não é vida, é a convulsão de um mundo social que se forma. O cinismo dos homens é o cinismo das mulheres, seres um tanto inferiores, educados para agradar os homens — vendo os homens difíceis, os casamentos sérios, o futuro tenebroso. As *modern girls*! Não

MODERN GIRLS

imagina você a minha pena quando as vejo sorrindo com impudência, copiando o andar das "*cocottes*", exagerando o desembaraço, aceitando o primeiro chegado para o "*flirt*", numa maluqueira de sentidos só comparável às crises rituais do vício asiático!... Elas são modernas, elas são coquetes, elas querem aparecer, brilhar, superar. Elas pedem o louvor, o olhar concupiscente, como os artistas, os deputados, as "*cocottes*"; as palavras de desejo como os mais alucinados títeres da Luxúria. E tudo por imitação, porque o instante é esse, porque o momento desvairante é de um galope desenfreado de excessos sem termo, porque já não há juízo...

— Virou moralista?

— Como Diógenes,[3] caro amigo.

Entretanto, o grupo das meninas e dos rapazes acabara as bebidas. Os rapazes estavam decerto com pressa de continuar os apertões nos automóveis.

— Vamos. Já vinte minutos.

— Não quer mais nada, mamã?

— Não, muito obrigada.

— Então, em marcha.

— Para a Beira-Mar![4]

— Nunca! — interrompeu um dos rapazes. — Vou mostrar-lhes agora o ponto mais escuro da cidade: o Jardim Botânico.

---

3 Diógenes de Sinope (412 a.C.-323 a.C.) foi um filósofo grego conhecido por ser seguidor da corrente cínica, que rejeitava os valores sociais convencionais e defendia a vida em acordo com a natureza. O tema do cinismo grego retornará na crônica "Um mendigo original".

4 Ver p. 58, nota 8.

— Faz-se tarde. Olha teu pai, menina...

— Qual! Em dez minutos estamos lá! É um automóvel, esplêndido.

— Partamos.

O bando ergueu-se. Houve um arrastar de cadeiras. Saiu a senhora gorda à frente. A menina mais velha seguia com um dos rapazes, que lhe segurava o braço. A menina menor também partia acompanhada pelo outro, que lhe dizia coisas ao ouvido. Ficamos sós — eu, o Pessimista e o homem nervoso da outra mesa, o tempo aliás apenas para que o homem nervoso se levantasse e, tomando de um lenço que ficara esquecido na mesa alegre, o embrulhasse com a sua carta... A menor das pequenas voltava, rindo, a dizer alto para fora:

— Esperem, é um segundo...

Correu à mesa, apanhou o lenço com a carta, lançou um olhar malicioso ao homem, e partiu lépida, sem se preocupar com o nosso juízo.

— Essas é que são as ingênuas? — berrou o Pessimista.

— Há ingênuas e ingênuas. Ingênuas xarope de groselhas...

— E ingênuas whisky and Caxambu?

— Exatamente. Esta, porém, é menos que whisky, e mais que xarope — é o comum das "modern girls", o que se pode chamar...

— Uma ingênua cock-tail?

— E com ovo, excelente amigo, e com ovo!

A CRISE DOS CRIADOS

Recebo neste momento uma carta acompanhada do seguinte bilhete: "Lê estas linhas trágicas. Elas resumem o maior tormento contemporâneo das donas de casa e consequentemente dos pobres maridos das donas de casa. Lê e compenetra-te."

Desdobrei a missiva e li a seguinte longa história de um tormento de que ninguém fala.

"Minha cara Baby. Afinal ficou ontem resolvido. Fábio consente em partir no próximo dia 15. Depois com os últimos calores e os temporais súbitos a Wanda mostrou os incômodos de garganta. Estamos em preparativos. Uf! Partir! Partir é sempre bom, mesmo quando é apenas para outro bairro. Estou contentíssima! Uf! Três longos meses de repouso, três longos meses na casa dos outros, três longos meses sem a preocupação, a absorvente preocupação, a ideia fixa, a angustiosa ideia fixa...

Não te admires da minha face pálida, das olheiras cor d'agapanto, da magreza do meu todo, quando vires na estação esta tua amiga. É da ideia fixa. Sempre fui uma mulher feliz, nunca tive ciúmes, nem razões contra meu marido, tenho um lar encantador, dois filhos que são como duas flores novas, espelhos e costureiras que asseguram a continuação dos encantos que prenderam meu marido. Mas, oh! Baby, querida Baby, desde o primeiro dia do casamento o problema insolúvel rebentou aos meus olhos e foi crescendo, foi-se complicando, foi-se fazendo avatar, e nos liames da sua insolubilidade, só a pensar nele, como planta sugada, fui empalidecendo, afeando, perdendo o viço.

Se não partir no dia 15, talvez não resista. Estou, ao mesmo tempo que sinto vontade de chorar, com ímpetos de quebrar a louça, quebrar a cara ao Fábio, puxar as orelhas à Wanda. E só isso porque são seis horas da tarde e estamos apenas eu, o marido e os dois filhos; e só isso porque para jantar ou terei de ir à cozinha ou terá o Fábio de sair a encomendá-lo ao hotel.

Adivinhaste decerto, minha Baby. A neurastenia da tua amiga é o angustioso problema dos criados, a razão de ser, a causa das maiores desinteligências no nosso lar. Já não posso mais. Não posso! Não posso! Fábio, que odeia as gorduras dos hotéis, já foi à cozinha umas seis vezes e suspirou olhando as unhas. O filho já indagou se não se jantava. São seis horas. Por que saíram as duas criadas?

A CRISE DOS CRIADOS

Não sei. É lá possível saber por que as criadas deixam as casas hoje em dia? Ela, a cozinheira, chegou-se a mim e disse pela manhã:

— Depois do almoço, tenho de sair.

A copeira apareceu então.

— A patroa deixava eu aproveitar a companhia para fazer umas compras?

Eu tinha de sair. Mas como negar qualquer coisa às criadas?

— Podem ir, mas não esqueçam que o dr. Fábio janta às seis.

E dei-lhes dinheiro para os bondes e fiquei. Infelizmente, porque elas estavam de combinação e deixavam a casa só, por sentimento de perversidade. De resto isto não me causou muita emoção, estou acostumada. O que me admiraria era vê-las voltar. Imagina tu que este ano eu tive 96 criadas!

Sim, não rias nem julgues exagero. Noventa e seis criadas de janeiro a novembro. Recorremos a anúncios, a casas de comissão, a exploradores particulares, à inspetoria de imigração, ao subúrbio, à roça, ao diabo. Nunca conseguimos ter em regra uma criada mais de oito dias e tivemos as que duram um dia, meio dia, algumas horas e mesmo apenas minutos. Contando os dias sem criada, essas 96 dão a média no ano de uma criada para dois dias. No começo do ano eu e o Fábio a rir do problema apostamos, eu como havia de ser pior, ele como seria melhor e tomamos nota da primeira: uma alemã. Essa tinha um filho

119

que todas as noites rebentava de indigestão porque a mulher o obrigava a comer demais. Durou até o dia 5 porque partia para Santa Catarina, onde o marido, dizia ela, tinha uma carroça e *uma cavala*. O dono da venda arranjou-nos outra muito boa, sua patrícia, chegada da terra, e de toda confiança. Era um desastre. Foi limpar o chapéu alto do Fábio e amarrotou-o todo. Tentou abotoar-me as botas e arrancou tantos botões que por último arrancou as botinas, não tendo mais que arrancar. A comida era horrível e apesar do calor a mulher tinha horror à água.

— É impossível! — dizia eu.

— Mas fica! — assegurava Fábio. — Tem paciência.

Três dias depois a mulher fugia com o padeiro, que também era da terra. Ah! Baby, que torre de Babel ancilar foi a minha casa este ano. Comecei por uma alemã, não? Pois a penúltima era árabe! São italianas, espanholas, húngaras, inglesas, francesas, mulatas, pretas, brancas, todo o mundo. E nenhuma fica!

Por quê? indagarás tu a rir. Por quê? Ah! esse é que é o enigma. Por quê? É o caso de dizer como aquele poeta sobre os colegas futuros:

Poètes à venir, qui saurez tant de choses,
Et les direz sans doute en un verbe plus beau...[1]

---

[1] Em português, "Poetas do porvir, que irão tudo saber / Sem dúvida lhes dirá um verbo ainda mais belo...". Versos de autoria do poeta francês René Armand François Prudhomme, mais conhecido como Sully Prudhomme (1839-1907).

Só as donas de casa do futuro, decerto mais inteligentes, poderão explicar as causas desse estado horrível. Por que elas saem? Se às vezes nem entram ou quase não entram! No mês de agosto contratei uma criada de nome Miquelina. Era preta, magra, óssea, feia.

— Sabe cozinhar?

— Pra mim; quanto ao paladar dos outros é preciso ver.

— Quanto ganha?

— Sessenta e com a condição de sair às seis horas. Mas entro cedo.

— Pois bem, aceito.

— Venho amanhã.

No dia seguinte, às cinco da madrugada, fomos acordados com um barulho medonho. Quase que punham a porta embaixo. Fábio ergueu-se assustado e voltou satisfeito.

— É a cozinheira. Chegou cedo, hein? Teremos sorte?

Às oito horas levantamo-nos e, indo à cozinha, encontrei no meio de um lago, diante da pia com a torneira aberta, de joelhos, mãos postas, a criada que rezava.

— Nossa Senhora da Consolação, por quem és...

— Que é isso, rapariga?

— Cala a boca, estou rezando a Nossa Senhora.

Ela estava apenas bêbada, mas bêbada de cair e teve de ir, com a ajuda da polícia, rezar no xadrez. Teria estado esta em minha casa? A que a substituiu era da roça, trazida por um agente explorador. Pura roça do Méier e da plataforma, como disse o Fábio.

Chegou, e todas as condições foram aceitas. Se dormia em casa! Mas, duas horas depois, ela vinha anunciar que, tendo esquecido a roupa, ia buscar e voltava já. Até hoje, Baby. Deixou-nos uma saia suja e um par de chinelas velhas! E não te admires. A terceira que apareceu era espanhola. Tinha estado na casa do conselheiro Fulano, na do ministro Sicrano, era importante. Entrava às nove horas e saía às sete.

— Quanto é o seu aluguel?

— Conforme.

— Conforme o quê?

— Se forem duas pessoas 80$000.

— E mais?

— Cada cabeça a mais, mais 10$000...

— Por quê?

— Sabe *usted, mi señora*, que custa mais a fazer.

— E quando houver visitas?

— *Una gratificación...*

Mas tive uma em agosto que impunha como condições o jantar às quatro e meia da tarde e levar a comida para o "seu homem" que a viria buscar. Fábio estava perto e não aceitou, dizendo:

— Vai, filha, e não deixes de dar lembranças ao homem...

Que fazer? Que fazer? Já tive de pancada quatro criadas, a ver se alguma parava. É impossível. E neste momento, tendo de ir para a cozinha, já imagino o suplício habitual de amanhã, que é para mim o suplício de todos os dias quase.

A CRISE DOS CRIADOS

— Estão batendo.

— Deve ser criada.

— Quem é?

— Foi aqui que anunciou?

— Foi. Você é cozinheira?

— Do trivial, sim, senhora; as minhas condições...

E dizem isso sujas, desdentadas, feias, bêbadas, bonitonas, todas, todas...

Ah! não, Baby. No dia 15 partimos. Não imaginas o meu contentamento. Três longos meses sem ouvir isso, sem pensar em criadas — o grande tormento de tantas casas. E, aqui em segredo: vou empregar esses dias a convencer Fábio que devemos ir para uma pensão, definitivamente. Não achas?

Tua amiga, com coragem capaz de aturar 96 criadas em onze meses, e muito do coração."

Eu fiquei a pensar e a sorrir.

Há, cada vez mais grave, entre nós, a crise dos bons criados. É uma crise como outra qualquer, e terrível para quem precisa conservar uma certa linha social na sua residência. Não há servidores domésticos nem mesmo regulares. Os cozinheiros são atrozes, as cozinheiras são indescritíveis, os copeiros ignoram por completo o seu ofício, as damas de companhia, as mucamas, as criadas de quarto não têm qualificativos quanto ao cumprimento de sua obrigação. Há, porém, mais. Cozinheiras e cozinheiros são bêbados e ladrões, copeiros são gatunos, denunciadores, criminosos vulgares, a criadagem feminina participa

123

de todos os vícios e de todos os desequilíbrios. As queixas à polícia são constantes. Um dos maiores problemas de um dono de casa, com a incúria geral, é escolher um criado depois de procurá-lo muito. Se acha um, tem de ficar com ele e dar graças aos deuses.

Outro dia, diziam-me:

— Nós pioramos de ano para ano. Veja você na Europa como os criados são baratos e bons, de toda confiança. Aqui, já houve tempo. Agora é um escândalo, é uma vergonha. Os ordenados são fantásticos, os criados bandidos, e nada mais arriscado do que fazer o que nós todos somos obrigados a fazer: abrir o lar à invasão dessa tropa de delinquentes e trapos sociais, e ser a vítima indefesa nas suas mãos.

Realmente. O criado entra para uma casa sem carteira, sem informação, sem indagações.

Exige várias coisas. O patrão nada exige, porque então não veria criados. Tem um copeiro que não sabe servir à mesa mas lhe pede dinheiro adiantado; tem um cozinheiro inaudito que, além de queimar a comida e insultá-lo na cozinha, exige vinho às refeições e o almoço tarde, porque não se levanta antes das nove horas da manhã. Isso é, porém, o ideal — porque pode ter um ladrão, o membro de uma quadrilha de salteadores, um assassino, o que é evidentemente mais que as mais absurdas exigências. E apesar das exigências e dos perigos, a maior angústia de quem precisa de criados é obtê-los e conservá-los, mesmo por curto espaço de tempo.

— Por que vai embora você?

— Não sei, não.

— Dou-lhe cem mil-réis por mês. Você dorme fora, saindo às sete e entrando às oito. Você tem vinho e sobremesa a cada refeição; você recebe as suas visitas todas as sextas-feiras. Você não paga a louça que quebra. Já lhe dei vestidos meus. Por que vai embora você, duas semanas depois de entrar?

— Vou falar com franqueza: não simpatizo com esta rua!

A questão dos criados é uma questão econômica e também uma questão social. Não há dúvidas possíveis a respeito. Outrora, o criado como crise social e econômica faria rir às velhas matronas marechalas, em casas enormes como quartéis, de um exército de servos. Hoje, só falar em criada demuda e vinca de tristeza as pobres donas de casas pequenas.

— Por quê, senhores, por que não é como antigamente ou como na Europa?

Elas juntam as mãos nos salões, nervosas, sem ânimo diante do horrível problema, e em cada casa a irregularidade, o desperdício, o cansaço, a falta de serviço regular ameaçam desastres, complicações, agonias.

Ora, a crise dos criados explica de um modo absoluto a vertigem de progresso de um povo jovem e só por esse progresso pode ser explicada. Há penúria de criados? Não havia há vinte e cinco anos? Mas há vinte e cinco anos tínhamos escravos. O criado tinha por ideal agradar e acabava fazendo parte da família, sem vencimentos. Depois de 13 de maio os criados estavam baratíssimos. Os escravos não sabiam o que fazer. Mas fez-se a corrente imigratória. De repente, a velha aldeia acordou cidade triunfal. A vida americana despertou nos nervos modorrentos dos sem ambições. Um desencadear de apetites, de desejos, de vontades irrompeu. À sementeira de fúria ambiciosa dos imigrantes correspondeu o terreno fertilíssimo do país novo em frondosas árvores de negociatas, de projetos, de realizações onde estava tudo à espera de realização. De Portugal, da Espanha, da Itália, de várias províncias da Península, do Levante, do Líbano, da Polônia, da Alemanha, o imigrante vinha. Eram bárbaros rurais, ávidos de dinheiro, de gozo, de satisfações pessoais, ignorantes e querendo ganhar. Não faziam questão de profissão. Tudo lhes servia, menos, para a maioria, ir trabalhar na terra, voltar a ser o que era lá. As crises sociais das cidades americanas terão sempre como origem esse vício da imigração que renega o campo e se urbaniza.

Com a sua atividade, com o seu egoísmo triunfal, as raças que fizeram o ambiente de progresso vertiginoso, tomando conta de várias profissões, expulsaram e quase liquidaram os negros livres e bêbados, raça de todo incapaz de resistir e hoje cada vez mais inútil. E o problema ficou nitidamente traçado. De um lado os criados negros que a abolição estragou dando-lhes a liberdade. Inferiores, alcoólicos, sem ambição, num país onde não é preciso trabalhar para viver, são torpemente carne para prostíbulos, manicômios, sarjetas, são o bagaço da canalha. De outro, os imigrantes, raças fortes, tendo saído dos respectivos países evidentemente com o desejo sempre incontentado de enriquecer cada vez mais, e por consequência, transitórios sempre em diversas profissões. Como ter criados? Os negros não trabalham porque não precisam. Os brancos têm ambições demais, estão temporariamente na profissão de criados.

Tudo, de resto, num país que se plasma, é temporário. Eles têm a cada passo exemplos de que nada é mais possível do que mudar e ganhar muito. Os barões, seus patrões temporários, dizem:

— Comecei de tamancos, carregando cesto.

Imigrantes, chegados sem roupa e sem níquel, são milionários. É perigosíssimo julgar que um desses homens em mangas de camisa não seja amanhã riquíssimo. O espírito que obriga ao nivelamento social e transforma o imigrante num insolente audaz, sapateando sobre as distâncias mundanas, é uma secreta indicação da Fatalidade. O meu engraxate de há cinco anos — ontem! — é o maior bicheiro da atualidade, já perdeu mil e quinhentos contos, tem uma fortuna de oitocentos, o maior brilhante do Brasil e várias condecorações. Trata todos, inclusive eu, como se fossem seus lacaios. Um copeiro de minha família, copeiro pequeno, que comigo brincava em criança, encontrei-o outro dia no teatro, de *smoking* e anel de brilhante. Fomos cear juntos, a seu convite. Ganhou já duzentos contos em construções. Fez-me confidências:

— Ganhei duzentos contos. E tu?

— Escrevi duas mil páginas.

— Que tolice!

Não lê jornais, assina mal o nome, pretende ser amante das senhoras do tom, é forte, é saudável, é simpático.

Nada menos inteligente que desprezar um desses homens. Na Europa, o criado é sempre criado. Nos países novos, o criado é criado de passagem. Amanhã o seu copeiro é dono de companhia, o seu cozinheiro tem um hotel, a sua criada de quarto é cocote. Ainda outro dia encontrei o pequeno de um ascensor lendo um livro de física.

— Está a instruir-se? Bravo!

— Para não perder o tempo. A eletricidade é o que dá mais agora.

— E então?

— Pretendo ser eletricista, antes de ser milionário.

Apertei-lhe a mão. Aperto, de resto, a mão aos cocheiros, aos motoristas, ao meu criado de quarto, aos garçons de restaurante. Todos são meus iguais sociais em breve, elevados pelo dinheiro. O meu criado de quarto é um espanhol de quarenta anos. Além desse já tem outros empregos. Ontem não me apareceu.

— Tive muito que fazer — informou-me. — E preciso do seu auxílio.

— Que queres?

— Eu e a mulher montamos uma grande casa de engomar, com frente para a rua. Preciso que arranje um conto de réis. Damos-lhe sociedade. É negócio certo.

128

A CRISE DOS CRIADOS

O caráter transitório de criado é ainda acentuado pelo sentimento de orgulho dos servos modernos. A dependência doméstica humilha-os, ofende-os. Daí colocarem-se como inimigos. O dono de casa é um general em cidade pilhada e vencida. Os criados limitam-se estritamente às suas funções, não têm alma, não têm sentimentos, riem, troçam dos patrões, falam mal deles na vizinhança, roubam-nos com descaro, exigem sempre. E não os tratam senão pelo nome: d. Fulana; sr. Sicrano. Por trás são os qualificativos pejorativos e a maneira mais amável de referência é um pronome pessoal sibilado com ira: "*Ele* diz que é isso." "*Ela* engana-o"... Foi preciso ir à Europa, para ouvir com um tom humilde e doméstico um homem murmurar: "Sim, meu senhor." E os gestos ancilares, os gestos de criadas passaram a ser usados apenas pelos parasitas políticos.

Não podia deixar de ser assim. Onde uma grande cidade de país novo que não tenha a escassez dos criados? Vejam os Estados Unidos e os excessos, as extravagâncias que eles se permitem. Vejam a Argentina. Pode-se mostrar o violento progresso de um país por pequenos fatos de uma cidade. O Brasil apresenta a crise do criado como uma prova de pletora de progresso. Nos velhos países cheios de tradições, as classes elevadas conservam as posições — porque, diz Ernest Charles, são as mais instruídas e as mais inteligentes. Na América não há tradições e quando as há elas são prejudiciais, como em várias repúblicas espanholas. Não há tradições e os elevados de hoje vieram dos campônios e do operariado europeu, com a mesma instrução. Têm a mesma energia, sabem mais ou menos o mesmo, têm o mesmo desejo, são perfeitamente iguais. E a vida é a batalha desesperada para a conquista do dinheiro, para a escalada delirante da montanha de ouro, e o ideal, que faz o progresso, que reanima o país, que estabelece o deslumbramento, é o mesmo de homens do mesmo valor.

Não há criados, há homens transitoriamente empregados ao serviço de outros, enquanto não arranjam coisa melhor. E a crise social do criado é uma das formas demonstrativas do progresso, do progresso geral e da alma imperialista e bárbara do futuro brasileiro, que em todas as coisas quer ser chefe.

Quaisquer que sejam as medidas municipais e policiais a respeito, o mal só tende a aumentar. Dentro de dez anos, os criados — ainda os haverá no Rio?

O MURO DA VIDA PRIVADA

Quando o pobre homem mais ou menos notável saltou no Cais Pharoux,[1] encontrou uma dupla fila de fotógrafos e de *reporters*. Os fotógrafos armados de *kodacks*[2] logo apanharam a sua fisionomia um pouco fatigada. Os *reporters* precipitaram-se perguntando coisas fúteis a que ele respondia de um modo solícito mas vago. Um dos jornalistas porém veio até a portinhola do automóvel.

— Faz obséquio, que idade tem?

— Cinquenta e dois.

— É casado?

---

1 O antigo Cais Pharoux ocupava a área que hoje corresponde à Praça Quinze. Algumas das escadarias remanescentes do Cais ainda podem ser encontradas na atual Praça Marechal Âncora.

2 Apesar do termo correto ser *Kodak*, em referência à empresa estadunidense de fotografia, os escritores e jornalistas da época costumavam utilizar a grafia *kodack*, possivelmente numa tentativa de abrasileirar o termo.

— Sim, senhor.

— Muitos filhos?

O homem mais ou menos notável respondeu sorrindo:

— Dois apenas... Sempre às suas ordens.

O carro pôde então partir. Era um automóvel aberto, e nós três ainda ríamos das perguntas do jovem *reporter*.

— Que se há de fazer? — disse o homem mais ou menos notável. — Onde vou aparecem-me logo esses rapazes. Já respondo sem sentir. Mas o pior é depois. Os jornais contam que eu cheguei e dão-me o retrato. O hoteleiro põe-me como cartaz. Os meus menores gestos são espiados. Os criados entram-me nos aposentos sem serem chamados. Há gente que se engana no número dos quartos para entrar no meu. Ao jantar, seguem a lista que eu escolho. Peço pimentas; há sempre reflexões: "Como gosta de pimentas! Não lhes farão mal?" Prefiro frutas ao doce. "Por que gosta mais de frutas?" Nas ruas olham-me como um animal raro. Tenho a sensação de estar sempre preso num aro de olhos. E a vida é para mim infinitamente triste porque não tenho a liberdade de fazer o que eu quero, porque estou sempre amarrado ao terror da opinião pública.

Então, um dos amigos do homem mais ou menos notável atirou fora o cigarro e exclamou:

— Não tens razão de queixas.

— Por quê?

— Porque és apenas uma vítima um pouco mais vítima de um mal da época. A curiosidade é tão excessiva que

O MURO DA VIDA PRIVADA

perdeu o pudor. A vertigem da vida é tão intensa que não pode mais separar a vida pública da vida particular. Antigamente havia o recesso do lar. O homem retirava-se para a sua casa e contra a má-língua, a bisbilhotice malsã protegia o muro da vida privada. Hoje, a necessidade urgente é pular esse muro importante, é espiar o que se passa do lado de dentro. E não há quem ponha os intrusos para o lado de fora do muro porque estamos sempre a trepar nos muros vizinhos. É um mal particular e geral. Como mal particular, cada um o tem mais ou menos forte e mais ou menos o sofre conforme o ambiente. Conhece-se um homem, que é admirável pelas suas obras. Imediatamente recebemos informações quase sempre não verdadeiras sobre a sua vida íntima. Fulano? Vai semanalmente de carro a casa de uma cocote. Sicrano? É um digno homem público? Pois há dois meses não paga ao jardineiro e aos domingos come uma vez só por economia. Beltrano? Mas Beltrano, que na vida pública é um benfeitor, não passa de um tratante, filho de mãe incógnita. Um tal? Um tal, coitado! tem a esposa, a linda esposa... Não há de quem não se fale mal. Outrora era preciso uma certa importância para ter disso. Hoje, qualquer mortal. Nesta capital do mexerico e da calúnia perdeu o seu prestígio porque uns e outros não fazem o dia inteiro senão estraçalhar a vida íntima do próximo e levar encarapitados sobre o muro da vida privada a gritar com exagero o que lá se passa.

— Nem todos gritam.

— Todos.

— E os amigos?

— Os amigos íntimos são os piores, porque inteiramente de dentro, sem precisar saltar o muro, inventam com mais foros de verdade e maior credulidade do público. E quem hoje tem amigos íntimos? Hoje, há apenas camaradas ligados pelo interesse às conveniências ocasionais. Veja os homens. À primeira desinteligência, ao primeiro amuo do que explora menos e levanta a cerviz, imediatamente se tratam de bandalhos e ladravazes.

"A simpatia moderna é leve e impalpável. Não assenta, não se solidifica. O muro da vida privada começou a perder o prestígio graças a ela.

— Pessimista!

— Oh! não. Analiso apenas e com um certo carinho. Falaria uma hora a citar essas amizades que se rompem com escândalo, entre políticos, entre jornalistas, entre homens de posições muito diversas. "Oh! meu caro" equivale sempre a um interesse.

— Você inventa o termômetro das frases.

— Nesta época de arrivismo desenfreado, de egoísmo feroz tem de ser assim. Houve um homem ultimamente que quis inventar a expressão exata das sensações. As palavras não davam bem as nuances e o homem recorreu às matemáticas, aos números.

"Assim, tendo de dizer que o sol tinha um calor um pouco demasiado, o homem diria: o sol tinha um calor mais três quartos do comum... Era um fantasista. Entretanto podemos estudar o valor das amabilidades pelas cifras, a inflexão pelo interesse qualquer que seja o interesse. O caso aliás já está no *Roi*, de Caillavet e Flers, na cena da recepção...[3]

— Você é desolador.

— Em glorificar o interesse e o senso prático da vida?

— Sim, porque há coisas que ninguém diz, apesar de todos pensarem de acordo.

— E nós pensamos de acordo, tacitamente achamos horrível o esboroamento do muro da vida privada, mas consentimos que dele em breve nada mais exista. Porque temos o apetite do escândalo, temos a raiva da destruição e o civilizado faz carnificinas morais apenas. Se todos prestam atenção malévola à vida dos outros como uma resultante desse acúmulo de bisbilhotices perversas como expoente moral dessa derrocada do velho símbolo que separava o homem público do homem privado surge a exasperante fúria de informação, a fome feroz do noticiário, a irresponsabilidade da calúnia lida com um prazer satânico. Não acredite você que só o homem de notoriedade sofre tais coisas. Sofre talvez mais porque subiu e tem maior sensibilidade. Mas de fato todos sofrem. Espiam as repartições públicas, espiam os quartos, as salas, lugares secretos, espiam as bodegas, as casas modestas, os anônimos. A uma simples palavra os jornais fazem juízos integrais. Contam-se adultérios com os nomes por extenso das três

---

3 Gaston Armand de Caillavet (1869-1915) e Robert de Flers (1872-1927) foram dramaturgos franceses. Juntos a Emmanuel Arène, escreveram a peça *Le Roi* [O Rei], em 1908.

vítimas, contam-se defloramentos com as notas do exame médico-legal por extenso. Homens medíocres veem impressa a história da sua família, quase sempre mentirosa. Casos de honra não os há mais porque a publicidade nulifica a honra em teatralidade, espiando os bastidores da cena. Como o homem é um animal com dois sentimentos fundamentais — o amor do lucro e o amor do gozo —, as baixezas do dinheiro e os desvarios da carne são o escândalo permanente aqui, como em toda parte. Derrubado o muro da vida privada, há um sentimento de insegurança moral generalizado. Faz-se tudo às claras mesmo quando não se quer. E quando não se faça, a imaginação inventa como inventava contra Catão, o Antigo, que em Roma teve a tolice inútil de transformar o muro da vida privada numa casa de vidro.[4]

— Encaras com má vontade o problema.

— Com a má vontade secreta de todos nós. Derrubado o muro, não se respeita nem a morte. O sujeito depois de morto tem retrato, tem noticiário e tem calúnias e serve para caluniar aos outros. O menos que dele se diz é que morreu por imprudência, pela sua vida má; o mais que se diz é que o pobre faleceu por causa dos médicos ou da incúria dos enfermeiros.

---

4 Catão, o Antigo ou o Velho (235 a.C.-149 a.C.), foi um político romano. Possivelmente, João do Rio faz referência ao modo como Catão tratava sua família, empregando a mesma severidade com que tratava os assuntos públicos e os servos.

O MURO DA VIDA PRIVADA

— Já via a vida assim o *Misantropo* de Molière.[5]

— E a vida, apesar disso, está cada vez melhor.

O cavalheiro pessimista que falava tanto irritou-se.

— Mas decerto. Secretamente, somos contra o esboroamento do muro, quando é para o mal, mas ficamos contentíssimos quando satisfaz o nosso desesperado exibicionismo, porque sem o muro os anônimos têm retrato nos jornais, os medíocres se afirmam pela insistência do nome impresso, as vaidades se aguçam pela publicidade. Você mesmo, tal o estado da nossa moral, se fosse Corneille.[6]

— Não sou Corneille.

— Ou Lavoisier.[7]

— Não sou Lavoisier.

— Não responderia ao *reporter*.

— Perdão. Nos tempos desses cavalheiros eram as próprias figuras de realce que aboliam o muro compondo autorretratos.

— Aboliam depois de arranjar a vida como os salões para os grandes bailes. Mas não me interrompa. Você mesmo fez um ar de vítima depois de responder ao *reporter*.

---

5 Jean-Baptiste Poquelin (Molière; 1622-1673) foi um dramaturgo francês. O *misantropo* (1666) é uma comédia de costumes.
6 Pierre Corneille (1606-1684) foi um dos três maiores dramaturgos franceses, ao lado de Molière e Racine, no século XVII. Autor de dramas como *Le Cid* e *A morte de Pompeia*, Corneille defendia mudanças nas regras das concepções teatrais, ainda oriundas dos ensinamentos aristotélicos.
7 Antoine Lavoisier (1743-1794) foi um químico francês conhecido pela lei de conservação da matéria.

Entretanto, se não houvesse *reporters* e fotógrafos, você estaria furioso agora.

— Maldizente!

— Verdadeiro.

O automóvel parara à porta do hotel. Saltamos. O gerente, sem ter sido advertido, agiu com indiferença.

Não havia ninguém à espera do homem mais ou menos notável. Senti que o homem procurava com os olhos alguma coisa. Subimos num ascensor ao terceiro andar. O semblante da criatura anuviara-se de repente. Fazia um grande esforço para sorrir e mostrar-se alegre. O gerente tratava-nos como toda gente.

— Que tem?

— Nada.

— Alguma dor. Saudades?

— Não, nada.

Ficou num quarto enorme e mal mobiliado, sentou-se à beira da cama.

— Que hotéis os nossos! que horror!

Os quatro, meditativamente, exclamamos:

— Que miséria!

A tristeza envolvia-nos. Nisso bateram à porta. O homem mais ou menos notável virou a cabeça ansioso, gritou sôfrego:

— Entre!

A porta abriu-se, apareceu um menino armado de lápis e tiras de papel, nervoso por aparecer não à porta só mas também ao mundo.

— V. Exa. dá licença? É o ilustre escritor? Venho em nome do meu jornal cumprimentar V. Exa. e pedir algumas notas...

O gerente voltara-se rubro, com um olhar de quem pede perdão. O homem mais ou menos notável, de novo radiante, ergueu-se, estendeu a mão:

— Muito obrigado, meu caro amigo, o que quiser...

Então o nosso pessimista berrou com escândalo geral:

— Que dizia eu, meus senhores, que dizia eu? Não é o que eu dizia?

O homem sorriu e para nós, como a confessar-se:

— Sim! Sim! Tem razão. Somos todos assim! Derrubar o muro da vida privada é horrível quando é para mal. Mas hoje, com a nossa vida vertiginosa, com a nossa ânsia de sol e de liberdade, de exibicionismo, de vaidade, do que quiseres, quando por alguns segundos o tal muro sentimos, é como se sentíssemos a asfixia, o vazio, a rarefação da vida. Não somos mais nada... O muro está felizmente acabado. Graças! Porque só a sua ilusão por segundos entenebrece a alma!

E acompanhado do gerente amabilíssimo o homem mais ou menos notável levou pelo braço o *reporter*, a picareta símbolo destruidor do velho e arrasado símbolo do muro da vida privada.

JOGATINA

De repente, sem que ninguém soubesse por quê, todos nós, com afinco, conhecimentos práticos e mesmo erudição, tornamos a descobrir que a cidade continua a ser não a terra dos cinematógrafos, não o país dos melômanos, não o paraíso das "cocottes", mas apenas o reino da batota. Sim, cá estamos numa desenfreada e arruinadora jogatina. Não é Monte Carlo. É pior. É incomparavelmente pior. Não é Cascais, não se assemelha a nenhuma cidade de cura e de passeio do mundo porque reúne todas as cidades de cura e as que adoecem a gente nesse apetite desenfreado do jogo. Joga-se nos cavalos, nos galos, na loteria, no bicho, na renda da Alfândega, no final da loteria, nas somas de diversas produções comerciais, nas flores, na eletricidade, na hipótese de ganhar; joga-se em todas as ruas, em cada canto; aposta-se no dado, no *bac*, no pôquer, na roleta, na vermelhinha, no cometa de Halley, nas candidaturas, no reconhecimento, nos atos do governo, na possibilidade da morte de pessoas notáveis, na flutuação do câmbio, na honra alheia, no que fará o sentimental chefe de polícia...

— A mulher do Praxedes tem um amante: o Antunes.

— Lá amante tem. Agora o Antunes é que não.

— Afirmo-te. Vi-a entrar.

— Aposto.

— Caso como não é.

— O chefe de polícia vai proibir o jogo.

— Aposto como não.

— Um contra dez como vai.

— Vinte contra um como não vai...

É inteiramente o delírio. Vê-se um ajuntamento na rua. É talvez um conflito? Não. É apenas um grupo de jogadores que espera o resultado, pelo telefone, de uma das muitíssimas loterias que se extraem durante a noite. Vê-se uma casa iluminada. É uma festa? Não. É um clube de jogo. Tudo é jogo, só jogo. E agora é que se compreende na sua extensão a influência dos costumes nas frases de calão.

— Bem conheço o teu jogo, já se pode dizer que é do Rio. Ele vê jogo em tudo. Quando uma senhora exclama:

— Cartas na mesa. Sr. meu marido, ninguém duvida de que ele venha de um clube de jogo e de que ela saiba jogar o solo, ou pelo menos o sete e meio...

Quem estuda um pouco o movimento do jogo público fica principalmente admirado como há tempo e gen-

JOGATINA

te para tantos jogos. É quase inacreditável. Outrora nós jogávamos e bastante. Hoje é uma fúria e uma fúria em que a inteligência para ganhar dinheiro toma proporções esplêndidas. Passei dois dias a saber de jogos, começando pela loteria, a Grande Inicial. Era um dia de semana, à rua Visconde de Itaboraí. Havia uma densa aglomeração à espera do resultado: empregados de *bookmakers* equilibrados à beira da calçada; garotos encarregados de comunicar o número da sorte grande aos pequenos *banqueiros*, trepados nos portais; mulheres cobertas de trapos sórdidos, empregados da alfândega, homens de mãos calejadas, marinheiros e soldados de polícia. Não era possível a entrada do público para a sala das extrações, devido a essa impenetrável muralha humana que se estendia pela calçada.

Os garotos aproveitavam os volumes retirados dos armazéns aduaneiros, que atravancavam a rua, para ficar em ponto mais alto.

Os ruídos secos das máquinas Fichet, ouvidos no recinto, eram de vez em quando perturbados pela passagem estrepitosa de pesados caminhões e pelos fortes gritos dos cocheiros indignados:

— Olha a frente, diabo!

Todos esperavam ansiosamente o número da sorte grande, que decidia o resultado do *bicho*.

Lá dentro, compassadamente, continuava a ser feita a extração da loteria.

— Cinquenta contos de réis... Cinquenta contos de réis!...

Houve um prolongado silêncio. Os que formavam a impenetrável muralha humana ficaram atentos, pareciam suspensos. Os ruídos ríspidos das máquinas Fichet morriam aos poucos. A penúltima roda, tocada com mais força, ainda girava. Faziam-se cálculos. Lentamente o número da sorte grande apareceu.

— 32290.

A turba espalhou-se deixando a calçada livre e os garotos reuniram-se nas primeiras esquinas. Nas sacadas dos velhos prédios da rua Visconde de Itaboraí apareceram pessoas a interrogar:

— Que *bicho* deu?

— Urso.

— Qual foi o final?

— 290.

Ficaram somente na sala das extrações os interessados pela loteria. A galeria destinada às famílias também esvaziara integralmente. Porque só interessa o jogo do bicho. O jogo do bicho!

Pouco tempo depois da Revolta da Armada, em 1893, o barão de Drummond começou a explorar no Jardim Zoológico o famoso *jogo do bicho*, que se alastrou rapidamente pelo Brasil inteiro, como os tentáculos de um polvo colossal. Por essa ocasião o número de visitantes do jardim da rua do Visconde de Santa Isabel era diminuto. Mas, passados alguns meses, aumentou extraordinaria-

JOGATINA

mente. Os bondes da extinta companhia que serviam o bairro partiam, desde o meio-dia até as cinco horas da tarde, da rua da Uruguaiana, estreita e cheia de curvas, repletos de passageiros. Os meses passavam e as autoridades não impediam a jogatina, que cada vez tomava maiores proporções. Um dia, mais de um ano após o aparecimento do famoso jogo, que já havia atingido ao delírio, o chefe de polícia lembrou-se de impedir a venda de *poules*. O jardim fechou. Os inúmeros *bookmakers*, que já haviam surgido em todos os pontos da cidade, suspenderam por alguns dias as operações. Depois cada *banqueiro* tomou a resolução de aceitar apostas para o *bicho*, antecipadamente colocado dentro de uma caixinha, que ficava pendurada no teto da sala em que eram vendidas as *poules*. Os apostadores que aceitaram o novo sistema não foram muitos. Poucos depositavam confiança nos proprietários de *bookmakers*. Estavam no princípio; havia hesitação. Foi então que apareceu o *jogo do bicho* pelos finais da sorte grande.

Mais tarde a casa *bancária* pertencente a M. Ribeiro, instalada na rua do Ouvidor, próximo ao largo de S. Francisco, começou a vender *poules* por um novo sistema denominado o *Moderno*, que ainda hoje existe. Para verificar-se o resultado deste sistema é preciso somar todos os números dos bilhetes premiados até 200$, inclusive.

Depois veio o *Rio*, que consta da multiplicação do segundo prêmio pelo primeiro, desprezados os três últimos algarismos. Veio o *Salteado*, veio tudo quanto a matemáti-

145

VIDA VERTIGINOSA

ca podia facilitar, passando o primitivo sistema a ser distinguido pelo nome de *Antigo*.

De vez em quando uma autoridade policial, como que desperta de um profundo sono, lembra-se que o jogo é uma contravenção prevista pela lei, faz tentativas para reprimi-lo... Mas, diante da falta de provas para caracterizar o flagrante delito, as providências são integralmente inúteis.

Antigamente os grandes *bookmakers* eram instalados nas agências de bilhetes de loterias, e os pequenos nos botequins ordinários dos arrabaldes nas casas de quitanda, e a venda do famoso jogo, em qualquer dos *bookmakers*, era feita reservadamente.

Hoje é exatamente ao contrário.

Nas ruas de maior trânsito da cidade há grandes *casas de bicho*, todas apresentando o aspecto característico das casas bancárias das cidades florescentes. Outras estão estabelecidas em estreitos corredores, tendo apenas uma *vitrine* na porta, onde se veem espalhados ao acaso alguns cartões-postais enroscados e esmaecidos pelos raios do sol, e vários cartazes, *reclamos* de loteria extraída. Um pouco afastados do centro, *bicheiros* têm somente pequenos balcões de pinho, sob a guarda de um empregado, quase sempre criança; os proprietários desses *bookmakers* são, em sua maioria, vendedores ambulantes, que percorrem, de meio-dia às duas horas da tarde, as estalagens, casas de cômodos e as oficinas que ficam nas proximidades.

Os *bookmakers* começam as suas operações às onze horas da manhã. O movimento, à proporção que se vai aproximando a hora de *fechar o jogo*, vai aumentando. Às duas horas da tarde atinge a maior intensidade. Os empregados não descansam um minuto. É um sair e entrar de gente numa verdadeira agitação de colmeia. Muitas vezes as próprias autoridades policiais, que também vão atrás de ganhar no *bicho*, cruzam-se à porta com indivíduos bastante perigosos. Às duas e meia é *fechado o jogo* e conferida a féria.

Depois a um intervalo de três horas começa o jogo da noite. Os *bookmakers* vendem, além dos quatro sistemas do jogo do bicho, o dos quatro prêmios, loterias clandestinas e impagáveis.

Basta percorrer os olhos pelos anúncios dos jornais para ver a fabulosa quantidade de *loterias da última hora*, conforme dizem os apostadores, que são extraídas nos fundos dos *bookmakers*, depois do anoitecer. Outras há que não são extraídas em lugar algum, como o Jardim da Floresta, o Globo Terrestre. O resultado é feito a lápis, à vontade do *banqueiro*.

Quem não conhece as *loterias da noite*: Popular, Caridade, Companhia Industrial Americana, Moderno Loto, Companhia Elegante, Garantia, Buraca, Nascente, Ocidente, Prosperidade, Quadra, Nascente da Sorte, Estrela do Destino, Museu das Flores, Segurança, Grêmio Fluminense, Industrial Mineira, Industrial Brasileira e outras?

A verificação de cada uma das referidas *loterias* clandestinas, *loterias* que o *freguês* não recebe nenhum bilhete contendo o número jogado, é feita de modo diverso.

Basta ler os prospectos para edificação própria. A Caridade, por exemplo, é assim:

CARIDADE

SOCIEDADE BENEFICENTE

De acordo com o artigo 31 dos estatutos
ficou remido o sócio
777
Aceitam-se encomendas

As *encomendas* são feitas nas agências onde se exibem os referidos prospectos e a verificação do número sorteado é feita, todos os dias, numa casa de bilhetes de loterias da rua Gonçalves Dias, próximo ao largo da Carioca.

COMPANHIA INDUSTRIAL MINEIRA

Foi apresentado hoje um memorandum *que*
se acha registrado sob o número
567
Única que se verifica sob a fiscalização dos
senhores agentes e sócios.

Dizem pertencer ao proprietário de uma agência de bilhetes de loterias, estabelecida no largo de S. Francisco. Esta é mais simples:

BRINDE AOS FREGUESES DE CASA
TALISMÃ DA SORTE

O número é verificado pelos finais do grande prêmio da Loteria da Capital Federal. Pertence a uma casa da rua da Assembleia, próxima à rua Gonçalves Dias.

Numa casa do cais dos Mineiros[1] também se vende *jogo do bicho* em semelhantes condições.

QUADRO

SOCIEDADE ANÔNIMA

Foi resgatada hoje a debênture n.
807

Realmente a sociedade é tão anônima que ninguém sabe onde ela está instalada.

Outra:

COMPANHIA ELEGANTE GARANTIA MÚTUA
De acordo com a cláusula V de nosso regulamento,
foi bonificado o sócio inscrito sob o n.
019

---

[1] Antigo cais localizado em frente à Igreja de Nossa Senhora da Candelária.

Ainda outra:

COMPANHIA INDUSTRIAL AMERICANA

*De acordo com os nossos estatutos e nos termos
do art. 6º do Dec. n. 177 A, de 15 de setembro de 1893,
e o que preceituam as letras a e c das condições do
empréstimo publicado no* Jornal do Commercio
de 30 de maio e 9 de agosto de 1906.
Esta Companhia resgatou as debêntures.

1.167

O suposto *empréstimo* pedido por esta companhia, que funciona na rua Sete de Setembro, próximo à do Carmo, é da insignificante quantia de 1$, recebendo o acionista a importância de 20$, quando for sorteado.

Num *bookmakers* da rua Visconde de Sapucaí, quase ao chegar à rua do Frei Caneca, há *loteria da noite* de hora em hora.

Às sete horas — Nascente da Sorte.

Às oito horas — Ocidente da Sorte.

Às nove horas, última, o Oriente.

Desde o anoitecer até as nove horas, a rua fica cheia de viciosos que esperam o resultado das três *loterias* clandestinas.

Ainda há outra *loteria* clandestina, cuja verificação do número premiado é feita de um modo bastante complicado.

MODERNO LOTO

N. 397................................ 600.000
N. 97................................ 60.000
N. 79................................ 30.000
N. 25................................ 20.000

100.000

397, 379, 793

739, 973, 937

Verificação Labanca, às 7h30 no (n. 185)

Somando a importância de todos os prêmios distribuídos, tem-se um resultado de 1:310$, enquanto que o *freguês*, jogando em todos os números, emprega a quantia de 1:000$000!...

Na mesma casa, que é na rua do Ouvidor, cujo número está indicado na lista do sorteio, é verificada, às oito e meia da noite, uma hora depois do Moderno Loto, a *loteria* da Companhia Elegante.

Esse jogo, de que apenas esboço alguns dos vagos planos, é o jogo da cidade inteira, o jogo global, o expoente zoológico e palpiteiro da vertigem urbana. Jogam todos, como que forçados por um sentimento misterioso e indomável. Há nessa torrente de exploração casos bruscos de engraxates virados em milionários, de fortunas queimadas em um mês, de roubos de banqueiros pelos próprios sócios, de banqueiros que fazem mil contos e acabam sem vintém, de taberneiros analfabetos jogando com os maços de cem contos, de sujeitos que têm vinte e trinta casas de bicho espalhadas pela cidade e, além de explorar o povo, exploram os próprios vendedores.

Há, porém, os outros, os lugares onde se joga a roleta, o *bac*, o pôquer, a vermelhinha, o dado, desde os chamados clubes *chics*, nevrálgicas salas de mistura social, até os outros, os dos malandros com escalas pelas salas de casa de família — que tiram barato para ajudar o chefe...

Quantas casas de jogo há na cidade? Seria impossível uma estatística, tantas há que os próprios jogadores profissionais não conhecem. Em nome da moral, dos princípios da moral, muita gente se revolta ou finge revoltar-se, pedindo aos chefes da segurança a perseguição — que extinguindo alguns focos fatalmente valoriza outros. A moral é uma qualidade que se exige nos outros. E é cada vez mais a mais elástica qualidade social. A maioria dos que clamam jogam morbidamente. Mas nem pode deixar de assim ser. O jogo é uma aventura. Num país novo o espírito da aventura prolifera e os aventureiros são em grande número. O ideal humano é o dinheiro. O principal é ter dinheiro com pouco trabalho ou nenhum. Vem a negociata. Vem a jogatina. São as irmãs naturais da ladroeira — aristocráticas de processo. E a situação é tal no torvelinho vertiginoso da vida nova que, única cidade do mundo, a cidade tem uma classe privilegiada e considerada pelos fornecedores, pelas cocotes, pelas classes que dão consideração: a classe dos jogadores de primeira, enquanto eles são de primeira.

— Quem é aquele cavalheiro bem-posto?

— Muito distinto. Tem as melhores mulheres do Rio.

— Ah!

— Veste, pagando, nos melhores alfaiates.

— Ah!

— Paga generosamente a todos.

— Mas afinal quem é?

— Ah! sim... ele joga.

— Apenas?

— Tem um clube e várias casas de bicho. Mas é muito distinto.

Jogo como profissão confessável, aqui, apenas. Distinto é possível. As palavras têm a significação que lhes empresta a época. Distinto agora é o cidadão que se destaca pelo dinheiro — seu ou dos outros. E depois o jogo é visceral aqui. Ainda agora abro um jornal e leio:

"Foram presos ontem em plena rua dois garotos, um de cinco, outro de seis anos, que jogavam a roleta. O mais velho era o inventor do instrumento, uma espécie de jaburu, tendo nos raios em vez de números nomes de animais. As fichas eram de metal e valiam um vintém ou meio vintém. O inventor, depois de chorar, agrediu furioso o guarda, dizendo que aquilo era sua propriedade e estava no seu direito."

OS LIVRES ACAMPAMENTOS DA MISÉRIA

Certo já ouvira falar das habitações do Morro de Santo Antônio,[1] quando encontrei, depois da meia-noite, aquele grupo curioso — um soldado sem número no boné, três ou quatro mulatos de violão em punho. Como olhasse com insistência tal gente, os mulatos que tocavam de súbito emudeceram os pinhos, e o soldado, que era um rapazola gingante, ficou perplexo, com um evidente medo. Era no largo da Carioca. Alguns elegantes nevralgicamente conquistadores passavam de ouvir uma companhia de

---

1 O Morro de Santo Antônio ocupava a área entre as ruas do Lavradio, Evaristo da Veiga, da Carioca e o Largo da Carioca. Seu desmonte definitivo ocorreu nos anos de 1950, dando lugar às avenidas Chile e República do Paraguai. As terras do morro foram usadas para aterrar parte da Baía de Guanabara.

operetas italiana e paravam a ver os malandros que me
olhavam e eu que olhava os malandros num evidente início de escandalosa simpatia. Acerquei-me.

— Vocês vão fazer uma "seresta"?

— Sim, senhor.

— Mas aqui no largo?

— Aqui foi só para comprar um pouco de pão e queijo.
Nós moramos lá em cima, no Morro de Santo Antônio...

Eu tinha do Morro de Santo Antônio a ideia de um
lugar onde pobres operários se aglomeravam à espera de
habitações, e a tentação veio de acompanhar a "seresta"
morro acima, em sítio tão laboriosamente grave. Dei o necessário para a ceia em perspectiva e declarei-me irresis-
tivelmente preso ao violão. Graças aos céus não era admiração. Muita gente, no dizer do grupo, pensava do mesmo
modo, indo visitar os seresteiros no alto da montanha.

— *Seu* tenente Juca — confidenciou o soldado — ainda ontem passou a noite inteira com a gente. E ele, quando
vem, não quer continência nem que se chame de *seu* tenente. É só Juca... V. S. também é tenente. Eu bem que sei...

Já por esse ponto da palestra nos íamos nas sombras do
Teatro Lírico.[2] Neguei fracamente o meu posto militar, e
começamos de subir o celebrado morro, sob a infinita pal-
pitação das estrelas. Eu ia à frente com o soldado jovem,
que me assegurava do seu heroísmo. Atrás o resto do bando tentava cantar uma modinha a respeito de uns olhos

---

2 O Teatro Lírico situava-se na atual rua Treze de Maio. Foi demolido em
1932.

OS LIVRES ACAMPAMENTOS DA MISÉRIA

fatais. O morro era como outro qualquer morro. Um caminho amplo e maltratado, descobrindo de um lado, em planos que mais e mais se alargavam, a iluminação da cidade, no admirável noturno de sombras e de luzes, e apresentando de outro as fachadas dos prédios familiares ou as placas de edifícios públicos — um hospital, um posto astronômico. Bem no alto, aclarada ainda por um civilizado lampião de gás, a casa do dr. Pereira Reis, o matemático professor. Nada de anormal e nem vestígio de gente.

O bando parou, afinando os violões. Essa operação foi difícil. O cabrocha que levava o embrulho do pão e do queijo, embrulho a desfazer-se, estava no começo de uma tranquila embriaguez, os outros discutiam para onde conduzir-me. O soldado tinha uma casa. Mas o Benedito era o presidente do Clube das Violetas, sociedade cantante e dançante com sede lá em cima. Havia também a casa do João Rainha. E a casa da Maroca? Ah! mulher! Por causa dela já o jovem praça levara três tiros... Eu olhava e não via a possibilidade de tais moradas.

— Você canta, tenente?

— Canto, mas vim especialmente para ouvir e para ver o samba.[3]

— Bom. Então, entremos.

Desafinadamente, os violões vibraram. Benedito cuspiu, limpou a boca com as costas da mão e abriu para o ar a sua voz áspera:

---

3 O termo *samba*, aqui, faz referência à festa, e não ao gênero musical. Só na década seguinte ele passaria a ser associado à música.

157

O Morro de Santo Antônio
Já não é morro nem nada...

Vi, então, que eles se metiam por uma espécie de corredor encoberto pela erva alta e por algum arvoredo. Acompanhei-os, e dei num outro mundo. A iluminação desaparecera. Estávamos na roça, no sertão, longe da cidade. O caminho que serpeava descendo, era ora estreito, ora largo, mas cheio de depressões e de buracos. De um lado e de outro casinhas estreitas, feitas de tábuas de caixão com cercados, indicando quintais. A descida tornava-se difícil. Os passos falhavam, ora em bossas em relevo, ora em fundões perigosos. O próprio bando descia devagar. De repente parou, batendo a uma porta.

— Epa, Baiano! Abre isso...

— Que casa é esta?

— É um botequim.

Atentei. O estabelecimento, construído na escarpa, tinha vários andares, o primeiro à beira do caminho, o outro mais embaixo sustentado por uma árvore, o terceiro ainda mais abaixo, na treva. Ao lado uma cerca, defendendo a entrada geral dos tais casinhotos. De dentro, uma voz indagou quem era.

— É o Constâncio, rapaz, abre isso. Quero cachaça.

Abriu-se a porta lateral e apareceu primeiro o braço de um negro, depois parte do tronco e finalmente o negro todo. Era um desses tipos que se encontram nos maus lugares, muito amáveis, muito agradáveis, incapazes de

OS LIVRES ACAMPAMENTOS DA MISÉRIA

brigar e levando vantagem sobre os valentes. A sua voz era dominada por uma voz de mulher, uma preta que de dentro, ao ver quem pagava, exigia logo seiscentos réis pela garrafa.

— Mas, seiscentos, dona...

— À uma hora da noite, fazer o homem levantar em ceroulas, em risco de uma constipação...

Mas Benedito e os outros punham em grande destaque o pagador da passeata daquela noite, e, não resistindo à curiosidade, eles abriram a janela da barraca, que ao mesmo tempo serve de balcão. Dentro ardia, sujamente, uma candeia, alumiando prateleiras com cervejas e vinhos. O soldadinho, cada vez mais tocado, emborcou o corpo para segredar coisas. O Baiano saudou com o ar de quem já foi criado de casa rica. E aí parados enquanto o pessoal tomava parati como quem bebe água, eu percebi, então, que estava numa cidade dentro da grande cidade.

Sim. É o fato. Como se criou ali aquela curiosa vila de miséria indolente? O certo é que hoje há, talvez, mais de quinhentas casas e cerca de mil e quinhentas pessoas abrigadas lá por cima. As casas não se alugam. Vendem-se. Alguns são construtores e habitantes, mas o preço de uma casa regula de quarenta a setenta mil-réis. Todas são feitas sobre o chão, sem importar as depressões do terreno, com caixões de madeira, folhas de flandres, taquaras. A grande artéria da "*urbs*" era precisamente a que nós atravessamos. Dessa, partiam várias ruas estreitas, caminhos curtos para casinhotos oscilantes, trepados uns por cima

159

dos outros. Tinha-se, na treva luminosa da noite estrelada, a impressão lida da entrada do arraial de Canudos,[4] ou a funambulesca ideia de um vasto galinheiro multiforme. Aquela gente era operária? Não. A cidade tem um velho pescador, que habita a montanha há vários lustros, e parece ser ouvido. Esse pescador é um chefe. Há um intendente-geral, o agente Guerra, que ordena a paz em nome do dr. Reis. O resto é cidade. Só na grande rua que descemos encontramos mais dois botequins e uma casa de pasto, que dá ceias. Estão fechadas, mas basta bater, lá dentro abrem. Está tudo acordado, e o parati corre como não corre a água.

Nesta empolgante sociedade, onde cada homem é apenas um animal de instintos impulsivos, em que ora se é muito amigo e grande inimigo de um momento para outro, as amizades só se demonstram com uma exuberância de abraços e de pegações e de segredinhos assustadora — há o arremedo exato de uma sociedade constituída. A cidade tem mulheres perdidas, inteiramente da gandaia. Por causa delas tem havido dramas. O soldadinho vai-lhes à porta, bate:

— Ó Alice! Alice, cachorra, abre isso! Vai ver que está aí o cabo! Eu já andei com ela três meses.

— Que admiração, gente!... Todo o mundo!

---

4 Referência ao Arraial de Canudos, localizado no interior da Bahia e onde ocorreu a Guerra de Canudos entre os anos de 1896 e 1897. A associação entre o Morro de Santo Antônio e Canudos também indica a popularidade do livro Os sertões, de Euclides da Cunha, publicado em 1902.

Há casas de casais com união livre, mulheres tomadas. As serenatas param-lhes à porta, há raptos e, de vez em quando, os amantes surgem, rugindo, com o revólver na mão. Benedito canta à porta de uma:

Ai! tem pena do Benedito
Do Benedito Cabeleira.

Mas também há casas de famílias, com meninas decentes. Um dos seresteiros, de chapéu-panamá, diz de vez em quando:

— Deixemos de palavrada, que aqui é família!

Sim, são famílias, e dormindo tarde porque tais casas parecem ter gente acordada, e a vida noturna ali é como uma permanente serenata. Pergunto a profissão de cada um. Quase todos são operários, "mas estão parados". Eles devem descer à cidade e arranjar algum cobre. As mulheres, decerto também, descem a apanhar fitas nas casas de móveis, amostras de café na praça — "troços por aí". E a vida lhes sorri e não querem mais e não almejam mais nada. Como Benedito fizesse questão, fui até a sua casa, sede também do Clube das Violetas, de que é presidente. Para não perder tempo, Benedito saltou a cerca do quintal e empurrou a porta, acendendo uma candeia. Eu vi, então, isso: um espaço de teto baixo, separado por uma cortina de saco. Por trás dessa parede de estopa, uma velha cama, onde dormiam várias damas. Benedito apresentou pagamente:

— Minha mulher.

Para cá da estopa, uma espécie de sala com algumas figurinhas nas paredes, o estandarte do clube, o vexilo das Violetas embrulhado em papel, uma pequena mesa, três homens moços roncando sobre a esteira na terra fria ao lado de dois cães e, numa rede, tossindo e escarrando, inteiramente indiferente à nossa entrada, um mulato esquálido, que parecia tísico. Era simples. Benedito mudou o casaco e aproveitou a ocasião para mostrar-me quatro ou cinco sinais de facadas e de balaços no corpo seco e musculoso. Depois cuspiu:

— Epa, José, fecha...

Um dos machos que dormiam embrulhados em colchas de chita ergueu-se, e saímos os dois sem olhar para trás. Era tempo. Fora, afinando instrumentos, interminavelmente, os seresteiros estavam mesmo como "paus-d'água" e já se melindravam com referências à maneira de cantar de cada um. Então, resolvemos bater à porta da caverna de João Rainha, formando um barulho formidável. À porta — não era bem porta, porque abria apenas a parte inferior, obrigando as pessoas a entrarem curvas — clareou uma luz, e entramos todos. Numa cama feita de taquaras dormiam dois desenvolvidos marmanjões, no chão João Rainha e um rapazola de dentes alvos. Nem uma surpresa, nem uma contrariedade. Estremunharam-se, perguntaram como eu ia indo, arranjaram com um velho sobretudo o lugar para sentar-me, hospitaleiros e tranquilos.

— Nós trouxemos ceia! — gaguejou um modinheiro. Aí é que lembramos o pão e o queijo, esmagados, amassados entre o braço e o torso do seresteiro. Havia, porém, cachaça — a alma daquilo — e comeu-se assim mesmo, bebendo aos copos o líquido ardente. O jovem soldadinho estirou-se na terra. Um outro deitou-se de papo para o ar. Todos riam, integralmente felizes, dizendo palavras pesadas, numa linguagem cheia de imprevistas imagens. João Rainha, com os braços muito tatuados, começou a cantar.

— O violão está no norte e você vai pro sul — comentou um da roda.

João Rainha esqueceu a modinha. E, enquanto o silêncio se fazia cheio de sono, o cabra de papo para o ar desfiou uma outra compridíssima modinha. Olhei o relógio: eram três e meia da manhã.

Então, despertei-os com três ou quatro safanões:

— Rapaziada, vou embora.

Era a ocasião grave. Todos, de um pulo, estavam de pé, querendo acompanhar-me. Saí só, subindo depressa o íngreme caminho, de súbito ingenuamente receoso que essa "*tournée*" noturna não acabasse mal. O soldadinho vinha logo atrás, lidando para quebrar o copo entre as mãos.

— Ó tenente, você vai hoje à Penha?[5]

— Mas nem há dúvida.

---

5 Referência à festa na Igreja Nossa Senhora da Penha. No início do século XX, era ponto de modinheiros. Foi duramente perseguida pela polícia e pelos cronistas da época.

— E logo vem ao samba das Violetas?

— Pois está claro.

Atrás, o bolo dos seresteiros berrava:

O Morro de Santo Antônio
Já não é morro nem nada...

E quando de novo cheguei ao alto do morro, dando outra vez com os olhos na cidade, que embaixo dormia iluminada, imaginei chegar de uma longa viagem a um outro ponto da terra, de uma corrida pelo arraial da sordidez alegre, pelo horror inconsciente da miséria cantadeira, com a visão dos casinhotos e das caras daquele povo vigoroso, refestelado na indigência em vez de trabalhar, conseguindo bem no centro de uma grande cidade a construção inédita de um acampamento de indolência, livre de todas as leis. De repente, lembrei-me que a varíola caíra ali ferozmente, que talvez eu tivesse passado pela toca de variolosos. Então, apressei o passo de todo. Vinham a empalidecer na pérola da madrugada as estrelas, palpitantes, e canoramente galos cantavam por trás das ervas altas, nos quintais vizinhos.

O BEM DAS VIAGENS

— Faço-te as minhas despedidas.

— Que é isso?

— Parto para a Europa.

— Ora esta! Eu também.

— Que coincidência! Sabe que o Júlio parte também.

— E o César com toda a família...

Coincidência! Há seis ou sete anos seria uma coincidência e mesmo um acontecimento.

Duas pessoas conhecidas partirem assim para a Europa, sem ter tirado a sorte grande, sem pertencer a casas comerciais fortes, sem fazer ao menos testamento! Era impossível. As viagens eram combinadas, discutidas, participadas. O homem que viajava começava por se julgar um ser excepcional. Em seguida sentia o desejo de fazer íntimos e desconhecidos compartilharem desse modes-

165

to juízo. Quando o sujeito feliz tinha casa montada, fazia leilão. A vizinhança — toda cidade que se faz vizinhança tagarela — comentava.

— Fulano vai para a Europa!

— Também está em excelentes condições de fortuna..

— Dizem o contrário.

— Más-línguas. Só a sogra, com a agradável lembrança de morrer, deixou-lhe trezentos contos. Agora como o coitado é muito idiota, talvez volte sem vintém.

— Qual! quanto mais burro mais peixe...

Havia inveja. E as pessoas conhecidas pediam coisas, presentes, recordações. O homem não ia à Europa, ia às compras pelos conhecidos, anotando no seu *"book--notes"* desde vestidos para raparigas até bonecas para os bebês. Depois, processionalmente, iam levá-lo a bordo, onde quase sempre havia essa inútil expressão de mágoa a que denominam soluços. O transatlântico punha-se em marcha. O felizardo ou enjoava ou, encostado à amurada, com os olhos vermelhos, via, ralado de saudade, fugirem a cidade, as fortalezas, o execrável Pão de Açúcar, Copacabana, a costa... Ai! S. Sebastião! Nem tão solenes foram a partida dos argonautas para a conquista do velo d'oiro e o arrojo de Colombo para descobrir o novo mundo. Os poetas mesmo não podendo fazer poemas épicos de fato não vulgares, se por acaso viajavam, escreviam sempre a respeito, e, patriotas até ali, soluçavam:

Nosso céu tem mais estrelas
Nossos campos têm mais flores.[1]

Era gravíssimo, e mentirosíssimo...
Hoje não. A coisa é inteiramente outra. Parte-se do princípio de que não é preciso ser rico para viajar. Com o que gasta aqui sem saber em quê, arruinando-se nos restaurantes, nos botequins, nos maus teatros, qualquer cidadão passa com a sensação do conforto em qualquer parte do mundo, na Itália, no Japão, na Escandinávia, no Egito, incluindo, já se vê, as passagens para todos esses lugares, porque, afinal, o bilhete de primeira de um transatlântico sai muito mais em conta que o mesmo número de dias mal hospedado no indescritível Hotel dos Estrangeiros.[2]

Assim, se os ricos vão, vão também os remediados, a quase totalidade dos que ganham apenas para comer, desde o funcionário público ao simples bacharel da última fornada, desde o proprietário da casa até o simples caixeiro. Há a noção de que por estar na Europa, isso não é motivo para gastar mais. Ainda outro dia o garçom de um restaurante, ao servir-me a costeleta, participou-me:

— Parto para a Europa na semana próxima.

— Vai a Portugal?

---

1 Referência ao poema "Canção do exílio", de Gonçalves Dias (1823-
-1864), também citado no Hino Nacional. Os versos do poema são: "Nosso céu tem mais estrelas / Nossas várzeas têm mais flores."
2 Situava-se na Praça José de Alencar, no bairro do Flamengo. Foi inaugurado em 1845 e fechou na década de 1930. Era um dos mais importantes hotéis da cidade.

167

— Vou diretamente a Paris. Tenho aprendido francês no Berlitz...

Depois já ninguém parte chorando, com saudades do Pão de Açúcar. A viagem fica resolvida, alguns amigos vão a bordo tomar champanhe, o transatlântico põe-se em marcha e quando o fatal Pão de Açúcar desaparece, está toda gente contente.

Creio que nem mesmo se enjoa mais. A Europa está tão perto, os meios de comunicação são tão rápidos, os transatlânticos balançam tão pouco... E realmente é assim.

As chegadas logo também transformaram o velho molde.

Outrora o homem que ia à Europa era uma espécie rara. Também esse homem assim raro de uma espécie rara tinha que contar a cada amigo por miúdo o que vira e o que não vira e dar uma série de comparações elucidativas.

— Vamos tomar café?

— É verdade. Que botequim ordinário!

— Então, em Paris?

— Em Paris são fechados, não têm essa infâmia do *garçon* com a cafeteira na mão.

— O café não é bom?...

— Conforme... V. sabe, a situação do nosso café...

Porque um homem que vinha da Europa tinha a obrigação de saber tudo, de informar de tudo, da Sarah,[3] das

---

3 Referência à francesa Sarah Bernhardt (1844-1923), conhecida como a maior atriz de sua época. Esteve no Rio de Janeiro apresentando a peça *Fedora*, em 1903.

O BEM DAS VIAGENS

conferências da Sorbonne, do niilismo russo, do comércio amoroso e da filosofia dominante. Era o homem raro que vinha de além-mar!

Depois passou a ser *corpu chic* chegar da Europa como quem chega do Silvestre ou de Botafogo.

É que se chegava também da América do Norte, onde tudo é natural. E o homem que voltava desses lugares, onde a civilização deslumbra, saltava alegre sem abraços, indagando naturalmente:

— Olé! como tens passado? Recebeste o meu último postal?

E seria uma falta de elegância, uma falta de tato, indagar desse homem:

— Então, que fizeste tu? Fiesole continua a ser divina? A torre de Pisa ainda inclinada? Montmartre sempre com *cabarets*?

Era logo tomar um automóvel, conversar. Um mesmo levou o seu excesso de *chic* a só me falar da Bahia e de um ataque à Bahia aparecido em latim num jornal do Vaticano, aliás não lido pelo Papa, que ignora as línguas mortas. E ao saltar da lancha, como quem salta de um *tramway* da Botanical Garden, estendendo a ponta dos dedos e depois de um curto "vais bem?", logo bradou colérico:

— Aposto que vocês não viram num jornal do Vaticano o calunioso artigo sobre a Bahia, dizendo-a um país de negros? A Bahia, que a Diéterle, a rainha das operetas,

169

acha interessante![4] A Bahia que tem o Severino e o Marcelino e o grande Tosta![5] Infame!

Para um espírito sem observação, a evolução do homem que chega da Europa não teria e não tem um grande valor. Para os espíritos convencidos de que os pequenos fatos são a origem das grandes coisas, essa evolução é um sinal importante no progresso urbano. Há vinte anos era um acontecimento viajar; hoje já não o é. Há vinte anos, o homem que chegava da Europa tinha a sensação de ser novo, de trazer novidades. Hoje, se arriscasse crônicas informativas nas palestras, teria a sensação de um enorme ridículo.

Como civilização significa fazer como os outros e mostrar saber tudo, o homem viajado, com o seu rápido evoluir, dá-nos assim a absoluta certeza do seu absoluto refinamento nos costumes gerais. Não só isso. Desde que a elegância o obriga a desembarcar de Gênova como quem vem da Vila Guarani, com esta aparência que em pouco é realidade, o homem que vem da Europa consegue impor a sensação de universalidade de conhecimentos e a certeza certa de que o mundo, pequeno já para

---

4 Amélie Diéterle (1871-1941) foi uma cantora de operetas e atriz francesa. Em 1904, a cantora fez uma grande *tournée* pela América do Sul, que incluiu uma passagem pelo Brasil.

5 Referência a políticos baianos. Joaquim Inácio Tosta (1856-1919) foi um influente deputado baiano, atuando, principalmente, na defesa da agricultura do estado. Severino dos Santos Vieira (1849-1917) foi senador e presidente do estado da Bahia. José Marcelino de Sousa (1848-1917) sucedeu Santos Vieira na presidência do estado da Bahia.

O BEM DAS VIAGENS

nós, não tem mais surpresas. E essa noção é um prolongamento evolutivo dos costumes, dá a cada um de nós a ideia de que sabemos tudo, estamos na China como em Marrocos, em Marrocos como em Berlim, em Berlim como no Estácio de Sá. A nossa esfera de conhecimentos alarga-se nas intimidades desconhecidas. Não se pergunta simplesmente:

— Como está o papá? Por que não foi ao jantar das Gouveia?

Indaga-se:

— Você viu a última pilhéria do Jaurès?[6]

— É verdade. E o caso do Mirbeau.[7] A *Vie Parisienne* continua entretanto a dizer que o Anatole de France[8] é o amante...

— Homem, neste caso eu tenho a opinião de um último mo conferente.

E nós não citamos nem o Osório Duque[9] nem o inexoravelmente humorista João Foca.[10] Dizemos com ar fino:

---

6 Auguste Marie Joseph Juan Léon Juarès (1859-1914) foi um líder socialista francês.

7 Ver p. 41, nota 3.

8 Anatole France (1884-1924) foi um consagrado poeta, romancista e dramaturgo francês, conhecido pelo ceticismo e pelo realismo ao retratar a sociedade francesa. Em 1909, o escritor esteve no Brasil por dois dias, a caminho da Argentina, sendo recebido por Rui Barbosa na ABL.

9 Osório Duque-Estrada (1870-1927) foi um poeta e crítico literário; é o autor da letra do Hino Nacional.

10 João Foca era o pseudônimo do tradutor e comediógrafo João Batista Coelho (1877-1916). Como cronista, escreveu para o *Jornal do Brasil* e a *Revista da Semana*, entre outros periódicos.

— Ai! filho! conferência... As do Doumer[11] eram deploráveis.

É ou não é civilização? É a mais completa, a mais perfeita, a mais acabada! Sentimo-nos à vontade, encurtamos o mundo e metemo-lo no rol das coisas que se conhecem comumente.

O homem que chega da Europa é o exemplo comprovativo, a cada etapa da sua evolução preciosa, de que o Brasil sobe mais três palmos no seu próprio conceito. Ainda assim faltava o tom íntimo: o tom do Turot desembarcando aqui ou lá e o tom da intriguinha. Esse último tom não faltou. Agora, o homem volta dizendo: "Não te contaram o que Sicrano, prêmio de pintura, acaba de fazer para ser recebido no '*Salon*'? Sabes que a bela baronesa engana o marido com um mariola vagamente *sportman*, enquanto o barão arruina-se em ramilhetes palermas para as cantoras dos cafés baratos. Os escultores pintores têm levado num conflito danado."

Partindo do assombro, o homem representativo passou pelo *chic* de não contar o que vira; interessou-se depois lá pelo que de nós se dizia, acabou achando natural estar lá como aqui e aqui como lá; ampliou os seus conhecimentos das terras e dos homens; falou dos nossos e dos alheios do mesmo modo, e, sem perder as suas condições intrínsecas de brasileiro, acabou por desembarcar

---

11 Ver p. 74, nota 4.

O BEM DAS VIAGENS

do paquete para contar a última intriguinha de *atelier*, nossa e insignificante.

Com isso mudam-se os hábitos — os hábitos da sociedade, os hábitos administrativos. Outrora o verão era uma estação de infernal calor em que se fingia ir para várias cidades consideradas de clima fresco.

Por consequência o inverno era a estação paraíso das casas de modas, dos empresários de teatro, dos pequenos artistas das companhiazitas portuguesas e italianas que fazem benefícios, dos proprietários das casas de penhores, dos restaurantes, das cocheiras de carro, dos donos de garagens. Era também o terror dos chefes de família.

— Que tem você, filhinha?

— Deixe-me; vim de casa da Cocota...

— A mulher do Praxedes fez-te alguma desfeita?

— Por quem me toma você?

— Então que houve?

— É que a Cocota já assinou a companhia francesa e a lírica. Sou muito infeliz. Para que deixei a casa de meus pais?

O marido, nervoso, podia responder:

— Para vires aborrecer um coitado que não tem culpa nenhuma do desastre de teres nascido.

Mas não dizia e procurava um prestamista a juro fabuloso, para fingir de rico. De modo que o inverno era também o paraíso dos prestamistas, o bom momento para os D. Juans, e definitivamente a grande hora da pose nacional. Vinham do Norte e vinham do Sul tabaréus metidos a sebo, os hotéis rebentavam de gente e o observador gozava.

173

Gozava sabendo o que ia gozar. Era como um guloso que conhecesse o cardápio antes. Podia-se degustar por antecipação, até mesmo o aspecto da sala do Lírico[12] com os nomes em cada camarote e em cada *fauteuil*.[13]

Agora não. Os tempos felizes tudo transformaram. A ânsia do mundo velho ligada a um prudente medo do frio estabeleceu a confusão. A sociedade carioca chega de Petrópolis. Costureiros, chapeleiros, empresários, fornecedores de todo gênero avidamente anunciam novidades, a sociedade faz um ar de enfado e prepara as malas. Vão partir. Para onde? Para a Europa. Vão todos para a Europa. Não é no verão que o Rio fica vazio; é em pleno inverno. Os jornais não dão o movimento dos costureiros, dão o movimento das partidas. Há a gente rica, ou que finge de rica e vai por conta própria; há os que podem arranjar comissões. Desses o número cresce espantosamente. Vai gente à Europa por conta do governo ver até se a Europa está no mesmo lugar. E além dessa gente feliz, partem também os modestos, os modestíssimos. É um êxodo geral.

— Oh! como vai?

— Arranjando as malas.

— Parte?

— Para a Europa. Vou passar seis meses.

— E a estação teatral?

— Ora, filho, eu em Londres!

E as senhoras entrando nos costureiros:

---

12 Ver p. 156, nota 2.
13 Termo francês para *poltrona*.

O BEM DAS VIAGENS

— V. Exa. chegou a propósito. Deliciosas *toilettes* de teatro.

— Não fale nisso. Quero dois costumes de viagem. Dentro de vinte dias estarei na rua de La Paix, chez Doucet ou chez Paquin, vendo as verdadeiras últimas novidades.[14]

— E os teatros, excelentíssima.

— Os teatros? Em Paris.

Certo, um jacobino feroz achará tal desprendimento de mau efeito. Eu considero-o excelente. Cada viagem pessoal é um fator não só da propaganda do Brasil como de civilização interna. Da abundância de transatlânticos brasileiros nos últimos tempos, veio em algumas cidades da Europa a fixação de nosso tipo, a simpatia por uma espécie e um país até então mais ignorados do que o Congo. Nas cidades portuguesas espera-se a primavera como o momento da chegada dos brasileiros, o momento em que os hotéis ficam cheios e há maior movimento. Em Paris, uma série de fornecedores e de restauradores tem a certeza de os ver chegar quando chegam as andorinhas e nos velhos troncos brotam de novo folhas tenras. Há sítios mesmo da divina cidade onde se fala do brasileiro como se fala do argentino. Há todas as raças do mundo no *boulevard*, mas há também muitos brasileiros, e os brasileiros têm a simpatia.

Como excelência para a nossa civilização, então, as viagens ficam sempre acima dos nossos elogios. Em pri-

---

14 Referências a *maisons* de moda francesas. Paquin é mencionada também nas crônicas "Feminismo ativo" e "O dia na vida de um homem em 1920".

VIDA VERTIGINOSA

meiro lugar o patriotismo longe de se perder transforma a mesquinhez do detalhe e a fatuidade do incomparável no amor da pátria integral, em bloco. O Brasil está muito mais perto do *boulevard* que o *boulevard* do Brasil. Uma pessoa ama a sua terra, não apenas a achar que como a nossa paisagem não há igual, como a nossa riqueza não tem o mundo outra, e quejandas tolices; mas para ver que é preciso fazer do Brasil um país como ele ainda não é.

Aqui, sem conhecer coisa melhor, o homem é insensivelmente rotineiro. O grande desastre do Brasil foi a estreiteza lamentável do Segundo Império, com uma imigração lenta de gente simples das aldeias a prefazer a massa da população urbana, e um sentimento romântico de patriotismo lírico, que nos prendia a meia dúzia de sábios pesquisadores mas nos fazia julgar infinitamente distante a Europa e nos dava por satisfeitos apenas com as selvas, os pontos de vista, a *naturaleza*. Havia partidos políticos, mas ninguém se lembrava de consertar as ruas; havia o amor da pátria, mas ninguém imaginava fazê-la prosperar por meios práticos. A República libertou moralmente um povo amarrado ao carrancismo de meia dúzia de ideias estabelecidas e fez bem o Brasil novo, a era de progresso evidente que atravessamos. As viagens entram, fazem parte desse progresso. É vendo o estrangeiro que o brasileiro procura corrigir-se e melhorar, foi vendo as outras cidades que S. Paulo se fez o que hoje é e o Rio tende a se tornar em alguns decênios um grande centro de civilização, de arte, de prazer e de vida febril. Um simples cidadão numa simples viagem vem tão transformado, tão mais

O BEM DAS VIAGENS

apto a incentivar o desenvolvimento interno do país, tão mais útil à coletividade, que era caso de pedir ao governo a organização de caravanas de rapazes para ir fazer a viagem de instrução final, após os seus cursos oficiais.

Nós ainda temos — e muitas! — coisas que não passam de maus hábitos, de costumes de colônia ronceira. Ao observador não escapa o desencontro chocante da civilização de uns pontos, ao lado da persistência de defeitos antigos de outros.

Mas cada ano que se passa, a transmutação de valores se opera, e há cidades, há adaptações, há uma inumerável série de pequenos melhoramentos pessoais que redundam no melhoramento urbano. É a universalização do brasileiro exigindo que ele faça da sua capital não apenas o museu do Corcovado, do Pão de Açúcar e de outras pedras mais ou menos altas e mais ou menos feias, mas o grande centro da América do Sul.

Os vapores vão cheios agora para a Europa. Tanta gente vai, que já os de volta não fingem mais de esnobes e só desejam implantar aqui o que lá viram de bom. É o êxodo temporário que se acentua. Ainda bem. Criaturas felizes essas que partem a abeberar-se do Belo e sugar no velho continente a Energia, primacial de todas as virtudes. Vão a passeio, vão gozar, vão divertir-se, vão mesmo, se quiserem, pandegar. Cada uma delas, porém, inconscientemente, ao voltar, amando mais a sua terra, sem paspalhices balofas, será um agente propulsor do progresso e da civilização.

VIDA VERTIGINOSA

E a civilização, que é, em suma, o conforto do corpo, o conforto da alma, o equilíbrio fundamental para a eclosão da beleza e das ideias criadoras, estende com estas viagens o seu gérmen imponderável sobre a cidade de S. Sebastião, ainda ontem aldeia de procissões, estreita, sórdida e tolamente pretensiosa...

Um cavalheiro com quem outro dia conversava dizia-me:

— Meu amigo, do Rio verdadeiro dentro de dez anos não haverá senão a vaga recordação. As avenidas, a luz elétrica, o cais, tudo isso e mais o ímpeto com que o país novo acordou para o progresso, inteiramente modificaram os nossos hábitos, que eram, com tanto encanto, hábitos coloniais, hábitos portugueses aclimatados. Dentro de dez anos, o Rio terá o dobro dos habitantes, umas quarenta companhias trabalhando diariamente e ninguém reparará nessas mudanças de hábitos.

Amanhã seremos como esses tremendos transatlânticos em trânsito, e iguais a todas as cidades.

Eu espero ainda, quando alguém me perguntar se vou à Europa, poder muito em breve responder.

— Impossível.

Os meus criados acabaram de pedir um mês de descanso para ir a Gênova; o meu chacareiro seguiu em viagem de recreio para o Porto, e o cocheiro do fiacre (que eu tomava à noite para passear fingindo de particular) decidiu partir para a Espanha, a ouvir *malagueñas* e os discursos vermelhos de Barcelona.

Será o *record* da Civilização...

ESPLENDOR E MISÉRIA DO JORNALISMO

Um jovem, chegado do norte, apareceu na redação do jornal. Era noite. A sala estava cheia. As secretárias especiais todas ocupadas, a grande mesa do centro repleta de *reporters*, de cabeça baixa, escrevendo, enchendo tiras. Às janelas jornalistas conversavam. À mesa do secretário, dois sujeitos pendiam súplices. As perguntas, os risos, as gargalhadas cruzavam-se.

De instante a instante, o retinir do telefone ligava à administração, a delegacias distantes, à tipografia. O redator principal deixava o seu gabinete, com o sorriso nos lábios. Estava admirável e era tratado com deferências especiais. O carro esperava-o, um carro muito bem-posto. Um literato em plena apoteose da crônica aclamada paradoxava num grupo, com ares íntimos e superiores. A média tinha o traje impecável. A alegria inundava as faces, e o secretário, erguendo um pouco a voz, depunha na mesa um grande maço de convites para bailes, para jantares, para teatros, para piqueniques, para almoços, para ceias, para sessões solenes e dizia:

— Escolham!

O jovem chegado do norte foi até o cronista. Que criatura deliciosa e feliz esse homem!

De uma delicadeza de veludo, achando tudo fácil, o mundo um jardim encantado, onde se colhe a flor que se quer, e a vida um sonho cor-de-rosa. Oh! estava desvanecido!

Então conheciam-no no Norte! oh! A futilidade, o hoje que o amanhã esquece!... E o que vinha fazer? Trabalhar? Mas os ministros eram uns anjos à procura de homens de talento, mas os empregos choviam... Queria aceitar do seu pobre jantar? Depois dar-lhe-ia um dos seus cartões permanentes para o musical, para a opereta, para o drama ou para o circo de cavalinhos — tudo a mesma coisa igual a circo. O rapaz chegado do norte aceitou por um excessivo acanhamento, e como a conversa se generalizasse, gaguejou:

— Mas que força! mas que potência que é uma empresa jornalística!

— Apenas a infância, estamos na infância, porque relativamente aos outros países as nossas tiragens são insignificantes. Mas é uma empresa esta que tem cerca de dois mil contos de material e que sustenta seiscentas pessoas mais ou menos.

ESPLENDOR E MISÉRIA DO JORNALISMO

— Nunca vi um jornal por dentro...

— Nunca? — indagaram várias vozes de rapazes.

— É fácil. Quer vê-lo agora?

Deram-lhe explicações: a reportagem, a redação, a colaboração; mostraram-lhe gabinetes, livros de assinantes em cofres-fortes, para não se perderem em caso de incêndio, os imensos *halls* da tipografia e dos linotipos, a sala da clichagem, a sala da fotografia, a sala da gravura, a estereotipia, as máquinas, seis ou sete máquinas enormes, espécies de monstros conscientes.

— Um jornal que custa 100 réis ao público fica num número comum, somando as diárias de todos os vencimentos, por quase três contos. Só a grande tiragem pode compensar...

— E esta obra tremenda faz-se hoje para recomeçar amanhã?

— Se nós não temos ontem? Vai achar inútil que um batalhão de gente se esbofe de trabalho para uma obra que já não serve amanhã? Que quer? A civilização! A ânsia da novidade, da notícia, da mentira, do *bluff*...

— É espantoso!

— E se fôssemos jantar?

Meio atordoado, o jovem chegado do norte acompanhou o cronista, participando um pouco do brilho do homem célebre. Cumprimentos respeitosos, abraços, perguntas, gente que se voltava. Na Avenida[1] um minis-

---

1 Referência à avenida Central. Ver p. 59, nota 9.

tro que ia tomar o seu automóvel parou, conversou. Mais adiante o chefe de polícia rasgou um cumprimento que parecia de delegado para o chefe. No restaurante foi um "*brouhaha*". O proprietário em pessoa veio espalhar pétalas de rosa na mesa. Das outras mesas, nomes de cotação na política, na finança, na indústria cumprimentavam.

— V. Exa. toma como sempre?...

— *Champagne brut* Imperiale, Apollinaris...

O jantar foi delicado e agradável. O cronista falava com desprendimento de contos de réis, da sua amizade com o presidente da República. O jovem indagava de certos nomes cuja fama até à sua província chegara.

— Ah! está muito bem. Tem talvez uns trezentos contos.

— E Fulano?

— Fulano é inteligentíssimo. Há dez anos dormia em rolos de jornais. Hoje tem carro, tem automóvel e comprou esta semana uma casa para a amante no valor de 100 contos.

— E Beltrano, o grande poeta?

— Parte para Paris, a ver a primeira do "*Chantecler*"...

No fim do jantar, elegantemente, o cronista facilitou ao jovem dois ou três ingressos de casa de espetáculo, mandou buscar um carro, despediu-se cheio de ternura e partiu. O carro era de praça mas esse final foi a gota d'água para o transbordamento da admiração. O jovem chegado do norte, à meia-noite, estava no seu quarto, pensando. Tinha vinte anos, queria subir, rapidamente. Que melhor

ESPLENDOR E MISÉRIA DO JORNALISMO

profissão a adotar? O jornalismo leva a tudo, mas é, especialmente, a profissão sonhada: glória, fama, dinheiro, tudo fácil! Que outra profissão poderia ter tanto esplendor? E essa gente não tinha assim tanto talento, afinal. Ao contrário! Oh! pertencer a um jornal, fazer a chuva e o bom tempo para uma porção de gente, dominar, ganhar dinheiro, ter as mulheres a seus pés, os homens no bolso, vir talvez a ser dono de um grande diário, privando na intimidade das potências políticas...

No dia seguinte estava resolvido. Entraria para um jornal. Levou um mês para consegui-lo. Nenhuma capacidade de dentro das gazetas servia como empenho. Arranjou um industrial muito rico e um senador. O jornal estava na gaveta de ambos. Entrou e foi *reporter*.

Então ele viu a ânsia perdulária por dinheiro dos jornais; ele viu que as remunerações secretas dos governos são regateadas e mal pagas como as contas de um particular em apuros; ele viu que o não compreendiam sincero e bom senão com o fito de gorjetas vergonhosas; ele compreendeu o trabalho dilacerante e exaustivo dos que tinham subido, e a fúria com que se agarravam às posições, atacados violentamente pelos invejosos da mesma profissão.

Não era um esplendor. Era a miséria infernal. Ele, *reporter*, tinha um ordenado que seria irrisório se o secretário não ganhasse uma soma mensal perfeitamente cômica e se o poeta admirável não tivesse por cada crônica, assinada com o seu grande nome, o que qualquer barbei-

183

ro faz por dia. A qualquer parte onde fosse era traduzido por notícia. Não era homem, era um futuro número de linhas não pagas. Nem simpatias nem afeições na vida dos profissionais. Inveja, maledicência, calúnia, o horror, e o interesse relativamente fraco diante da gula voraz de fora, querendo o jornal para agente de todas as suas pretensões. A todas as autoridades servia esperando ser servido num empreguinho que não vinha. A quantos se aproximavam punha-se ponte de passagem para uma gratidão que não surgia. Andava atrasado, endividado, perseguido pelo alfaiate. E tinha diante de si essa coisa aflitiva e atroz que se chama: a boemia de trabalho. Trabalha hoje pela manhã; trabalha amanhã imprevistamente, até de madrugada. Não almoça hoje por falta de tempo; ceia amanhã em vez de jantar.

Ao cabo de um ano tinha duzentos e cinquenta mil--réis por mês e já assinara uma "*enquête*" sobre costureiras. Não abrira mais um livro. Sentia-se sem saber nada e, entretanto, capaz de compreender e de tratar imediatamente de qualquer assunto. Era uma espécie de ignorância enciclopédica, ao serviço de uma porção de gente, que dele se servia para trepar, para subir, para ganhar, com carinho e cinismo.

— O jornalismo leva a tudo, com a condição de dele sair a tempo...

Mas sair como? Com ele dera-se um conto de fadas. Vira um palácio rutilante. Entrara. Dentro havia principalmente contrariedades e as portas para sair tinham desaparecido. Oh! passar toda a vida a fazer notícias, a ser uma parte de gazeta que se repete todos os dias!... Quis ver se lhe aumentavam o ordenado. Mas se havia na casa *reporters* de sessenta mil-réis por mês? A única posição conveniente era no jornal a de diretor. Diretor ou gerente. Quanto dinheiro! Quanta honra! Mas também como essa honra era relativa de uns maganões políticos que lisonjeavam para obter o nome impresso com elogio! Como em dinheiro o arroto mentia! Uma vez disseram-lhe que o seu jornal recebera sessenta contos para defender um negócio complicado. Junto aos sujeitos que fingiam ter pago, ele ouviu as frases normais.

— Não podemos fazer mais... estes jornais... temos sido muito gentis.

— Seis dezenas de contos...

— Oh! não falemos nessas ninharias.

As ninharias de seis dezenas de contos limitavam-se ao pagamento à linha das publicações feitas por eles e pagamento regateado e atrasado.

Isso deu-lhe um grande desgosto. Os jornais barateavam-se. Grandes torres levantadas à vaidade humana eram aproveitadas barato demais. Se as opiniões não existiam, se um sujeito querendo uma nota na primeira página estava certo de a obter, por que dá-la por um preço irrisório e as mais das vezes grátis, tudo quanto há de mais grátis? Essa barateza geral era em tudo. O jornal desconhecia a sua força fenomenal, a força que ele sentia onde estivesse.

— É do jornal.

— É *reporter*!

Certo havia um vago receio. Mas podia fazer tudo; era tratado com considerações especiais de primeira figura.

— Arranjas-me isso?

— Eu? Não posso...

— Você, do jornal tal!...

Poderia ele? Não poderia? Podia às vezes, pedindo a toda gente que conhecia.

Alguns atendiam, quando indiretamente iam receber um grande obséquio por seu intermédio. Assim, fez-se correspondente telegráfico com os políticos de alguns estados na mão, telegrafando tudo quanto o jornal ia dar. Com o pescoço comprido viveria das ramas. E as ramas deram-lhe redobrado serviço, fizeram-no mentir com desassombro. Ao cabo de um ano, convencido do seu valor para a galeria, tinha uma sinecura de oitocentos mil-réis do governo, recebia avisos reservados do ministério em que exercia o jornalismo, ganhava um conto e tanto de jornal.

A ambição, as preocupações, os interesses, os negócios tomavam-lhe a alma. Queria ter mais, queria ter muito mais — e o jornalismo chegando a um certo ponto não dá mais. Muita vez pensando, ele não sabia dizer a sua situação. Era pouco definida. Poderia soçobrar no dia seguinte...

Mas com elegância comia nos primeiros restaurantes, com 20% de abatimento, posava grátis nas confeitarias para levar concorrência, conseguia que os que lhe pediam favores correspondessem com o máximo.

— Grande cavador, você!

— Cavador, o homem que trabalha forçando o seu temperamento...

Deu um balanço na alma; viu quanto tinha piorado em tudo, sentiu mesmo a inanidade de uns dinheirinhos. E entrou na redação, onde já era redator.

E sucedia que outro jovem chegado do norte aparecera.

— Então, o sr. quer ser jornalista?

— Eu desejava...

— Não caia nessa. É uma vida infernal! De cem vence a metade de um. Tudo isto é a ilusão. Vire estes rapazes! Não sai níquel. Examine-os. Estão todos doentes. Não é vida; é uma torrente!

— Mas o sr. ... — murmurou o recém-vindo.

— Eu cheguei há alguns anos. Mas se fosse a recomeçar preferiria quebrar pedra. Seja empregado público!

— Não, eu vou ser jornalista.

— A atração, o inferno...

E o jovem que tinha chegado do norte alguns anos antes, vendo a resolução do que chegara ontem, já temendo a vitória desse, já temendo uma antipatia, já temendo o ataque de jornal de que tinha um louco medo, covarde, assustado, neurastênico, insincero, sorriu, abrandou a voz.

— Que se há de fazer? Com estas disposições vence-se. Estou às suas ordens para ajudá-lo a colocar-se..

CABOTINOS

No gabinete, àquela hora da noite, havia apenas o velho e importante homem político em companhia do jovem e desconhecido jornalista. A casa ficava no alto da montanha a pique — uma casa com colunas mouriscas e pátios internos forrados de mosaico policolor. Era noite, e das janelas do gabinete, por onde entrava o cheiro apaziguante do arvoredo, via-se no diamante líquido do luar o desdobrar infindável da cidade enorme embaixo, no mar, e na linha vaga do horizonte o mar e o céu confundidos... O homem político estava de pijama. O jovem jornalista de fraque. O homem político quase não se via, porque havia apenas o candeeiro protegido pelo para-luz de seda rubra e ele ficava recostado longe, na *rocking*.[1]

---

[1] Do inglês *rocking chair*; em português, *cadeira de balanço*.

O jovem jornalista mostrava a face ambiciosa banhada no halo do luar — porque estava apoiado à janela.

Era muito tarde.

— Mas V. Exa. será ministro?

— Quem sabe?

— É certo.

— Depende do candidato. Nada é certo, neste mundo.

— Quem pode prever até que o não apontem ao supremo cargo?

Houve um longo silêncio. O político ergueu-se; acendeu o charuto, pegou de um livro.

— Sabe com que me entretive estes últimos dias? Com um livro interessantíssimo.

— Algum trabalho de sociologia?

— Exatamente: o volume de um cômico Pedro Hittemans. Chama-se *Memórias d'um cabotino*.[2]

— Oh! Excelência!

— Mas sim, meu caro, um livro excelente e encantador, um livro que veio mais uma vez trazer-me a documentação às minhas ideias sobre a organização da sociedade moderna.

— Deve ser então bom mesmo...

— É. Deve lê-lo. Nunca se tem o curso completo e o meu amigo inicia apenas a sua carreira.

---

2 Pierre Hittemans foi um escritor francês. O título original do livro aqui mencionado, de 1909, é *Souvenirs et aventures d'un cabot*.

O jornalista, um pouco desconcertado, deixou a janela, vindo até a mesa; o político baforou o fumo do charuto com infinito tédio.

— Menino, não se ofenda. Também eu não tenho o curso completo. E lá embaixo na cidade há mais discípulos que mestres.

"De fato porém o mundo tende a ser cada vez mais a Federação Cabotinal das Cabotinópolis... Como jornalista moderno, preocupado com o documento exato talvez você não tenha olhado com olhos de olhar a evolução do viver urbano.

"Se olhasse verificaria, imediatamente, primeiro: que o trabalho honrado não dá fortuna a ninguém; segundo: que todos nós somos refinadíssimos malandrins; terceiro: que não nos esganamos fisicamente, mas nos esfaqueamos e nos assassinamos moral e monetariamente a cada instante. O mais bandido, o mais cruel, o mais patife é quem vence.

— Quando não vai para a cadeia.

— Está enganado. Vão para a cadeia criaturas vulgares, sem energia e sem resistência, vão para a cadeia os malandrins do pano do fundo que não estudaram o papel, os fracos, os sentimentais, os desperdiçadores, isto é, as anomalias, as aberrações, o menor número. Os patifes, os gatunos, os verdadeiros ladrões e os assassinos magníficos, esses todos respeitam, consideram e veneram. Para dominar, para vencer, é preciso praticar com afoiteza o que a moral e o código condenam quando se pratica covardemente. Veja você Napoleão: matava gente aos milhares e ninguém se atrevia a metê-lo no xilindró como qualquer facadista reles da Saúde. Veja você os grandes banqueiros ou os chamados reis de várias indústrias. Os primeiros representam a fome, a miséria, a desgraça de uma porção de criaturas roubadas em honra das transações comerciais; os segundos afirmam a escravidão branca e cegam o mundo com o dinheiro amassado no suor de exércitos colossais de desgraçados. Veja você os políticos.

"Nenhum deles venceu verdadeiramente senão sendo ingrato, hipócrita, velhaco, falso.

"A vida é como uma batota lôbrega. Já entrou alguma vez nesses estabelecimentos, onde a polícia só não entra para cumprir o seu dever? Pois nessas tavolagens sórdidas há diversos jogos proibidos e roubados que se denominam de azar: a vermelhinha, o jaburu, a roleta, o monte. Em torno de cada mesa acotovela-se uma roda famélica, de revólver no bolso e alma fria como um *iceberg*.

"Não há mútua confiança; há certeza geral de roubalheira e patifaria. Nós estamos numa batota maior. O dado é a política, a roleta é o comércio; a vermelhinha é a arte; o jornalismo é o monte...

— V. Exa. hoje está deliciosamente pessimista...

— Estou a dizer coisas velhas com um certo pejo de as repetir.

"O homem moderno não tem nem pessimismo nem otimismo, porque não tem alma. O homem moderno trata da sua vida, vê se não perde a ocasião de apanhar o seu, que é quase sempre o dos outros, livre e desembaraçadamente. Repare, meu caro, já não digo para o mundo, que é um exemplo muito grande, mas para uma cidade apenas. Por que fez Fulano fortuna? Porque roubou. Por que Sicrano está numa posição brilhante? Porque embrulhou os seus companheiros mais próximos.

"Engano, dolo, violência, a bolsa ou a vida, honrada malandragem de alto a baixo. Eu que aqui estou falando estou certo de que você é um malandro...

— Oh! excelência...

— E faço-lhe este elogio porque o considero um tipo com probabilidade de vencer e porque eu próprio tenho-me na conta de um espertalhão de primeira ordem. Até mesmo o ser que limita a sua ambição explora os bons sentimentos. Sou padrinho do filho de um amanuense paupérrimo com oito filhos. O amanuense não tinha coragem de pedir o que fosse. Um dia, encontrei-o furioso: "Imagine V. Exa. que morreu o barão Antônio, meu compadre quatro vezes, e nada deixou para os pequenos! Se soubesse, tê-lo-ia mandado à fava! Não era padrinho nem do primeiro!" Era puríssimo esse compadre, era honestíssimo... Jogava com os filhos contra a morte dos compadres...

— Molière estudou a sua moléstia no Alceste...[3]

---

3 Personagem principal da peça O *misantropo* (1666), de Molière. Alceste tem horror a qualquer forma de convenção social, o que o leva à misantropia. Ver também p. 137, nota 5.

— Deixemos de frases... Alceste seríamos todos nós se não quiséssemos aproveitar o mundo tal qual está. A tavolagem tem uma porção de tabuletas para encobrir-lhe o fim. Mas deve ter notado que, sinceramente, ninguém se queixa de que não haja dentro o que a tabuleta anuncia. Assim com a vida. Todos mais ou menos saem das tabuletas, conservam-nas, exageram-nas e cuidam, com elas a tapar-lhes as faces, de arranjar a vida de maneira mais suave.

— Realmente...

— É o caso do verso do Hugo! hein?

Montaigne eût dit: "Que-sais-je?" et Rabelais: "Peut-être!"[4]

"Está meio convencido? Nesta existência, porém, assim constituída, a tabuleta preocupa cada vez mais. Não há como os jogadores para ocultar e negar o vício. A humanidade é assim, de forma que nós temos nas cidades modernas um sentimento geral de evolução espantosamente rápida: o cabotinismo.

"Foi o orgulho que fez o homem firmar-se nas patas traseiras e apoiar-se a um pedaço d'árvore, ao descer da árvore. O orgulho transformou-se em vaidade como o

---

4 Victor Hugo (1802-1885) foi um poeta, dramaturgo e romancista francês. O trecho citado na crônica faz referência ao drama *Marion de Lorme* (1831), escrito em versos; em francês, "Montaigne teria dito: 'O que eu sei?' e Rabelais: 'Talvez!'." Este verso de Hugo, por sua vez, faz referência a Michel de Montaigne (1533-1592), escritor e filósofo francês, e François Rabelais (14??-1553), médico, frade e escritor francês, consagrado por suas obras satíricas.

CABOTINOS

pedaço d'árvore em bengala. A vaidade, por falta de elementos fortes em que se firmar, fez-se exibicionismo: o exibicionismo *à outrance* é o cabotinismo geral.

"O homem arranja a vida e faz-se por dinheiro titular; a dama manda fazer uma *toilette* e quer que todos saibam; o filantropo oferta grandes somas, anunciando previamente a dádiva. Ninguém duvida das próprias forças e todos querem dar na vista: velhos, mulheres, homens, crianças, filósofos e estudantes da escola primária, *cocottes* e damas protetoras de caridade, homens notáveis e vis anônimos. Por cabotinismo faz-se tudo; por cabotinismo nada se recusa. Estou mesmo convencido de que ao globo terráqueo não acontece o que aconteceu à lua, pela cabotinagem com que persiste em fazer de satélite do sol esta pobre terra...

— *Cabotinos* é uma palavra francesa.

— Que não vale a pena traduzir em vernáculo. Cabotinos, como sabe, chamaram aos atores medíocres e exibicionistas de uma origem ferozmente agressiva. Mas cabotinos são toda gente. É impossível encontrar um homem absolutamente notável que não seja cabotino. E assim são os outros, a grande espécie humana. No dia que desejar ver o cabotinismo inconsciente vá com uma máquina fotográfica para a rua. Verá como terá a rua inteira com vontade de sair fotografada. Individualmente cada uma das pessoas que aparece julga ser o tipo saliente e o foco das atenções. Se desejar particularizar essa observação geral, estude diversas classes sociais, vá indo de cima para baixo, e encontrará cabotinos desde os políticos dominantes até os copeiros, cabotinos posando com descaro a sua importância, e subindo e ganhando mais a vida exatamente por isso...

— Cáspite!

— Mesmo só, ainda encontrará cabotinismo, apenas cabotinismo, olhando o espelho ou fazendo um exame de consciência.

— Sr., sou um homem puro.

— Deixe de cabotinismo. De manhã, antes de me aparecer o criado, acontece-me o mesmo...

"E se estou a falar com esta franqueza, é que precisamente, por condições curiosas, por curiosas condições de raça e de meio, o Rio é o maior centro de cabotinismo, de cabotinismo as mais das vezes infantil, ingênuo, mas cabotinismo.

— Como assim?

O político ergueu-se.

— Porque somos um país de chefes.

"A desorganização capital do nosso sistema político, a anarquia da nossa arte, a oscilação dos nossos costumes, tudo isso vem de um fenômeno moral verdadeiramente espantoso: o Brasil é um país de revoltados em que todos, entretanto, são tratados de chefes.

— Chefes?

— Mas, meu caro, não se faça de ingênuo. Aqui os homens ou são doutores ou coronéis, mas todos, irrevogavelmente, são chefes. Chefes de quê, não sei bem, mas chefes, homens compenetrados de que têm influência, de que dispõem de um amplo círculo de admiradores e de escravos. Ainda há pouco acompanhei as eleições municipais. Eram todos chefes de diferentes valores, mas que não se podia contar de um ao maior, porque estavam numa completa confusão.

"Um jornalista estrangeiro perguntou-me um dia onde estavam os comandados desses chefes. Ri amarelo, com uma certa dose de patriotismo exacerbado (e o patriotismo, como diria o filósofo, é a bílis da humanidade), mas concordei.

"Com efeito. Nós vivemos numa época de chefes. Todos são chefes. Por quê? Ninguém sabe. Mas são. Os jornais noticiam a chegada de um coronel. O coronel hoje pode não ser fazendeiro, mas é chefe político de real influência no seu distrito, lá longe, aonde ninguém vai. Um cidadão faz anos. É possível que o cidadão tenha defeito, mas domina uma porção de gente. Somos quase bizantinos nesta qualificação. Tudo é chefe, desde o Grande Chefe José Gomes Pinheiro Machado[5] até os cozinheiros que são chefes da cozinha, digo mal, até os capoeiras que são 'seu chefe'...

---

5 José Gomes Pinheiro Machado (1851-1915) foi um político brasileiro, considerado um dos mais influentes durante a República Velha (1889-1930). Como senador, fundou o Partido Republicano Conservador (PRC), com o intuito de unificar as oligarquias e os militares para apoiar o governo de Hermes da Fonseca.

"É um desejo de consideração que assim impele os homens a serem todos chefes?

"Camille Doucet,[6] secretário da Academia Francesa, já escreveu dois versos que não são bons, mas valem por sinceros:

Considération! Considération!
Ma seule passion! Ma seule passion![7]

"Há de ser certamente por isso. Chefe é uma palavra bonita, soa bem.

"'Chefe!'

"'Eminente chefe!'

"Não se sabe de quê, mas é de efeito. Depois nós vivemos numa verdadeira parada, com a alma no bolso e o risinho da cavação nos lábios. Chefe é um qualificativo agradabilíssimo e que não compromete a ninguém. Para um pedido, nada mais simpático.

"'Meu caro chefe, peço-lhe a fineza...'

"Chefe de quê? Pode ser do que pede e pode ser da sua estribaria.

"Ah! sempre militei ao lado deste chefe!'

---

6 Camille Doucet (1812-1895) foi um poeta e dramaturgo francês. Foi responsável pela modernização dos cafés-concerto, promovendo a apresentação de peças, danças e acrobacias.
7 Em português, "Consideração! Consideração! / Minha única paixão! Minha única paixão!".

"O militar aqui é a maneira de embrulhar uns aos outros, que é o que se faz em eleições entre nós, com toda a violência dos partidos. De um momento para outro, após muitos sacrifícios de dinheiro, o chefe vê-se — como o senador Vasconcelos[8] — sem nada, nem mesmo o seu delicioso sorriso de louça da casa Vieitas. Mas, apesar de compreender isso, melhor dos raros que não o são, os chefes são incapazes de resistir à força do qualificativo. Ainda outro dia vinha no *tramway* com um deputado do Distrito. Na primeira parada, um sujeito de cor encardida, naturalmente chefe eleitoral, trepou no estribo, gritando:

"'Meu chefe, dá licença?'

"O homem sorriu. Chefe! O cavalheiro pendeu-lhe no ouvido. Chefe! S. Exa. tornou a meter os dedos no bolso. Chefe! A sua mão apertou a mão do soldado fiel com uma nota, que ficou na do soldado fiel. O carro partiu, os baleiros ficaram; o cavalheiro balançou o corpo para trás na mais elegante prova de cinemática capadoçal que eu tenho visto e caiu no mundo, gritando:

"'Sempre às ordens de V. Exa., meu chefe!'

"E todo o bonde ficou olhando o simpático cidadão, que era chefe.

"Quem, entretanto, não foi, com ou sem vontade, um dia chefe? Há os que são empregados modestos e vêm para a rua contar histórias.

---

8 Augusto de Vasconcelos (1853-1915) foi um médico e político brasileiro. Era membro do PRC, partido fundado pelo senador Pinheiro Machado.

"'Aquilo estava uma balbúrdia. Foi um trabalhão! Felizmente, com um pouco de esforço, consegui fazer voltar a ordem...'

"É uma grande mentira, mas eles passam por chefe. Quantos secretários de redação há por aí que não poderiam ser nem contínuos, secretários de língua, posando reformas na calçada? Quantos diretores-gerentes ondulam por esta cidade, que não passam de reles agentes sem outra importância? Quantos cavalheiros que nem eleitores são asseguram aos candidatos ingênuos os 'seus homens' para o voto?

"Há os que abominam o qualificativo, mas pela circunstância têm de ser alegoricamente chefe de alguma coisa, porque em certas reuniões a doença é tão definitiva que acham pouco apresentar um sujeito que não seja chefe.

"'Tenho o prazer de apresentar-lhe o Teodorico, rapaz muito sério. Já é chefe na casa em que está empregado.'

"'Oh! bondade de seu Bonifácio, que é um chefe bondoso.'

"'Não senhor! Justiça.'

"'O sr. é?'

"'Caixeiro da Sapataria Esperança. Sou eu e o patrão só. Mas como o patrão sai fico a tomar conta. Qual chefe! modesto gerente!'

"Todos esses chefes de fato parecem-se. Foi à mania da chefia política que nos arranjou esta angustiosa situação política em que o sr. Pinheiro faz a *reprise* dos seus ares estranhos de pitonisa dos pampas, com erros de gramática e facalhão na cava do colete.[9] E não se pode dizer que o maior dos chefes, a Grande Ursa, o Dalai-Lama tenha uma só razão para mandar na política de vinte mil milhões de habitantes...

"Mas a opinião do jornalista estrangeiro fizera-me refletir. Não. Ele tinha razão. Talvez o modo de explicar o fenômeno não fosse muito exato. Mas como explicá-lo? Megalomania, inconsciência, costume? Em todo o caso, falta de equilíbrio social, falta de sobriedade. Esta é terra em que os homens quando se encontram dão quase sempre exclamações e não deixam de abraçar-se. Esta terra é o país em que as damas vinte vezes que se despeçam dão-se sempre reciprocamente um par de beijos nas bochechas; este país é o lugar onde ainda há bem pouco tempo os cidadãos se tratavam de: amigo, correligionário e quase parente; este Rio é o Rio dos exageros.

— Dos chefes!

— E consequentemente, meu amigo, é Cabotinópolis.

— Está a brincar...

— E sabe a causa do desenvolvimento dessa nevrose aguda, sabe o eixo dessa roda de *pose* alucinante, meu caro e jovem amigo? O jornal, o jornal que elogia e ataca, glorifica e atassalha; o jornal que estampa o retrato, o jornal que publica o nosso nome no dia em que um homem

---

9 Crítica ao senador gaúcho Pinheiro Machado, conhecido por contratar capoeiristas para ameaçar e mesmo destruir locais de votação.

VIDA VERTIGINOSA

vai afirmar ao registro civil ser nosso pai, marcando-nos para sempre, com o desejo de ver repetido e precedido e seguido de adjetivos esse nosso nome; o jornal, trombeta do cabotinismo que agita com o mesmo espalhafato o nome do homem que matou, do homem que salvou cinco outros, do homem que toca ou dança, ou pula, ou canta ou descobre a navegação aérea, da dama que usa plumas grandes, do ladrão, do advogado, da senhora séria, da barregã, do sabão da moda, do depurativo, do sapateiro, da atriz; o jornal, essa grande alavanca de levantar o mundo que o filósofo antigo tentara adivinhar...

— Para vencer, pois, V. Exa. aconselha-me que aprenda a ser cabotino de primeira classe?

— Não; aconselho-o apenas a ficar jornalista. O jornalista é o tirano da Federação das Cabotinópolis. Fique no jornal.

— E se V. Exa. for ministro?

— Não o empregarei.

— Já vê que não é o que diz.

— Não, meu caro, farei apenas o que fez o marquês de Pombal[10] ao seu melhor amigo. Não sabe? O seu melhor amigo estava arruinado e foi dizê-lo ao formidável

---

10 Sebastião José de Carvalho de Melo (1699-1782), Marquês de Pombal e Conde de Oieras, foi um nobre e estadista português. Responsável por modernizar Portugal, diminuiu o poderio da Igreja sobre o Estado, perseguindo também os jesuítas em Portugal e nas colônias. Em 1765, instituiu na região mineira a elevação de impostos sobre o ouro, popularmente conhecida como a "derrama".

primeiro-ministro. O primeiro-ministro sorriu, puxou-o para a janela e, com o braço no seu ombro, disse: "Vem amanhã." No dia seguinte fez o mesmo. Oito dias depois o amigo estava contente: renascera-lhe o crédito, porque toda gente o sabia íntimo do grande primeiro-ministro...

"Cabotino, hein, o Pombal? É de três assobios!

— Assim, V. Exa. levar-me-á à janela?

— Não; chamá-lo-ei para o meu carro às vezes. Você terá tantos negócios e tantas advocacias administrativas que não se lembrará de emprego. E eu, pequeno ingênuo, serei assim, dupla e espertamente cabotino: fecho a possível hostilidade de seu jornal e finjo de democrata, com o trabalho apenas de transportá-lo ao meu lado nos carros do Estado...

Era muito tarde. O velho político olhou a face do jornalista moço e viu uma tal expressão de êxtase admirativo que ia a acreditar ter dito coisas estranhas, lembrando que tudo neste mundo foi, é, e cada vez mais será cabotinismo, se o jornalista moço, abrindo os braços e trêmulo de comoção não murmurasse maquinalmente:

— Grande chefe!...

A MÁ-LÍNGUA

O nosso farisaísmo era, naquela noite, diabólico. O grupo formara-se dos receios mútuos da má-língua de cada um. Dois conversavam estraçalhando a honra de uma senhora honesta, ou pelo menos tida como tal. O terceiro chegado tivera receio de sair sabendo que o iam passar pelo cadinho da infâmia logo após vê-lo dar as costas. O quarto fora assim fraco. Estavam uns seis ou oito nas mesmas condições e naturalmente ferozes contra toda a gente. A perversidade com o exercício exacerba-se, de modo que, ao cabo de um certo tempo naquele canto de confeitaria, o grupo a falar parecia uma desesperada matilha de cães em fúria.

O honesto magistrado Diogo Guimarães? Honesto? Um malandrão, encontrado certa vez num alcouce infecto, após um voto caro. A esposa do Hortêncio? Mas o Hortêncio saía, especialmente, para levá-la a estabelecimentos suspeitos. E os filhos do Goulart? Mistério. O Goulart ia tirar a sorte entre vinte dos seus mais íntimos amigos. Ninguém escapava daquele esmurramento bárbaro da maledicência, ninguém era sério, era digno, ninguém tinha uma qualidade boa. Em compensação havia qualidades más de sobra e invenções integralmente infernais. A acreditar naquele grupo desanimado, a sociedade seria um conjunto de forçados da penitenciária e do hospício de alienados, tripudiando nas primeiras posições, para dar pasto à perversidade envenenada de tanta frase má. O desespero era tal, a onda varria tanta gente, que já um, ao atacar mais alguém, punha a antepara: "Não sei se há aqui alguém amigo de Sicrano." E as legendas mais estranhas, as invenções mais infames ensopavam de lama os nomes mais conhecidos.

Um dos maledicentes habituais estava contando, sem nada saber de positivo, as razões do divórcio do casal Garcia Pedreira.

— Dizem que a culpa é dele. Não vou defender um gatuno advogado administrativo como o Garcia Pedreira. Mas a causa é a mulher. Combinou ir passar com a mãe, em Friburgo, meteu-se com um cocheiro de praça e passou os três dias de Carnaval vestida de homem, com um gabão de borracha, fazendo de "secretário" e sentada na boleia. Messalina na pele de uma exótica.

A roda ria quando Américo de Souza, que chegara por último e ouvia todo o horror como quem assiste ao vômito intérmino de um vulcão lamacento, disse frio:

A MÁ-LÍNGUA

— Essa senhora extravagante não passou os três dias de Carnaval nem em Friburgo nem na boleia de um carro de praça. Passou-os no leito, com febre de quarenta graus, depois de uma forte comoção. É nobre e honesta.

Houve um silêncio inquieto. Américo sorriu:

— O mesmo acontece à esposa do Hortêncio, o mesmo acontece ao Diogo Guimarães, o mesmo acontece ao Goulart. Tudo o que vocês dizem para aí, há meia hora, com "*verve* e *entrain*", é calúnia, indignidade, mentira. Mas também que diriam vocês sem ter o que fazer obrigados a perambular pelas confeitarias? Vocês são, por obrigação do ofício de ociosos, os criadores de legendas. Nada mais fértil do que a preguiça. Todas as legendas envenenadas são obra vossa, e essas legendas, por mais cheias de peçonha, raramente prostram as vítimas.

— Pelos modos, interessa-te muito a mulher do Garcia Pedreira.

— Nem a conheço pessoalmente. Interessa-me, apenas, acentuar, aqui, nesta pequena roda de apaches amadores da virtude alheia, um princípio — o princípio da falsificação das personalidades. Descansem. Não é uma agressão a vocês. Seria idiota. Neste momento, em outras confeitarias, em vários botequins em plena rua, há uma infinidade de rodinhas de frustes, de "frutos secos", de pretensiosos sem farsa, a falar mal, a caluniar, a não ter uma ideia generosa. Atacar vocês seria reproduzir a velha imagem de D. Quixote, contra os moinhos de vento.

— Estás a dizer-nos desaforos.

— De que vocês se desforrarão, quando eu sair, inventando três ou quatro histórias, bem atrozes e bem infames. Mas eu tenho um princípio.

— É preciso que o digas...

— Um princípio reservado a estabelecer entre vocês é que a má-língua é a maior idiotice do orbe. Em primeiro lugar, a má-língua tem por fim criar uma legenda que tisna, uma calúnia que se torna a sombra fantasista de uma vida. Basta que a vida seja exemplar, para que a legenda má só a realce. Alguém que escutasse o caso da Garcia aqui só ficaria respeitando mais essa senhora. Por esse lado, e esse lado é a base inconsciente dos *virtuosi* da calúnia urbana, a má-língua é inofensiva. Eu conheci, durante dez anos, uma alma de artista a quem a calúnia dava, no mínimo, os vícios de Heliogábalo,[1] e que a sociedade respeitou sempre porque era a sombra falsa — a legenda.

"Por outra, meus camaradas, a legenda caluniosa é um propulsor da popularidade nessas épocas de nervosismo e de atração do mal, e neste caso, os más-línguas são os patotas encarregados, com todo o seu ódio, de conservar o fogo sagrado. Um homem esperto, fadado pelos deuses a preocupar os seus contemporâneos, se quiser criar uma atitude ou modificá-la, é fazer um gesto e deixar o resto ao cuidado da legenda. Sempre que eu ouço um de vocês

---

1 Heliogábalo (203 d.C.-222 d.C.) foi um imperador romano conhecido por desrespeitar abertamente os ritos religiosos e tabus sexuais. Substituiu a adoração a Júpiter, principal deus do panteão romano, pela adoração a Heliogábalo, deus menor de quem adotou o nome.

A MÁ-LÍNGUA

contar que fulano é um menelau cínico e um tal gatuno imoral, começo por pensar imediatamente o contrário, e no teatro, nas festas, nas grandes aglomerações dos nomes em vista, quer das mulheres, quer dos homens, faço o meu julgamento de qualidades más pelo que vocês não dizem e de qualidades boas pelo que vocês afirmam de horrível. Quando alguém me assegura: 'Tens ali um canalha de sorte!', a minha simpatia vai logo para um homem inteligente. E se não fosse assim, eu teria uma opinião horrenda da família, da sociedade, dos homens e do país que é o meu.

"Talvez vocês assegurem que isso é uma teimosia paradoxal. Não é. Vocês são úteis. Utilíssimos. Nada se perde na natureza. Vocês são os portadores das mentiras que a gente quer, e quando são das mentiras que a gente não quer (raramente, porque o talento do má-língua é apenas feito para desenvolver e exagerar), integralmente inócuos. Ainda não tive um exemplo falho. Para conseguir uma atitude basta, com certa publicidade, carregar um pouco num gesto. Dias depois a psicologia perversa já arranjou uma legenda fantástica e como a credulidade pública é inaudita, fica você como um ser estranho. Quando quiser mudar, mudar o gesto basta. A má-língua encarrega-se de tudo o mais. Eu conheci um homem puro e honesto, que nem a tão comum perversidade cerebral possuía. Esse homem era conhecido como o maior devasso dos meus amigos. Eu já lancei como poeta novo, poeta do 'sensitismo', autor de um soneto ideal de forma, certo indivíduo que

VIDA VERTIGINOSA

nunca perpetrou sequer uma quadra e que com grande riso seu foi considerado o Revoltado durante anos, sem que fosse preciso, ao menos, passar das primeiras palavras do fantástico soneto:

"'A sensação! Na vida...'

"Com estas quatro palavras, ele foi espalhado, apontado e injuriado. Para ser importante nos tempos que correm é quanto basta. Assim, a má-língua que diz: 'Aquele sujeito é um rico avaro!', desenvolve-lhe o crédito como obriga a confiança do vendedor, que recebe a conta de outro tido por caloteiro. Assim, a má-língua cria a curiosidade dos ingênuos e torna mais respeitosa a simpatia dos que percebem a sua calúnia. Assim a má-língua mesmo quando deturpa um fato e arrasta o homem por essas ruas, que são bem-nascidas da grande rua da Amargura, conserva o seu nome vivo, o seu nome na atenção geral, o seu nome falado.

— Mas quando há provas, fatos, documentos?

— Quando há isso não é má-língua, é verdade, e é inteiramente um caso diverso. Mas nenhum de vocês prova com documentos na mão, posto que não tenham nada com o fato de ordem particular, que a senhora do Goulart tenha amantes nem que a senhora do Garcia passasse os três dias de Carnaval com um cocheiro de praça, fazendo de "secretário". A calúnia é infame, mas a má-língua forma-se exatamente de calúnias que não se provam e que, ao contrário, é fácil, quando se tem vontade, desmentir. Fica a fama como um vago rumor e às vezes o tempo, lon-

A MÁ-LÍNGUA

ge de estabelecer o princípio que a calúnia ao menos tisna, modifica a opinião e transforma criaturas consideradas horrivelmente em santas martirizadas pela babugem da perversidade social.

Nessa ocasião, um rapazola estridente aproximou-se do grupo e logo para quem falava:

— Parabéns! Não negues! Já toda a gente sabe. Que devasso e que felizardo este homem. Foi ontem com a Lola Prates para casa. E viram-no numa posição no carro, que posição!...

Américo sorriu.

— Ora, aqui têm vocês a má-língua agradável! A Lola é hoje a mulher mais formosa do Rio. Com ela, todas as posições seriam para causar inveja. Ontem, fui, com efeito, levar essa criatura a casa, mas apenas com as dores de uma apendicite que a obrigou a ser operada hoje. Fui por compaixão. As nossas relações não passam de apertos de mão sem desejo. Pois já hoje eu sou da Lola, em posição curiosa no carro. E amanhã, serão ditos horrores!

"A má-língua é isso — a deturpação, o exagero do nosso gesto. Se eu quisesse passar por conquistador, aí estava a convencer vocês com quatro ou cinco frases evasivas e com certeza de que cinco ou mais senhoras me olhariam já de outro modo. A má-língua! Não há nada de positivamente ruim no mundo. Esta ação ignóbil, que vocês fazem quase profissionalmente e que toda a gente, mais ou menos, pratica é o eco da fama e a criação da legenda, que empolga como uma grande sombra a multidão. Para as se-

211

nhoras, para os fracos, essa calúnia não chega a produzir o desastre. Para os homens públicos, é um acréscimo de renome atual, porque no futuro o que importa é o gesto, a obra, a ação. E eu só tenho pena que graças a vocês e às calúnias e às piadas dos cafés e dos *bars*, muita criatura idiota tenha ficado à tona tanto tempo...

E Américo levantou-se. Então, o que estava a falar da honra de Mme. Garcia, teve uma exclamação alegre.

— Continuemos, meus senhores, a praticar a boa ação. Este Américo, que posa o paradoxo porque dizem dele coisas atrozes, estava, há um mês...

E todos, com afinco, para ocupar o não que fazer, continuaram a estraçalhar a reputação alheia, nesse prazer curioso que é uma das feições mais acentuadas das conversas cariocas.

FEMINISMO ATIVO

— V. Exa. deseja?

A dama de uma beleza grave, modestamente vestida, sorriu sem tristeza.

— Excelência é talvez exagerado. Eu sou apenas Mme. Teixeira, uma criatura a que a necessidade acompanha e que não tolera a ociosidade. E desejava trabalhar, trabalhar como um rapaz trabalhador. É possível?

— Mas perfeitamente.

— E o sr. seria capaz de interessar-se por mim?

— De boa vontade.

— Então dê-me uma carta. Quero ser caixeira.

Não tive a menor surpresa. Sentei-me, escrevi um bilhete para certo grande armazém, entreguei-lho. Mme. Teixeira agradeceu sem excesso e sem requebros equívocos, saudou, desapareceu no corredor. Ia muito bem e muito superior.

Há dez anos, o ato dessa senhora seria um acontecimento. Hoje — graças aos deuses! — é natural entre as coisas naturais. O nosso antigo preconceito, o preconceito lusitano de afastar a mulher da atividade, obrigando-a à vida de parasitismo quando não de serralhos abertos, pelo menos de gineceu romano — onde a matrona era a augusta, o respeitável fabricante do prolongamento das famílias —, desaparece. É propriamente a libertação definitiva do sexo. E de modo lento e engenhoso.

Essas criaturas que Proudhon[1] definia como "um meio-termo entre o homem e o animal" e Schopenhauer[2] aconselhava a "bater, dar de comer e fechar" começaram pela independência mundana. Uma senhora mundana é um ornamento social, representa um papel, pertence mais ao programa do dia que ao lar. Depois tivemos, mesmo na monarquia, senhoras libertas, que chegaram à literatura e fizeram versos. Eram vistas com terror sagrado pelas matronas e com um ar de ironia invejosa pelos homens. Conheci uma dessas senhoras que se chamou a baronesa de Mamanguape,[3]

---

1 Pierre-Joseph Proudhon (1809-1865) foi um filósofo político francês e o primeiro dos grandes ideólogos do anarquismo.
2 Arthur Schopenhauer (1788-1860) foi um filósofo alemão. Em O *mundo como vontade e representação* (1819), discorreu sobre suas principais teses — em especial, a ideia de que só é possível nos aproximarmos do mundo pela representação que fazemos dele —, teses que posteriormente influenciaram diversos pensadores, como Nietzsche.
3 Carmem Freire (1855-1891), a baronesa de Mamanguape, dedicou-se aos estudos naturalistas e literários. É autora do livro de poesia *Visões e sombras* (1897). Recebia em palacete literatos como Olavo Bilac e José do Patrocínio.

FEMINISMO ATIVO

cuja vida de agonias íntimas daria para uma novela fantástica de tormentos.

Mas a situação de obrigar a mulher à escravidão social com o argumento da sua fragilidade fechando-a no limite de ou a ser dona de casa, mantida pelo homem como um aparelho do lar, mais ou menos estimável, ou virar a esquina da honra com a dor maior de ser ainda mantida pelo homem, devia acabar. Devia acabar pelo desenvolvimento social da terra, pela corrente permanente das ideias estrangeiras, pela invasão imigratória, pela necessidade urgente da vida intensa. No tempo em que uma senhora só saía à rua nos dias solenes com o esposo, a filharada e as criadas, no tempo em que as *cocottes* revolucionavam a cidade como animais diabólicos encarregados de perder os pais de família, e as atrizes eram "essas damas", era possível que uma mulher achasse natural, sem fundo de exploração e de parasitismo, viver à custa do senhor seu marido.

— Mulher — dizia-me um conselheiro —, mulher é para ficar em casa. Se eu tivesse uma filha querendo ser como lá fora médica ou advogada, matava-a!

— É mesmo — acrescentava a conselheira —, até parece incrível uma moça séria aprendendo em livros de homens!

E, fenômeno curioso!, só os pobres, a gente pobre que faz mais filhos e trabalha mais estabelecera no casal o comunismo do trabalho para o direito igual à despesa — porque as mulheres dos trabalhadores braçais sempre trabalharam tanto quanto os maridos.

215

VIDA VERTIGINOSA

A República, isto é, a ação de Benjamin Constant e de seus discípulos mesmo anterior à República, fez a carreira liberal das professoras públicas.[4] Meninas que não contavam certo o casamento, famílias modestas sentiram o bem de dar instrução às filhas garantindo-lhes o futuro. Esta carreira abriu horizontes. A primeira médica causou espanto.[5] Os homens foram os que mais a guerrearam no seu egoísmo de tudo querer. A primeira advogada foi chasqueada. A totalidade dos cérebros masculinos não pensa no outro sexo sem um desejo de humilhação sexual. Essas, porém, eram casos excepcionais de aspiração grande. Havia também a necessidade e a sinceridade envergonhada e que não tinha coragem de se ir propor aos patrões para trabalhar honradamente.

Como resolver o problema?

A civilização resolveu-o naturalmente. Não estamos ainda na cidade inglesa de High Wycombe, em que miss Ethel Dove foi eleita, unanimemente pelo conselho municipal, prefeita. Não estamos no Cincinnati, em que uma senhora arquiteta foi encarregada de construir um teatro modelo. Não estamos em Londres, em que as mulheres

---

4 Benjamin Constant Botelho de Magalhães (1836-1891) foi um militar, engenheiro e professor, adepto do positivismo. Foi ministro da Instrução Pública e, em 1890, promoveu uma importante reforma curricular, defendendo o ensino laico e a criação de novas escolas preparatórias para a formação de professores.

5 As primeiras mulheres a frequentar um curso de medicina na Faculdade de Medicina do Rio de Janeiro foram Ambrosina Magalhães e Augusta Castelões Fernandes, em 1881.

FEMINISMO ATIVO

fazem *meetings* querendo ocupar um lugar na representação nacional. Não estamos em Paris, onde as mulheres são cocheiras e lutam pela vida, guiando os carros da praça pelos *boulevards*. Ainda não temos a mulher-*sandwich*.[6] Mas iremos lá necessariamente e honestamente abolindo velhos preconceitos.

Qual a situação da mulher atualmente? Há a mulher sociedade, mulher salão, bela, mundana influente. Não existia outrora. Hoje veste no Paquin,[7] mantém um salão com recepções e *five-o-clock*. É em muitos casos, posto que não pareça, a associada do homem político. Um diretor de jornal dizia-me outro dia de um ministro.

— Este X está insuportável! Mas eu dei a minha palavra de honra a Mme. Z que o não atacaria.

E era verdade. Há em seguida a literata.

Eu sempre tive pelas senhoras que fazem literatura um atemorado respeito.

As relações com uma poetisa são verdadeiros desastres impossíveis de remediar, mas que o galanteio social obriga a acoroçoar. Quando a *femme des lettres* deixa o verso e embarafusta por outras dependências da complicada arte de escrever, as relações passam à calamidade. No último congresso científico, uma dessas damas, metida numa roupa semimasculina, apanhou-me certa vez de supetão,

---

6 Ver p. 103, nota 3.
7 Referência ao *atelier* de moda francês Paquin, criado pela estilista Jeanne Paquin (1869-1936), comprometida em criar roupas para a mulher moderna. Ver também p. 175, nota 14.

217

VIDA VERTIGINOSA

e eu passei um dia inteiro a vê-la manejar o *lorgnon*,[8] recitar, com pedroiços na voz, um ensaio sobre o feminismo no Brasil e pedir, entre suspiros lânguidos, um pouco d'água com açúcar. Desde então o meu respeito transformou-se em terror e é bem de crer que este terror aumente, dada as evidentes manifestações de epidemia literária, que ora convulsione os cérebros femininos. Hoje a cidade tem uma infinita série de modalidades do proteu: há poetisas, há rivais de Maupassant,[9] há advogadas escritoras sociais, há ensaístas, há romancistas, há comediógrafas, literatas profissionais, literatas mundanas, literatas de cartões-postais... É preciso um cuidado enorme para andar na rua, estar num baile, entrar num café, assistir a uma exposição da arte, ir a uma conferência; é preciso uma pesquisa adunca para escapar à literatura das damas, mesmo no namoro sério ou no *flirt* adiador. A dama literata lá está, a dama literata está em toda a parte.

Mas por que esse terror? Porque, em primeiro lugar e por via de regra, essas senhoras são de uma absoluta mediocridade; porque, em segundo lugar e como consequência da postiçaria espiritual, as mesmas senhoras deixam de ser mulheres para tomar atitudes incompatíveis, vestuários reclames e fazer em torno, com algumas

---

8 Termo francês que designa óculos com uma só haste na vertical, pela qual deve ser segurado.

9 Henri René Albert Guy de Maupassant (1850-1893) foi um romancista, contista e poeta francês. Sua contribuição mais inovadora foi no gênero conto.

FEMINISMO ATIVO

ideias impraticáveis, um barulho maior que o homem bólido. Ninguém pode deixar de respeitar D. Julia Lopes de Almeida,[10] um talento engastado na mais pura alma de mulher, ou Mme. Faure,[11] que quer continuar a ser mulher quando as suas colegas desistem do sexo, mas hão de concordar intolerável uma matrona de casabeque e punhos, dizendo tolices no 5° congresso científico, em vez de ficar em casa a remendar lucrativamente as peúgas do esposo...

Por que escrevem essas senhoras? Ninguém o soube; ninguém o saberá. Com certeza porque não tinham mais o que fazer, como a Duquesa de Dino.[12] Mas elas escrevem, escrevem, escrevem. E é uma atividade, é um trabalho, um trabalho liberal, tanto que uma senhora chamada Jane Misine[13] já fez uma conferência com o seguinte títu-

---

10 Júlia Valentina da Silveira Lopes de Almeida (1862-1934) foi uma contista, romancista, teatróloga e cronista, além de ter contribuído para a criação da Academia Brasileira de Letras. Os membros da ABL, no entanto, decidiram que mulheres não poderiam ser membras. Seu trabalho e participação pública contribuíram para a profissionalização e aceitação da mulher como escritora.

11 Possível referência a Lucie Félix-Faure Goyau (1866-1913), escritora francesa que publicou inúmeros romances e biografias, além de escrever artigos para periódicos, como a *La revue de deux monds*, revista literária francesa em circulação desde 1829.

12 Dorothea Von Biron (1793-1862), Condessa de Dino, também conhecida como Princesa Dorothea de Courland, foi uma aristocrata germânica. João do Rio faz referência aos sete volumes memorialísticos escritos pela Condessa.

13 As poucas referências encontradas apontam que Jane Misine era uma escritora francesa ligada aos movimentos feministas.

219

lo afirmativo apesar da interrogação: "É a mulher de letras um tipo social?"

Mas ao lado de exibicionismo irritante e da vaidade ativa, há o labor contínuo e modesto que as iguala ao homem.

Nos grandes armazéns, o caixa é sempre uma senhora, várias seções são ocupadas especialmente por mulheres. Nos botequins, nos restaurantes, elas lá estão, fazendo trocos. Senhoras belas e distintas são agentes de seguro, andam a trabalhar desde cedo, agentes de anúncios, *reporters* reclamistas, professoras de línguas. No correio e nos telégrafos, as novas agências são ocupadas por meninas. Ninguém mais fica admirado que uma senhora tenha que fazer, trabalhe, colabore na vida social, esteja ao lado do homem, capaz de ter ideias pessoais e de existir sem o auxílio pecuniário. O dono de um grande armazém dava-me conta das suas impressões:

— Você não imagina como eu mesmo me admiro da rapidez da assimilação. Essas meninas sem prática, colocadas no balcão são em primeiro lugar muito mais amáveis que os homens. Depois...

— Depois?

— Depois vendem mais, sabem envolver a freguesia, entendem seriamente, dois dias após a entrada, da ciência do negócio. Sou forçado a admitir novas e ainda não despedi nenhuma. O comércio a varejo, como uma série de outras profissões, devia ser feito por mulheres.

FEMINISMO ATIVO

Que diria a esse homem prático o espírito conservador? Que responderia ao negociante o padre Bouvier,[14] que afirmava, segundo Ernest Charles, ser a mulher um "misto do burro pela teimosia, da gata pela preguiça, da galinha pelo cacarejar, de macaco pela lábia" e que rematava a violência assegurando: "quanto à lascívia e à maldade a mulher só a ela própria pode ser comparada"? Ficaria furioso, bradando contra a imoralidade — porque a imoralidade é socialmente apenas aquilo que não é uso fazer e pensar no momento.

Eu estou, porém, convencido de que, adquirindo a mulher a posição a que tem direito na sociedade, mas adquirindo como um homem, pelo seu esforço, pelo seu trabalho, pela sua inteligência, a vida será muito mais nobre, muito mais doce, muito mais graciosa, muito mais bela. Dizem que o amor maternal enfraquece e os laços do lar desatam. Mas há pais extremosíssimos, que toda a sua vida trabalharam, e há mães que vivem em casa e batem nos filhos. Dizem que o amor será diverso. Ah! este sim! este mudará! As meninas não esperarão o marido apenas para continuar sem fazer nada, nem os pais impingirão as filhas como um bicho dispendioso. É o amor pelo amor, sem interesse, convencidos ambos de que são iguais e que neste mundo quem não deixa o sulco da atividade é indigno de viver.

---

14 Jean-Baptiste Bouvier (1753-1854) foi um bispo católico francês, que se destacou pelos estudos e publicações teológicas.

Certo, a minha fantasia vê esse futuro muito próximo diante de alguns casos de feminismo racional sem literatura. Mas o meu entusiasmo é cada vez mais vivo quando, ao visitar uma fábrica, vejo a mulher e o marido trabalhando igualmente em teares idênticos enquanto os filhos estão ou no colégio de mulheres ou já na oficina como aprendizes, mostrando o mesmo valor dos pais; a minha alegria é grande quando converso com uma senhora que, longe de trinar insignificâncias, diz profundamente coisas sérias; o meu contentamento de civilizado aumenta quando corajosamente vejo uma rapariga preferir ao concubinato, ao mau casamento ou à perdição, um posto honrado de trabalho, em que o dinheiro lhe vem às mãos limpo e digno.

Romantismo!, dirão. O homem, pelos hábitos de sociedade, aliena-se gentilmente diante das raparigas... A reforma dos costumes é mais um assalto feminino.

Conforme. Eu considero-as meus iguais. No mesmo dia em que dei o cartão a Mme. Teixeira, recusara amavelmente cartas de recomendação para uma das muitas senhoras medíocres que como tantos outros homens medíocres fazem conferências circulares pelo interior. E recusei como recusaria a um homem. É que há trabalho e trabalho, honestidade e honestidade, no dizer do venerando Quintino.[15] E há também para mim a certeza de que o feminismo ativo não é dizer bobagens e fazer livros

---

15 Quintino Antonio Ferreira de Sousa Bocaiuva (1836-1912) foi um jornalista e político brasileiro, defensor das ideias republicanas.

idiotas, captando complacências e lucros por ser mulher.
Mas corajosamente pôr-se ao lado do homem e ser a sua
companheira e a sua igual na vida, utilizando as suas qualidades no aperfeiçoamento da sociedade. Renan disse que
os homens devem ter todas as opiniões para saber qual
a melhor.[16] Tenho essa opinião há vários anos. É talvez a
mais velha opinião adquirida que possui o meu cérebro. E
até agora não vejo a necessidade senão de conservá-la na
medida do possível...

Dias depois de dar o cartão para o grande armazém,
encontrei o proprietário:

— Já está empregada a sua protegida. Excelente e com
duas filhas muito inteligentes.

— Quem é?

— Homem leviano, que apresenta sem conhecer!
Mme. Teixeira é uma viúva que só achou aquela solução
à vida. Como as meninas iam vê-la, dei-lhes um "*rayon*"
de confecções de crianças. Ganham honestamente o seu
dinheiro.

— E estão contentes?

— Como quem tem a convicção de ser sério.

Não. As mulheres, que têm servido sempre às transformações lerdas da civilização masculina, são, no século
da atividade febril, desejosas de se igualar ao homem. E

---

16 Ernest Renan (1823-1892) foi um historiador, filósofo, filólogo e escritor francês. Suas obras exerceram forte influência sobre os literatos da
modernidade carioca.

com esplêndidas qualidades, inclusive a falta de noção do tempo. O dr. Mac Dougal, da Universidade de Harvard, reuniu duzentas e cinquenta raparigas e fez uma descoberta sensacional. Perguntou-lhes — umas lendo, outras trabalhando, outras desocupadas — quanto tempo tinha passado, entre trinta e cem segundos. Todas deram um tempo muito maior. Uma chegou a afirmar que passara dez minutos. Não tinham noção do tempo? Não. Tinham a noção do tempo moderno, da lentidão do tempo e da vertigem do momento. E cada uma delas avaliava o segundo por minutos e os minutos por horas...

O TRABALHO E OS PARASITAS

A civilização traz a multiplicidade das profissões. Numa aldeia, que recursos tem uma mulher para ganhar a sua vida? Numa cidade pequena, cidade que se diga de segunda ordem mas seja mesmo de quarta, que recursos tem um homem? Todos se conhecem, tudo se sabe, e por isso mesmo tudo é feio. A honestidade é uma qualidade de que fazemos questão nos outros. Nas aldeias, nas pequenas cidades, e mesmo nas grandes. Apenas nas grandes tudo é torrencial, excessivo, abundante, e na torrente vão arrastados os menos dotados. Daí a multiplicidade de profissões de que as grandes capitais são ninho acalentador. Há profissões de deixar um homem ingênuo de queixo caído, há profissões subitamente profissões, tão originais que os mais céticos têm de curvar-se.

Eu vinha precisamente a pensar na soma enorme de trabalho contemporâneo. Vivemos melhor? Há mais dinheiro? É verdade. Mas cada um na sua profissão trabalha mais. É o estadista com a soma de responsabilidades acrescidas, querendo impor-se ao povo; é o industrial, é o escritor compondo livros sucessivos, é o jornalista estalando de trabalho, são os artistas e os artesãos sem descanso, multiplicando-se, é o comerciante, é o operário dobrando o serviço. O desejo do dinheiro e do confortável multiplica o trabalho. Até os empregados públicos são outros na vertigem da vida intensa. Até as mulheres e as crianças atiram-se resolutamente à conquista do bem-estar pelo trabalho. Não é possível compreender a vida de hoje na boemia espectadora ou na ociosidade. As cidades são grandes forjas de atividade.

Vinha a pensar no magnífico espetáculo quando encontrei, após longa ausência, decerto na Detenção, um estimável amigo, o incorrigível ladrão Agostinho Batata, o criador da "gravata *modern style*" no mundo dos larápios. Apertei-lhe a mão leal — leal para ele, porque nunca o deixou mal —, exclamei:

— Há quanto tempo!

— É verdade. Há uns anos.

— Então que se faz?

— Eu saí há seis meses de cumprir a sentença. E o senhor? No mesmo, continua na mesma profissão? Olhe que deve ser aborrecido...

— Aborrecidíssimo, principalmente porque há uma porção de pessoas desejosas de dela fazerem parte sem saber ler e que se vingam descompondo a gente. É isso. Uma complicação! E você, continua gatuno? Também tem seus *contras*...

— Oh! está fazendo pouco no seu criado.

— Já não és gatuno?

— Olhe bem para mim...

Reparei então que Agostinho Batata tinha uma roupa modesta e um ar de violeta vergonhosa. Era atraente quase.

— Regeneraste-te?

O conhecido "gravateiro" sorriu.

— O senhor acredita que alguém se regenere no mundo? Não me regenerei. Mudei de profissão. A profissão de gatuno é cada vez mais arriscada. Uma pessoa empenha a vida e às vezes não tira nada, ou tira uns anos de prisão. Bonita não há dúvida, inteligente, valente, porque é a única em que o roubo é crime — lá isso bem. Mas arriscadíssima. Quando saí da Detenção, pensei muito tempo. Que apito tocarei eu agora?

— Era difícil.

— Mais do que imagina. Era preciso escolher entre as profissões em que não se faz nada.

— Oh! criança louca! são as abundantes no Rio. Como protegido de Mahomet dos Levitas, o formidável Pinheiro, você, Agostinho Batata, tinha logo um desses trabalhosos empregos...

— Não preciso de protetores. Assim, triste e filosoficamente, pus-me a palmilhar a Avenida.[1] Montaria um jor-

---

[1] Referência à avenida Central. Ver p. 59, nota 9.

nal para edições únicas com vários títulos e várias primeiras páginas após publicações oficiais? Faria chantagens? Seria amante de velha rica ou meretriz abonada? Serviria de secretário a algum político influente? Apresentaria a minha candidatura a intendente ou a deputado. Tudo isso leva tempo...

— E custa um pouco de dinheiro para começar.

— Eu estava a nenhum...

— Doloroso estacionamento.

— Passei um dia sem comer. Mas resisti ao apetite que, para satisfazer a outro, tinha de bater algumas carteiras. Não! roubar, nunca! O Rio não precisa que se use desses meios violentos: o Rio é grande, e a cadeia é pequena.

— Foi então?...

— Foi então que descobri a profissão cômoda agora em moda mais do que nunca: pedir dinheiro, morder...[2]

Recuei prudentemente. Agostinho sorriu avançando.

— Não se assuste. É comum, é mais que comum, é como o jogo do bicho. Outrora eram citados dois ou três sujeitos que, tendo feito promessas de viver honestamente sem trabalhar, viviam a morder. Agora, esses sujeitos são os remotos patriarcas da cavação suave. Conheço tipos desde os elegantes até os mal-arranjados, que não querem outro emprego. Que digo? Já fiz conhecimento com

---

2 Gíria da época para pedir dinheiro. Usada também como substantivo, "mordedor".

duas famílias profissionais da "dentada" desde o chefe até o moleque copeiro.

"A esposa de capa preta e o ar triste chama a gente aos corredores e noticia que tem um cadáver em casa. As meninas fazem missa pedida. Os rapazes pedem emprego, e enquanto não vem o emprego, alguma coisa. O chefe de um desses lares é solene, alto, de sobrecasaca. A média é de vinte mil-réis por dia. O homem pede como se cobrasse e já pensa em construir uma casinha no subúrbio...

— É espantoso!

— Qual espantoso. O que é preciso é uma certa habilidade; e conhecimentos, isto é, conhecer os outros. Há os d'ares despreocupados: "Terás por acaso uma de cinco?" Há os d'ares envergonhados, indo ao lado da vítima e baixo: "Deixe ver algum para o jantar." Há os impertinentes, atrás dos homens conhecidos, aborrecendo-os até eles darem: "Sou um seu admirador; pode contar comigo até a morte." Há os exploradores da sensibilidade feminina: "Dê-me a senhora alguma coisa, conheço tanto seu marido e sua filha..." É infinito o número. E não é preciso esforço algum: é andar e repetir a mesma cantilena.

— Afinal isso é uma variedade do mendigo.

— Não diga isso, meu caro senhor. O mendigo é outra coisa. É verdade que o número tem também crescido extraordinariamente e eu contei ainda ontem, numa hora de Castelões,[3] vinte e três garotos, sete capengas, dez cegos, quinze sem moléstia aparente. Mas o mendigo é repugnante.

— O mordedor é o mendigo do país do "tão bom como tão bom", do "não pode!" e do "sabe com quem está falando?".

— Corto relações se continua.

"É uma opinião que não admito. Nada de insultos. Sabe lá quantos cavalheiros e alguns até distintos vivem hoje de morder? Depois é a civilização. Há vinte anos, em vez de ser mordedor, moço bonito ou agente de negócios, eu tive a tolice de estrear-me na ladroeira franca. Erro. Hoje só um parvo dedica-se à carreira de ladrão simples, ladrão sem mais nada. É o mesmo do que querer carregar carvão nas ilhas: é o fim certo sem futuro. O senhor, que é um homem razoável, sabe perfeitamente o grande erro da propriedade. O erro da propriedade foi a razão de todas as guerras. Os senhores feudais eram, como eu, gravateiros selvagens. Por causa do erro da propriedade, os homens brigaram violentamente. Mas é uma descoberta moderna e definitiva que a violência é sempre prejudicial. Os gatunos de estrada rareiam e aparecem os gatunos de salão. Quando, entretanto, o homem está calmo, reflete, e, refletindo, verifica que tirar sem que os outros vejam ainda é grave. Então criou-se

---

3 Referência à extinta Confeitaria Castelões, localizada no centro do Rio de Janeiro.

O TRABALHO E OS PARASITAS

a ladroeira com a aquiescência geral. Todos roubam. É o momento do roubo pela maciota...

— Mas você está doido, Batata.

— A maioria pelo menos. O capital é uma hipótese circulante...

— Pelo amor de Deus, não digas tolices.

— Eu poderei provar que o dinheiro que dá é o ganho sem trabalho. Há decerto dez mil modos de finta pública, de tramoias, de negociatas dessas cavações em que o sujeito aparece dizendo: estou aqui para ser roubado! e apanha todos os seus larápios... Esses são de resto os ativos. Os mordedores são passivos. Esperam que se lhes dê, para não ter a menor responsabilidade. Hoje, desafio a que me prendam. E, entretanto, faço, honestamente, os meus seiscentos por mês.

Cumprimentei Agostinho Batata pela sua evolução moral. Excelente rapaz! Quem diria que acabava domesticado, aproveitando os sistemas de cavações em moda, "mordendo" molemente, ele que tirava à força? Agostinho sorria satisfeito.

Saí impressionado. Oh! o Trabalho aumenta, mas, à proporção que aumenta e o dinheiro entra, o número de parasitas cresce espantosamente. Já não é preciso violência. O ataque é feito suavemente. A árvore frondosa está cheia de parasitas. Era de desanimar. Nessa mesma noite fui a um clube e dei de observar um moço bonito.

O jovem era realmente elegantíssimo. Cada gesto seu indicava o hábito das coisas finas, o talhe do seu fraque, o corte do seu colarinho, a maneira de pôr a gravata eram para

231

um entendido outras tantas indicações de fornecedores notáveis de Londres e de Paris e de distinção instintiva. Estávamos num desses clubes em que se joga e saíamos mesmo da estupidíssima sala do bacará, onde as cocotes perdiam dinheiro fácil. O gordo coronel Silvano, fumando um charuto tremendo, interrompeu-me com um jornal na mão.

— Estás a ver mais uma dos moços bonitos?

— Que fizeram?

— Agora comem de graça nos restaurantes. Que achas?

Eram duas da manhã. Disse-lhe aborrecido:

— Acho uma ação heroica.

E afastei-me, tomei do chapéu. Quase ao mesmo tempo o jovem elegante fez o mesmo, de modo que na rua nos encontramos lado a lado.

— Não faz uma boa noite — disse ele.

— Para um homem civilizado, o bom ou o mau tempo são indiferentes. Perdeu?

— Eu nunca jogo senão o dos outros.

— Ah! É então…

— Sou simplesmente um moço bonito. É a minha profissão. E se me aproximei do senhor, foi por ter ouvido a resposta ao coronel Silvano. Esta gente decididamente ignora que aquilo que eles pejorativamente denominam moço bonito é o ornamento essencial das perfeitas civilizações. E o que é mais: nenhum deles percebe que o nosso atraso não permite senão uma vaga adaptação e reflexos realmente deploráveis.

O TRABALHO E OS PARASITAS

— Vejo que é inteligente.

— Muito obrigado.

— Quer um charuto?

— Peço desculpa para dizer que só fumo havana.

— Faz muito bem. Este por acaso é e bom.

— *Thank...*

Paramos a acender os charutos no lume do seu isquei-ro — um isqueiro d'oiro com rubis como agora em Paris lançou a moda o Brulé. E, soprando para o ar o fumo claro, eu disse:

— Com que então na infância da arte?

O jovem sorriu.

— Pois claro! Que é um moço bonito? É um rapaz de educação e princípios finos, que, detestando o trabalho e não tendo fortuna pessoal, procura, sem escolher meios, conservar boa cama, boa mesa, boas mulheres e mesmo uma roda relativamente boa. A moral é uma invenção relativa. A moral é o vestido de ir às compras da hipocrisia. Se esse moço bonito estivesse na França e tivesse antepassados, esperaria um dote fazendo rapaziadas como o visconde de Courpière e o cadete Coutras do Abel Hermant.[4] Como porém está num país que de fidalguia só tem a vontade esnobe de possuí-la, esse rapaz está ameaçado da cadeia, como qualquer gatuno sem inteligência. Os negociantes honrados, todas as classes honradas do

---

4 Abel Hermant (1862-1950) foi um dramaturgo e escritor francês. Coutras e Courpière são personagens da extensa obra do escritor.

país abrem o olho atento com medo dos planos, que em geral não dão grandes resultados. Não acha?

— Perfeitamente.

— Digo-lhe estas coisas, porque de fato o julgo acima da moral.

— Estudei um pouco a filosofia de Nietzsche[5] e, como o amigo deve saber já, o Remy de Gourmont definiu essa filosofia: a filosofia da montanha.[6]

— Pois na montanha são largos os horizontes. Ainda bem. Ninguém aqui quer compreender que o moço bonito é um ornamento da civilização. O senhor compreenderá. Que é o moço bonito afinal na sua raiz? Parasita. As parasitas só se grudam às arvores em plena força, e não poupam a seiva dos troncos alheios para brilhar na sua beleza. Assim o moço bonito.

— Exato.

— O moço bonito é o *pendant* da cocote de luxo. Com os dois tudo marcha — o próprio Deus.

---

5 As ideias do filósofo alemão Friedrich Nietzsche (1844-1900) tiveram ampla circulação no Brasil na virada do século XIX para o século XX. Para os pesquisadores Renato Cordeiro Gomes e Aline da Silva Novaes, em "A arte como política: um olhar contemporâneo sobre a crônica de João do Rio" (Anais do XIV Congresso ABRALIC, 2015), João do Rio incorporou a visão nietzschiana de que "a arte é o grande estimulante da vida, com seu poder criador e transfigurador".

6 Remy de Gourmont (1858-1915) foi um jornalista e romancista francês, divulgador da obra de Nietzsche. Em 1904, publicou o livro *Promenades philosophiques*, no qual defendeu que os conceitos nietzschianos eram faróis para o novo século. Em vez de escrever ao rés do chão, como os grandes pensadores do Oitocentos, sempre tendo diante de si o mesmo horizonte, Nietzsche teria escrito observando o mundo "de cima da montanha"

— Para a cadeia?

— Para o prazer, para a maior movimentação do dinheiro, para a agitação civilizada. Eu parto do princípio que ninguém é honesto, honesto exemplarmente do começo ao fim da vida. Aqui porém onde as cocotes ganham tanto e têm tanta consideração, o moço bonito vê-se cercado de hostilidades. Que pode fazer um moço bonito no Rio? Pouquíssimas ações brilhantes e com muito trabalho. Receber dinheiros de viúvas, fazer-se condutor de *paios*[7] às casas das cocotes, domar violentamente uma senhora que lhe passe o "arame", morder aqui e ali, viver na ânsia do dia seguinte. Imagine que eu precisava de dinheiro agora...

— É uma hipótese?

— Absoluta. Se fosse trabalhador, iria amanhã a um prestamista que mo daria com um juro indecentíssimo. Se fosse mendigo, esmolaria. Sendo moço bonito, a simplicidade desaparece. É uma complicação, ou armo o *grupo* ou arranjo uma cena. Às vezes a cena e o grupo falham e é preciso inventar outros. Um moço bonito é sempre um gênio de calçada e imagine o senhor um desses pobres rapazes deitando-se pela madrugada sem ter a certeza de fazer a barba e perfumar-se, de almoçar e dar o seu giro pelas pensões d'artistas, sem a segurança do colarinho limpo.

— É horrível!

— Um colarinho do Tramlett por lavar!

---

7 Termo catalão para *rapazes*.

VIDA VERTIGINOSA

— Que desastre! Verdade é que há agora os de papel, cujo preço é seis vinténs...

— Conheço; elegância de Buenos Aires, deplorável. Entretanto, meu caro, o moço bonito deita-se e dorme. E na *purée*,[8] absolutamente *sans le sou*,[9] ei-lo a guiar automóveis, a tomar aperitivos, a farejar a Besta Doirada.

— Bonita a imagem.

— É a maneira literária de indicar a vítima. Mas como o meio é limitado, as caras são sempre as mesmas, a roda *chic* irrevogavelmente sem aumento, o moço bonito atira-se ao anônimo, às classes menos desprovidas e acaba em complicações com a polícia, cujos serviços estavam ao seu dispor dias antes. Eis por que achei a sua frase sensatíssima. Com a estreiteza do meio, a incompreensão da grande corrente civilizada que exige a cocote e o moço bonito — o moço bonito é um herói.

Estávamos no cais da Glória à espera de um *tramway*. O dândi remirou as unhas lustrosas:

— A humanidade é ferozmente egoísta. A sociedade esquece, e tanto que nos nega apoio. Porque de fato analise a vida dos homens que têm hoje cinquenta anos, analise a dos jovens trabalhadores com um pouco de psicologia. Bem raros serão aqueles que, uma vez na vida, não foram moços bonitos e bem raros são os que não tiveram já pelo menos o desejo rápido de o ser...

— O cavalheiro é profundo.

---

8 Termo francês que designa estado de miséria.
9 Em português, "sem um centavo".

— Sou um desiludido, e não vivo aqui, vivo em Paris.

— Ah!

— Faço como a maior parte dos moços bonitos que se arriscavam a ir para a Correção aqui. Emigrei para a Cidade Luz. É a única cidade onde o homem é pago para divertir-se. Tenho lá nos Campos Elíseos rés do chão elegante, onde ficam alguns brasileiros ricos.

"Como tenho muitas relações nas diversas colônias — a brasileira, a argentina, a egipciana —, nos melhores restaurantes dão-me 20% sobre as despesas dos meus amigos. Quando vou só, como grátis. E isto no Café de Paris, na Abbaye do Albert, em todos os restaurantes da noite. As cocotes, para lhes arranjar bons *michés* transatlânticos, estão nos meus braços pelo mesmo preço dos pratos dos restaurantes. Uma casa de automóveis fez-me presente de um excelente auto com o competente motorista para *aguicher* os meus amigos, rastaqueras ricos doidos pelo automobilismo. Os fornecedores vestem-me como comissão da freguesia que lhes levo. Os meus amigos são loucos por mim e deixam-se sangrar. De modo que eu vivo docemente, e até às vezes viajando, em passeios pela Riviera, em excursões automobílicas à Itália, em voos rápidos a Londres, onde sempre vou para o Savoy... Não se admire. Nestas condições há uma dúzia de jovens brasileiros em Paris. Nem todos estão na alta, mas os que não vão a Abbaye vão ao Royal e passam muitíssimo melhor do que aqui...

— Quando parte?

— Estou à espera de um negociante de gado argentino, com o qual vou para o Egito. Somos ele, eu e a Blondinette.

— Amante dos dois...

— Dele...

— Creia que é um belo rapaz.

— Faço o possível para *rançonner*[10] o burguês com certa linha. Aqui isso seria material e moralmente impossível.

— Nós estamos num atraso medonho!

— É o que eu digo!

— Em que bonde vai?

— Vou a pé.

— Pois prazer em cumprimentá-lo.

— E lá estamos ao dispor, em Paris. Naquele divino trecho dos Campos Elíseos...

"É sempre melhor do que a Avenida, onde se discute e se fala nos jornais de alguns civilizados que jantam grátis contra a vontade dos famigerados hoteleiros.

E seguiu a pé, elegantemente pela rua da Glória, caminho da Civilização — de que é um ornamento do capitel.

E foi então que eu vi que nós trabalhamos furiosamente para a conquista da Civilização, mas ainda não a conseguimos. Precisamos de mais duzentos anos, e na árvore colossal do labor — a maravilha esplêndida do parasitismo..

---

10 Em português, "extorquir".

AS IMPRESSÕES DO BORORÓ[1]

Os índios retomam o seu lugar. O Brasil, segundo alguns jacobinos[2] ferozes, naturalmente filhos de estrangeiros, pertence-lhes de direito. Quando Pedro Álvares Cabral descobriu a grande terra, que encontrou nela? Índios. Índios, alguns ferozes, outros de um pouco-caso, considerada mansidão, verdadeiramente digno de nota. Quando os portugueses precisaram de gente para os guiar caminho do interior, com quem se acha-

---

[1] Os bororós se autodenominam *boe* e habitam o território do Mato Grosso. À época da chegada dos primeiros colonizadores, ocupavam uma vasta área, que se estendia até o território boliviano. No início do século XX, contavam-se dez mil indivíduos bororós, contra os pouco mais de mil nos dias de hoje.

[2] Termo utilizado para definir os apoiadores de Floriano Peixoto e de um republicanismo radical, logo, contra qualquer interferência de estrangeiros, sobretudo de portugueses.

ram? Com os índios! E é preciso convir que os brancos, resolvidos a civilizar os peles-vermelhas, os bororós, os tupinambás, os tupiniquins e outras tribos de nomes curiosos, escravizando-as e ensinando-lhes a religião de Cristo, matando-as, exterminando-as e discutindo em seguida se o índio tinha ou não alma, não procederam com uma correção muito aproveitável para exemplo do futuro...

O índio fugiu para o interior e ficou pouco amável. Nós, os brancos — brancos relativamente como todas as coisas misturadas —, tomamos conta dessas maravilhas, estabelecemos o Progresso, fizemos várias proezas, mas, no fundo, convencidos de que estamos a usurpar a casa alheia. Sim, porque, afinal de contas, o Brasil é dos índios. E tanto o Brasil é dos índios que, ao pensar em simbolizar o Brasil, logo os desenhistas pintam um jovem índio de casaca, claque alto e tanga emplumada.

Assim, de vez em quando, através da história, encontra-se sempre a crepitar o fogo sagrado do amor pelo índio. Ah! nós amamos o antigo dono da terra natal. Amamos muito! Apenas, como seria demasiado dar o governo do país a um cacique, contemplar o primeiro pajé das selvas amazônicas com os palácios do Cardeal, distribuir os empregos elásticos da guarda-civil entre os Pinheiros Machados do sertão,[3] os Ubirajaras de desconhecidos

---

3 Ver p. 197, nota 5.

AS IMPRESSÕES DO BORORÓ

aldeamentos,[4] tomamos a norma geral de ir às tabas, forçar os pobres animais a trabalhar para nós, batendo-lhes sem dó nem piedade, mudando-lhes o nome do Deus, vestindo-os de calças, infiltrando-lhes as nossas belíssimas qualidades ruins, e quase sempre acabando ou por trazer para a cidade um bando de cretinos ou por estabelecer conflitos tremendos, em que por sinal perdemos às vezes. Mas convencidos de que o Brasil é dos índios.

Como nunca tive a coragem civilizadora da professora Daltro,[5] só consigo aproximar-me dos autênticos proprietários deste país quando por cá aparece alguma caravana de sujeitos de nariz esborrachado, a pedir ao Papai Grande[6] instrumentos agrários. Essas caravanas são conduzidas por jesuítas dedicados. Um desses, durante a exposição, trouxe o bando de índios formado em orquestra — memorável e dolorosa banda de música em que se condensavam todas as bandas más, desde as bandas recreativas da roça à banda de música alemã! E desse contato com os índios, tive a impressão de que os pobres-diabos têm o espírito da ironia desenvolvidíssimo. Não podendo com os seus malfadados civilizadores, frecham-nos

---

4 Referência ao personagem principal do romance *Ubirajara* (1874), de José de Alencar, comumente identificado com a imagem europeizada do indígena.

5 Leolinda de Figueiredo Daltro (1859-1935) foi uma professora, sufragista e indigenista, tendo fundado o Partido Republicano Feminino em 1910. João do Rio refere-se ao período em que Daltro percorreu o interior do país para alfabetizar indígenas de maneira laica.

6 "Papai Grande" foi uma das alcunhas atribuídas ao presidente Rodrigues Alves, o que refletia sua popularidade.

de ironias mordazes. Hei de me lembrar sempre de um valoroso capitão, hospedado no pátio da Polícia Central, há uns dez anos. O capitão era velho e soleníssimo. Dormia, havia oito dias, de colarinhos, gravata e fraque, com as botas na mão. Fui encontrá-lo, rodeado de *reporters*, que o entrevistavam como entrevistariam o indigitado autor de um crime célebre, um viajante notável ou uma atriz de nomeada. O capitão dava as suas impressões sobre o mar, cuja água era salgada — (grande riso dos assistentes!) — sobre Tupã carregador que era o bonde elétrico e outras sinistras bobagens. A tribo civilizada fazia uma verdadeira dança de *scalp*, dilacerando-o de perguntas a que o selvagem não podia responder. Afinal, no meio dos entrevistadores estava um negrinho de oito a dez anos, a quem o cacique agrário fixava de vez em quando. Indaguei.

— Gosta de crianças, capitão?

O cacique bocejou:

— Não gosta não. Já comi, mas não gosta. Melhor mais grande e branco.

O selvagem já comera crianças, era antropófago...

Os outros com que depois falei decerto ainda não tinham chegado ao excesso de comer os civilizadores guisados, mas não compreendiam absolutamente nada de civilização, selvagens dentro das fatiotas urbanas, como os mais selvagens.

À primeira manifestação impetuosa de sentimentos punham-se a aglutinar gritinho, e a maioria dos nossos confortos causava-lhes uma imensa vontade de rir. Que

AS IMPRESSÕES DO BORORÓ

pensariam eles das autoridades, dos *reporters*, dos presidentes? Mas para que indagar? Vinte dias depois de chegados, esses pobres entes eram abandonados, literalmente abandonados. Nunca soube ao certo da volta de uma dessas missões de índios domesticados, mas previa que, se alcançassem de novo a floresta virgem, deviam retomar o ódio antigo, com prazer.

Não retomaram, entretanto. E felizmente. Porque neste momento um movimento governamental resolveu o problema do seu aproveitamento colonizando-os.

— Sim, senhor. Esse país é seu. Nós tomamos conta disso. Basta de vadiação, porém. Venha para cá prestar-nos serviços!

E diante desse movimento inteligentíssimo da nossa parte, segundo informam as notícias várias, o sertão, onde existe campo de índio, está a vibrar de contentamento. Em Goiás, no Paraná, em Mato Grosso, no Amazonas, os índios sentem-se colonos, com tanto direito como a maioria dos habitantes passados, presentes e futuros deste grande país.

A própria cidade começa a ter índios demais. Os jornais dão notícias desenvolvidas a respeito da chegada de caciques sórdidos; não se entra por uma secretaria sem encontrar em cada sala um lote de índios — dos "verdadeiros brasileiros", como dizem os jacobinos. A princípio, para que não dizê-lo, eu tinha um medo sério dessas manadas nomosselvícolas. Pensava-os incapazes de pensar, de agir, de fazer outra coisa que não fosse atacar o próximo. Via porém tanta gente com cara de índio que certa vez encontrando num bonde com certo sujeito talhado pelo mesmo molde, atirei-me a ele.

— Bom dia. Então, como vai isso?

— Como?

— Você não é um dos colonos índios do coronel Rondon?[7]

— Perdão. Sou realmente colono.

— Do Rondon.

— Não senhor, do Japão. Sou japonês e há dez anos vivo aqui.

Essa lamentável confusão resolveu-me a encontrar um índio e a ouvi-lo falar. Era uma questão fechada. Precisamente os jornais davam com retrato a chegada de uma família de cacique de Mato Grosso, cujo filho mais velho, interrogado por um *reporter*, respondera com enfado.

— Não sei nada. Fala com Rondon, fala com ele...

Atirei-me ao hotel, onde se instalara o príncipe. Vou divertir-me, pensei. E mandei levar-lhe o meu cartão. Instantes depois, o criado fez-me entrar para um salão delicado e íntimo. No centro do salão estava um jovem bororó. O jovem bororó estendeu o braço comprido. Na extremidade desse braço comprido havia uma larga mão respeitável que apertou a minha. O bororó, de pijama de

---

7 Cândido Mariano da Silva Rondon (1865-1958) foi um militar, engenheiro, professor e sertanista brasileiro. Foi o primeiro presidente do Conselho Nacional de Proteção ao Índio, em 1939.

AS IMPRESSÕES DO BORORÓ

seda e meias cor de vinho bocejava largamente. Acordara, certo, pouco tempo antes.

— Sente-se você — fez, caindo num divã. — Que há de novo?

Sentei-me, aceitei uma cigarreta *pointe d'or*, e por entre as espirais perfumosas, informei:

— Nada de muito novo. O assunto palpitante continua a ser a proteção. Era exatamente esse o motivo de minha visita: saber a impressão que lhes tem deixado a cidade.

O jovem bororó sorriu com todos os seus dentes.

— Para que falar de nós? Eu detesto o reclamo. Isto é bom para os Caruso,[8] a Sarah Bernhardt,[9] o Luiz Mancinelli.[10] Você não pode imaginar como a celebridade me pesa.

— E aos outros?

— Falo por todos. Alguns ficaram até tão cansados que morreram. A celebridade é fatigante. Fatigante e banal. Não posso compreender como entre os bárbaros europeus e vocês, seus descendentes, se pode viver numa tal tensão de mentiras permanentes. Verdade que mentira é ilusão, ilusão é desejo de realidade, e no fim da maior

---

8 Enrico Caruso (1873-1921) foi um tenor italiano considerado um dos maiores intérpretes da música erudita. Em 1903, Caruso apresentou-se com a Companhia Lírica Italiana no Rio de Janeiro.

9 Ver p. 168, nota 3.

10 Luigi Mancinelli (1848-1921) foi um maestro italiano de fama internacional, tendo regido em Paris, Londres e Nova York. Em 1905, apresentou-se com a Companhia Lírica Italiana no Rio de Janeiro.

pilhéria do reclame há sempre o nobre desejo de ser melhor. Se eu falasse de mim...

— E dos outros?

— Falo por todos. Se eu falasse de mim, intimamente, com ordem expressa de você não publicar as minhas opiniões capazes de suscetibilizarem os homens de valor da terra, naturalmente só falaria verdade, e não seria interessante. Que quer? A vida é sempre assim. Vocês ficaram sabendo há tempos, por causa do padre Malan com a sua banda,[11] por causa do amável coronel Rondon com as linhas telegráficas,[12] por causa do Teixeira Mendes[13] e de Augusto Comte,[14] que o Brasil ia proteger o selvícola. Vai daí, era certa a chegada de várias levas de brasileiros...

"Que exotismo!, bradaram os neurastênicos urbanos. E começaram a pensar logo em alguns indivíduos mais nus que as cantoras de cafés-concertos. Também para vocês era exotismo o bororó, como seriam exóticos um mandarim possuidor da jaqueta amarela, um turco ou simplesmente uma senhora de chapéu muito grande.

---

11 Dom Antônio Maria Malan foi um evangelizador salesiano que chegou às terras dos bororós, no Mato Grosso, em 1865. Um de seus métodos de conversão consistia na formação de bandas musicais.

12 O coronel Rondon foi responsável pela primeira estrada que ligava Cuiabá ao Rio de Janeiro e pela instalação de linhas telegráficas em Mato Grosso.

13 Ver p. 64, nota 14. Grande defensor dos ideais positivistas, Teixeira Mendes defendia o respeito pelos territórios, instituições e costumes das populações indígenas, que, aos poucos, se integrariam à doutrina positivista.

14 Auguste Comte (1798-1857) foi um filósofo francês criador da doutrina positivista, cuja influência foi muito presente na República Velha.

"Ora, precisamente na nossa cidade, nós somos quase todos filhos de caciques...

— Ah! muito bem! de caciques!

— Não me interrompa. Você não sabe o que é um cacique, e aliás, com isso, acompanha a maioria. Ouça. É melhor.

"Nós somos todos filhos de um formidável cacique, filho do Sol e neto da Lua.

— Por que neto da Lua?

— Pela razão simples de que a Lua é muito mais velha que o Sol. Os nossos parentes fizeram civilizações grandiosas antes da entrada violenta dos bárbaros transatlânticos. Nós mesmos tínhamos instituído as bases do direito das gentes na guerra e na paz, não pensávamos no divórcio graças à poligamia e à compreensão helênica de que a mulher no lar é a primeira serva.

— Perdão, Penélope...

— Não me interrompa. Você deve saber que nós somos, de origem, greco-asiáticos, vindos para esta região muito antes da queda de Troia. Eu devo conhecer a parentada. Ora muito bem. Com esta compreensão, chegaremos à poesia, que é o capitel de uma civilização. Mas os brancos, essa raça sem medida, tudo acabou ferozmente. Meu pai é pai de quarenta e oito irmãos meus com vinte e duas esposas fiéis, percebeu que o único meio de escapar era passar de cacique guerreiro a cacique industrial, a cacique agrícola pastoril. Aceitou imediatamente a invasão dos colonos de estamenha chamados salesianos...

VIDA VERTIGINOSA

— Inteligente!

— Está compreendendo? Meu pai era uma águia. Esses colonos fizeram no nosso meio o papel dos gregos no Império Romano, ensinando-nos várias coisas. Graças a eles admirei a missa, esse interessante "almoço religioso", li Wagner, ouvi trechos de *Parsifal* e a emoção curiosa do *Vem cá, mulata!*.[15],[16] Li os psicólogos desde Ribot até o Manuel Bonfim,[17] folheei álbuns de caricatura, estudei várias línguas pelo método Berlitz, assinei jornais, fui no sertão leitor assíduo do *Femina*, do *Tico-Tico*, do *Binóculo*...[18]

— E os outros?

— Já disse que falo por todos. Enfim, consegui uma educação que não digo igual à dos bárbaros pela razão

---

15 Richard Wagner (1813-1883) foi um compositor, maestro e diretor de teatro alemão, conhecido particularmente pelo equilíbrio entre os elementos musicais, visuais e dramáticos em suas óperas. *Parsifal* é a última ópera completa de Wagner e foi apresentada pela primeira vez em 1882.

16 "Vem cá, mulata!" é uma composição que fez grande sucesso no carnaval de 1906, assinada por Arquimedes de Oliveira (1870-1930) e Bastos Tigre (1882-1957).

17 Thèodule Ribot (1839-1916) foi um professor e filósofo francês. É considerado o criador da psicologia como ciência autônoma na França. Já Manuel Bonfim (1868-1932) foi um médico, sociólogo, psicólogo e jornalista brasileiro. Criou o primeiro laboratório de psicologia brasileiro. Para Darcy Ribeiro, foi o intelectual mais original do Brasil.

18 O *Tico-Tico* (1905-1977) foi uma publicação brasileira voltada para o público infantil, a primeira revista a publicar histórias em quadrinhos. "O Binóculo" foi uma coluna assinada pelo poeta, contista e jornalista Figueiredo Pimentel (1869-1914), publicada na *Gazeta de Notícias*. Tendo sido a primeira coluna social do Rio de Janeiro, notabilizou-se por ditar a moda e os costumes entre as classes altas. *Femina* foi uma revista francesa (1901--1954) dedicada à mulher moderna. A caricaturista brasileira Nair de Teffé (1886-1981) teve seus trabalhos publicados na revista.

248

mais simples de que a minha é maior. Conheço a ciência, a filosofia, a arte, as religiões europeias e a ciência, a arte, a filosofia e a religião bororós: vejo, por consequência, dobrado.

— Evidentemente — concordei, convencido de que sonhava.

— Depois é uma questão de raça.

— Como assim?

— Nós somos príncipes de raça. Não tivéssemos essa superioridade e não estaríamos tão à vontade, sustentados pelos outros...

O jovem bororó ergueu-se sorrindo terrivelmente com todos os seus dentes. Eu estava humilhado. Toda a familiaridade fugira. Estava na ponta da poltrona, jogara para o cinzeiro o cigarro e olhava o bororó como imaginara que o bororó olhasse para mim.

— E tem se divertido, Alteza?

— Nem tanto. O nosso *manager* vela por nós como Mentor por Telêmaco[19] ou o Frack-Brown pelos seus *jockeys.*

"Ele tem muito medo daquilo em que vocês têm estragado o melhor da vida e a que chamam o Amor. Mas, de vez em quando, uma escapada... Enfim, viajei, vi cidades, verifiquei como vocês são basbaques...

— São apenas essas as suas impressões?

---

19 Mentor e Telêmaco são personagens da *Odisseia*, poema épico de Homero. Quando Ulisses parte para a guerra de Troia, Mentor passa a servir e proteger Telêmaco, filho de herói.

— Não. Tenho algumas outras. A primeira é que há falta de gente em comparação ao que dizem os jornais. Quando passeio pela Beira-Mar tenho a impressão do deserto;[20] quando entro num teatro prende-me o frio que se deve sentir nas estepes. É desolador. Quanto aos homens, são todos perfeitamente idiotas. A maneira por que olham para nós é extremamente cômica. Imagine você se não fôssemos menos inteligentes com a tolice de nos julgarmos superiores! Como poderíamos andar na rua vendo tanto carioca! Imagine você — depois de comparar com o que fazem eles vendo-nos passar...

— Também S. Alteza e os seus manos são netos da Lua?

— Mas eles não o sabem, e quem não sabe não vê. De resto, o bororó é mais do que Voltaire,[21] porque Voltaire sentia-se embaraçado com o universo e nenhum de nós ainda sentiu esse embaraço. Nem nós nem o nosso impertinente *manager*.

— Mas que filósofo é S. Alteza!

— Não me chame de Alteza. Dá-me um ar de príncipe europeu em decadência, e neste país de exagero parece mau.

— Como hei de tratá-lo então?

---

20 Ver p. 58, nota 8.

21 Voltaire, pseudônimo de François-Marie Arouet (1694-1778), foi um escritor e filósofo iluminista francês, defensor das liberdades individuais. Escreveu mais de setenta obras, entre ensaios, obras científicas, ensaios e peças de teatro.

AS IMPRESSÕES DO BORORÓ

— Não me trate. Eu chamo-me simplesmente o Bororó. Se quiser saber o meu nome todo indague do colono que é um cartaz vivo.

— Que juízo mau faz de nós!

— Eu? pois julga-os exagerados? Pois se é verdade. A impressão geral dos bororós é que os bárbaros só se interessam pelo que é inteiramente inútil. Outro dia, eu que tinha saído só, perdi-me diante de um cinematógrafo em que avidamente a multidão entrava. Entrei. A multidão guinchava, ria e batia palmas, porque no tal cinematógrafo apareciam algumas mulheres apenas vestidas de meia. Há coisa mais tola? Na minha terra elas andavam assim sem que nenhum de nós perdesse tempo em olhá-las. Ontem perdi o tempo indo à Câmara e a um café-cantante. Na Câmara uns cavalheiros diziam coisas perfeitamente sem sentido, no café-cantante uma companhia inteira no palco palestrava em fraldas de camisa. E havia gente grave a ver aquilo. É a civilização! É a inutilidade. Um bororó não compreende esse prazer. Pasmo de como se perde o tempo.

— O Bororó também?

— Se a época é a da falta de tempo!

— Admirável.

— E deixe-me dizer-lhe que os tais palácios, e as invenções da mecânica e da eletricidade industriais não conseguiram entusiasmar-me.

Um criado apareceu, ia ser servido o almoço, e o bororó tinha ainda o banho, a *toilette*, o exercício do tacape que faz todo o dia num quarto fechado com os manos, untados de óleos e de cocar de plumas variegadas. Além do mais esquecera a sua oração a Tupã Nosso Senhor e logo depois do almoço tinha ensaio da banda — porque o bororó toca trombone. À vista disso ergueu-se.

— E mulheres, bororó?

O bororó olhou para os lados receoso.

— É a única coisa que me parece melhor. Mas também exageradas. Grandes chapéus, muitos vestidos, muitas rendas.

— É a moda.

O jovem bororó riu antropofagamente com todos os seus dentes.

— Filho do Canal do Mangue, por Jaci o juro: elas devem ser melhores sem nada disso...

Não gostei de ser filho do Canal do Mangue. Fechando a cara, indaguei.

— Mas precisamente, grande filho das selvas, você não veio cá apenas fazer censuras.

O bororó ficou sério:

— Ah! não! Queres saber o que vim cá fazer?

— Se não for inconveniente...

O jovem bororó olhou para os lados e alteou a voz. Alteou a voz e proferiu a última frase. E essa frase, oh! senhores! oh! senhoras! oh! rapazes! oh! meninos! foi a noção irônica de um país inteiro, foi a troça mais completa ao momento, aos homens, às coisas, foi um resumo integral do país, foi todo o Brasil encarado por um Mark

AS IMPRESSÕES DO BORORÓ

Twain prático, foi sesquipedal. O índio alteou a voz e terminou:

— Vim buscar uma patente da Guarda Nacional![22]

Sim, glorioso representante de uma raça que nós vamos colonizar, sim, descendente de guerreiros ilustres, já glorificados pelo defunto Gonçalves Dias e por outros poetas falecidos e vivos, sim, ex-senhor do tacape, do cocar, da embira, da inúbia, sim! o teu gênio apanhou numa frase lapidar o país inteiro.

Sim! Para valer alguma coisa é preciso uma patente, uma patente de invenção, de uma autoridade, ilusória; para entrar na civilização com dignidade, mesmo como colono, é preciso um posto! Como considerar-se brasileiro sem uma patente, como pensar em ser eleitor sem galões, como agir sem o bordado de uma hierarquia hipotética?

Não há mortal brasileiro que não seja pelo menos sargento, sargento de uma brigada elevada pelo número, absolutamente fantástica, mas brigada nacional. Um índio, convencido de que vai retomar o Brasil, assimilando-se ao meio, só poderia começar pedindo uma patente. Antes do mais, a patente. Tê-la-á decerto, assim como todos os outros índios forjados numa nova brigada que a espontânea brigada do Trote de Britto com os apinajés da d. Deolinda já desvairadamente anunciara por estas ruas civilizadas!

---

22 A Guarda Nacional foi criada em 1831, na cidade do Rio de Janeiro. Em 1850, foi criado um sistema de compra de patentes de oficiais. Foi extinta em 1922.

Tê-la-á! E só assim o problema índio ficará resolvido pelo único grande sistema elevador das classes, o sistema de patente. Os pósteros, venerando esse índio de ontem num grande monumento, decerto positivista, erigido na praça pública, talvez não façam a inteira justiça à nobre ideia de Rodolfo Miranda.[23] Mas fatalmente exagerarão o papel do índio vidente, que, abrindo a porta a mais dez mil coronéis, cinco mil capitães e oitocentos mil alferes, fez entrar definitivamente para a civilização todos os selvícolas e mesmo as selvas com a palavra que sustém as sociedades, com as três sílabas mágicas, com a — patente.

E eu saí aturdido com o bororó, as suas ideias, o canal, o exagero, Jaci e um retrato do jovem civilizadamente selvagem que o próprio neto da Lua me concedera, apesar do seu horror ao Reclamo, para publicar nos jornais.

---

23 Rodolfo Nogueira da Rocha Miranda (1860-1943) foi um político e jornalista brasileiro. Em 1910, participou da criação do Serviço de Proteção aos Índios e Localizações dos Trabalhadores Nacionais.

O SR. PATRIOTA

Encontrei ontem o Patriota. O Patriota é um homem considerável. Ninguém sabe por que o cerca um tão curioso prestígio, mas ninguém lhe nega a grande consideração a que têm direito personalidades de monta. Conheço-o há muito tempo. De físico varia às vezes. É em certos momentos jovem, com a cara suarenta, o cabelo por cortar, o olhar cintilante. Em outros surge velho, de grandes barbas, brandindo o guarda-chuva. Quase sempre, porém, aparenta ter de quarenta a cinquenta anos. Mas o seu moral não varia como não variam as roupas, que, segundo o filósofo, têm uma secreta correspondência com o moral. Veste mal, muito mal. Parece esfregado d'óleo tão reluzente está, e com dignidade, com ênfase, como um profeta, clama em favor da pátria. É no país inteiro o único homem que compreende o patriotismo sem interesse e ama

VIDA VERTIGINOSA

verdadeiramente o Brasil. Como? sabendo tudo sempre péssimo e clamando por medidas de extrema violência. Depois de ouvi-lo — e toda gente já o ouviu — ninguém se atreve a considerá-lo menos que intangível, porque para ele todos são perdidos, devassos e desonestos, ninguém ousa pensar no progresso do país porque ele o corta com o gládio negro do impossível; ninguém tenta uma palavra que não seja de aplauso às suas ideias porque ele fala como inspirado por um poder superior. É radical, é esplêndido, é divino. É o único homem que pensa sempre da mesma forma, o único homem coerente porque pensa sempre mal dos outros homens, das outras coisas, só compreendendo uma intenção boa e honesta: a própria.

Muitas vezes, depois de escutar religiosamente o Patriota, tive a ousadia de refletir nos seus decretos e nas suas imperiosas verdades. Se cumpríssemos esses decretos no exterior teríamos há muito tempo declarado guerra ao Peru, à Bolívia, à República Argentina, à Alemanha e à França. Apenas. Nenhum dos tratados de limites que o notável cartógrafo sr. Rio Branco[1] realizou tem o seu assentimento. A compra do Acre foi uma humilhação, a intervenção dos Estados Unidos em questões de política

---

1 José Maria da Silva Paranhos Júnior (1845-1912), o Barão do Rio Branco, foi um diplomata, jornalista e historiador brasileiro. Em 1902, a convite do presidente Rodrigues Alves, assumiu a pasta de Relações Exteriores do Brasil, posição que ocupou até sua morte, em fevereiro de 1912. Teve participação destacada na consolidação das fronteiras brasileiras, como a divisa entre o Amapá e a Guiana Francesa e a anexação do Acre por meio de cessão de outros territórios e compensação econômica.

O SR. PATRIOTA

sul-americana é irritante, a Alemanha procede desleal-
mente criando-nos no sul o domínio germânico, a França não tem o direito de discutir as nossas preferências na
questão dos instrutores militares, posto que a sua vontade seja contra os instrutores de qualquer nacionalidade.
Com a Itália, é devido à baixeza e à fraqueza dos nossos
políticos que a lei Prinetti[2] ainda não foi revogada, posto
que a sua opinião seja inteiramente avessa à imigração.
Com a Argentina o seu ódio é quase um delírio sagrado.
A Argentina serviu-se dos nossos guerreiros no Paraguai
e não pode suportar a nossa evidente superioridade. Só
haveria um meio de liquidar a rivalidade: era reduzi-la a
nada numa tremenda guerra, porque os brasileiros têm
a coragem dos japoneses, apesar do Patriota abominar os
japoneses, considerando um grave perigo a sua coloniza-
ção no Brasil.

Internamente o Patriota ainda é mais grave. Não há
um homem que preste, não há um ato do governo que
não seja considerado um verdadeiro desastre para a causa
pública. O Brasil, que ainda não se bateu com todos os países dos quais já devia ter saído vencedor, é levado à ruína
pelos seus estadistas, uns ladravazes desavergonhados.

— Então a cidade iluminada a luz elétrica?

---

2 Em 1902, a Itália aprovou o Decreto Prinetti que proibia a emigração
subvencionada para o Brasil. O decreto surgiu em decorrência das pés-
simas condições de trabalho encontradas pelos imigrantes nas fazendas
brasileiras.

— Dizem os estrangeiros, sr. Patriota, que é a cidade mais iluminada do mundo.

— Também com tantos ladrões, quanto mais luz, melhor. Vejo porém nisso uma verdade.

— Qual, sr. Patriota?

— As ladroeiras da Light! As batotas do governo, essa miséria dos nossos governantes...

Como para achar que uma coisa vai de mal a pior é preciso fatalmente acreditar que os tempos passados foram melhores, o ilustre Patriota vai transferindo a sua opinião dia a dia, de modo que, graças ao tempo, os patifes de há dez anos são hoje senhores respeitáveis em comparação com os contemporâneos. Firme no tempo da monarquia, o sr. Patriota era republicano e clamava contra a inércia bandalha dos ministérios que faziam empréstimos para pagar dividazinhas, sem iniciativa, sem amor ao progresso, inimigos da liberdade porque possuíam a Guarda Negra.[3] Oito dias depois de feita a República, o sr. Patriota, num gesto de desalento, exclamou:

— Esta não era a República que eu sonhava!

E começou a comparar as instituições, para achar pior a nova.

Se a República não tivesse sido feita, seria preciso inventá-la para que o sr. Patriota tivesse uma base de compara-

---

3 A Guarda Negra ou Guarda-Negra da Redentora, fundada em 1888, foi uma associação de escravos libertos que lutava a favor da monarquia brasileira.

ção. No tempo de Floriano,[4] já o Imperador era um homem extraordinário e Floriano um infame tirano. Hoje Floriano foi um grande homem e nós precisávamos de um Floriano para moralizar a República. Todas as revoltas internas devemo-las ao admirável Patriota, movido pelos mais puros ideais, e a sua superioridade está em condenar os de agora com os de ontem, contra os quais já se revoltara. A sua última revolta foi contra a vacina obrigatória. O grande homem, em nome da Pátria — nome sempre sagrado —, pretendeu depor um presidente apenas porque esse presidente tinha o desaforo de embelezar e sanear a capital. E esse admirável gesto lhe trouxe o amargor de não ser compreendido.

— Este país está inteiramente perdido.

— Por que, sr. Patriota?

— Já nem o povo vibra senão na pândega.

— Com efeito.

— Olhe, quer saber?...

— Com prazer.

— Os exemplos de cima corromperam até aos ossos o povo. A época, meu filho, é apenas de cavação. Adeus, Pátria!...

E contra os que trabalham, os que se esforçam, os que lutam e pretendem vencer, contra os progressos evidentes do país, o sr. Patriota, à porta de um botequim, clama

---

4 Marechal Floriano Vieira Peixoto (1839-1895) foi presidente do Brasil de 1891 a 1894. Foi conhecido pela alcunha de Marechal de Ferro, pela postura centralizadora e atemorizante com que conduziu as batalhas contra as insurreições do período. Em 1892, declarou estado de sítio, possibilitando a prisão e o desterro de opositores seus para o Amazonas.

possesso. São umas bestas, são uns desonestos, são uns patifes. Da vida atual apanhou duas palavras adulteradas pelo calão da terra: cavação e fita. Há uma grande prova de progresso?

— Oh! Oh! o que eles comeram! Que "cavação"!

Há um grande ato em que é impossível ver dinheiro?

— Não vês? é uma "fita" de primeira ordem...

Quando vejo o sr. Patriota — eu, como toda gente — tenho um arrepio de pavor. O sr. Patriota, com o fato sujo, as botas por engraxar e os olhos duplicando a lanterna de Diógenes,[5] causa-me medo. Se não me vê, fujo. Mas se desconfio que deu comigo, aproximo, faço-lhe zumbaias, encho-o de lisonjas, tentando evitar que o sr. Patriota também me estraçalhe moralmente. E é com timidez, quase humilde, que concordo, sou da sua opinião.

Ontem, dei de cara com o sr. Patriota. Abri os braços.

— Oh! meu caro amigo...

— Como vai você?...

— Mais ou menos.

— Tenho-o visto pelos jornais.

— Ora eu... E o meu amigo?

— Como vê, mal. Neste país só estão por cima os ladravazes. É uma indecência, um fim de raça. Nunca vi assim, nunca imaginei. Os homens dignos no ostracismo. Os "fitas" e os "comedores" na primeira fila. Já não temos homens. Temos alarves por trás de cinematógrafos.

---

5 Ver p. 115, nota 3.

— V. Exa., sr. Patriota, sempre com a sua veia...

— Com o meu patriotismo, diga antes. Sou republicano histórico. Posso dizer da República que infelizmente ajudei-a a fazer na jornada de 15 de novembro.

— Infelizmente nada difícil.

— Como nada difícil?

— Porque não houve resistência.

— Sim, realmente. É que os patifes sabiam serem os únicos a aproveitar. Quais são os republicanos verdadeiros que têm governado? Também, meu amigo, isto está a liquidar.

— Isto o quê?

— O Brasil.

— V. Exa. acha?

— Claro. Somos a risota do estrangeiro e viramos centro dos cavadores sem escrúpulos. Ah! perdemos o sentimento sagrado da Pátria!... O país está nas mãos de mercenários, de vis ganhadores, e o futuro se apresenta negro de problemas insolúveis.

— Mas com as estradas de ferro, o aumento das rendas, a afluência de capitães estrangeiros, tantos empreendimentos, a paz sul-americana garantida?

— Fitas, meu amigo, fitas...

— Mas a opinião?

— A opinião dos jornais pagos.

— Até o "*Diário Oficial*"?

— São coisas que não saem do papel, de decretos, de palhaçada para enganar os tolos.

— Ah!

— Quando não é apenas o esbanjamento dos dinheiros públicos, a crise megalomânica dos estadistas de ocasião espalhando o suor do povo amoedado.

— Na verdade.

— Não é possível que a nossa Pátria estremecida caminhe muito tempo à beira desse precipício criado pela inépcia filauciosa e a arrogância dos históricos de última hora... É a baixeza, a liquefação dos caracteres — aqui, nos estados sob o domínio ganancioso e amordaçado das oligarquias, em todo esse Brasil, do Amazonas ao Prata...

— Do Rio Grande ao Pará.

— O sr. brinca?

— Oh! nunca! Continuei apenas uma frase poética.

O sr. Patriota ficou sério e gravemente:

— Mesmo porque recebo com o desprezo os que não sabem amar o seu país. Fique certo, entretanto, de uma coisa.

— Qual?

— É que eu, que ainda nunca tive empregos nem gordas propinas, sei, apesar de tudo, amar a minha pátria e que estou sempre na estacada para defendê-la.

Era à porta de um botequim. Na rua cheia passava gente nervosa e apressada a trabalhar; onde os olhos pousavam viam movimento, vida, labor, agitação de homens movendo-se para a conquista do conforto. Eram, no dizer

O SR. PATRIOTA

do Patriota, os inimigos da pátria. Ele, parado à porta de um botequim, estava convencido de ser o mais útil cavalheiro, o único útil neste país perdido. E eu senti que estava ainda mais furioso porque, apesar dos seus acessos de insultos, sentia-se cada vez mais seduzido na onda de vida nova que tudo avassalava.

Então, aliviado, estendi-lhe a mão:

— Pode contar comigo a seu lado.

O sr. Patriota olhou-me, e num ímpeto:

— Sério?

— Lealmente.

— Pois então ajuda-me. Vê se me arranjas um emprego modesto em que não se trabalhe muito. Há vários: há verdadeiros escândalos! É uma vergonheira. E só nomeiam imbecis e patifes. Que diabo! Eu sou republicano histórico, eu sou brasileiro, eu amo a minha pátria. Uma pensão da verba secreta da polícia, hein? Os governos precisam ser justos. Quando posso saber da resposta?

E com as duas mãos apertando a minha:

— Mostre que neste país ainda há homens! Serei dedicadíssimo...

Estou ainda comovido com o encontro. E com medo redobrado. O sr. Patriota é caipora. Não arranjo o emprego que tão patrioticamente desejo, o governo continua ser uma miséria, mas eu? eu, se não o arranjar, serei para sempre o maior dos imbecis velhacos que infelicitam a desgraçada pátria do sr. Patriota. E afinal é desagradável ser isso, quando seria tão fácil ser o contrário.

263

UM GRANDE ESTADISTA

Na nevrose dos últimos momentos de governo, o Palácio Presidencial tem uma extraordinária agitação de gente que quer ser percebida, de gente que fala baixo e fala alto — mil pretensões, mil enganos, mil ilusões. Com um tato muito delicado, há quase meio mês o presidente que se vai não habita o Palácio. Com uma distinção que o eleva, há quinze dias não resolve graves problemas mas apenas os comunica ao que virá... É noite. Os funcionários têm um ar de fadiga, impossível de esconder após quatorze horas de trabalho consecutivo sob a luz fixa das lâmpadas elétricas. Muita gente ainda. Há no salão de espera, há nos corredores, há na secretaria, há nas salas contíguas à sala dos despachos, há mesmo nesse vasto quadrilátero onde se resolvem os destinos da Nação.

Mas o presidente entra. Acompanha-o o chefe da Casa Militar. Entra a sorrir, com uma palavra amável para cada um. Não está cansado. Nunca esteve cansado. É a mesma impressão de saúde e de juventude. Deixa o Governo como se para ele entrasse. Senta-se. Há na mesa rumas de papéis a assinar. O trabalho é rápido, enquanto continua a conversar e a atender os que chegam. Foi assim no primeiro dia de Catete. É assim nos últimos.

"Placez une energie exaltée devant un champ d'activité immense: elle brûlera d'entreprendre. L'initiative est un des traits constitutifs du caractère americain."[1]

Temos diante de nós o Presidente americano, o Presidente-administrador, o jovem estadista, o despertador das energias do país. Cada vez que foi elevado ao poder revela esse ímpeto de empreendimento e iniciativa. Como supremo magistrado da Nação, fez um dos mais intensos períodos de progresso da vida nacional. Ao deixar o poder, há em torno dele uma pletora de esperança e de seiva. Nem um desânimo. Vê-se que diante daquela energia exaltada não se fechará o campo imenso da atividade. Ele tem a inteligência, a segurança, o entusiasmo e a experiência imediata da vida "capaz de resolver os problemas que mais desconcertam a inteligência pura". Ele vê num relance e por inteiro o que os outros nunca veem de todo

---

1 Em português, "Disponha uma energia exaltada frente a um campo imenso de atividade: ela arderá para empreender. A iniciativa é um dos traços constitutivos do caráter americano." Trecho de *L'énergie américaine* (*évolution des États-Unis*), do escritor francês Firmin Roz (1866-1957).

UM GRANDE ESTADISTA

em vários dias. E a sua fisionomia, transpirando a satisfação de ter cumprido o seu dever, incute a confiança, uma confiança que se deposita nele para o vago bem comum, insopitável e imediata, antes que o cérebro reflita.

Esse governo que assim termina com tal elegância moral e crescerá na memória do país à proporção que for passando o tempo surgiu de um fato imprevisto.

Foi um acaso a repentina elevação à presidência da República do vice-presidente.

Muitos mostraram admiração pelo modo por que o seu governo no dia imediato agia com a certeza e segurança de quem se preparara para a chefia do país.

Era apenas um homem culto e jovem, um temperamento de estadista e de verdadeiro patriota conhecedor das necessidades da Nação. Os que o acompanham desde o primeiro momento, quando a notícia da morte de Afonso Pena[2] foi sabida no Senado, tiveram a justa medida do seu valor e da compreensão que esse homem tinha do poder: não a empáfia louca dos conselheiros, não a vaidade da gloríola social, mas o sentimento integral da imensa responsabilidade que lhe caía sobre os ombros aliada à esperança de cumprir o seu dever. Era o governo de um país novo cuidando do seu progresso moral, mental e prático.

---

2 Afonso Augusto Moreira Pena (1847-1909) foi presidente do Brasil de 1906 até sua morte. Durante seu governo, houve forte investimento na área de infraestrutura, como construção de portos, expansão das linhas férreas e telegráficas. Incentivou também políticas imigrantistas; acredita-se que cem mil colonos entraram no país no curto período em que esteve à frente do país.

VIDA VERTIGINOSA

Deixava de ter os ódios comuns para ser o primeiro magistrado da Nação. A sua primeira vontade foi para manter a Constituição no ponto relativo à separação da Igreja e do Estado, ponto que os presidentes conselheiros, indo à missa ao domingo e permitindo a invasão dos frades estrangeiros, a pouco e pouco pareciam esquecer. O seu primeiro movimento político foi de congraçamento.

Nunca tivemos uma época política mais agitada e mais perigosa. A primeira reunião do ministério foi um ato de coragem em pleno palácio invadido pelos políticos e os interessados de toda espécie e de ambos os partidos. Ato de coragem calma e tranquila. A sua situação na política não podia ser outra. A princípio procurou esquivar-se às lutas partidárias, neutro. A política exigia que ele tomasse um partido ou que escolhesse outro candidato. Foram mesmo oferecer-lhe a presidência para o novo quatriênio. S. Exa. respondeu:

— Não me afasto uma linha do meu dever.

E não se afastou. Ataques, violências, insultos, discursos oposicionistas não o demoveram. A multidão — a mesma que em delírio seguia Rui Barbosa para aplaudir Hermes da Fonseca à sua chegada da Europa[3] — gritou debaixo das janelas de palácio. Ele, que não se tinha envolvido na escolha de candidatos, deixou que o pleito se realizasse entre os dois candidatos. Mas não se lhe notara

---

3 Referência ao fato de Rui Barbosa (1849-1923) acompanhar a chegada de Hermes da Fonseca (1855-1923), seu adversário na campanha presidencial de 1910, que regressava da Europa.

jamais uma violência contra o povo, contra a liberdade nesse governo de vigor, de energia e de brilho. Os jornais de oposição disseram-lhe horrores. Continuaram a dizer com inteira liberdade. Os deputados na Câmara procuravam todos os meios de ataque. Puderam continuar. A agitação das ruas foi durante meses formidável. Os politiqueiros de vinganças, com exemplos no bolso desde Floriano[4] ao sr. Rodrigues Alves,[5] iam propor-lhe o estado de sítio. Não houve uma só violência da política, apesar da agitação, contra a agitação, o espírito do estadista irradiou em todos os departamentos da administração.

Ele foi o administrador. A sua obra no estado do Rio era de resto anunciadora do que poderia fazer com o Brasil inteiro. Em seis meses de administração, o sr. Nilo salvara o estado de uma formidável crise financeira. Na sua segunda mensagem ao Congresso, S. Exa. dizia: "Depois de onze anos de déficits sucessivos pode a administração declarar que encerrou o balanço do ano findo com um saldo aproximado de mil e quinhentos contos de réis. Todas as verbas de receita do orçamento tiveram aumento." E isso era conseguido incentivando a produção particular, protegendo a indústria, acordando as forças vivas do Estado.

---

4 Ver p. 259, nota 4.
5 Francisco de Paula Rodrigues Alves (1848-1919) foi presidente do Brasil entre 1902 e 1906. Passou à história como o político que conduziu a campanha de saneamento e modernização do porto. Para isso, deu carta branca ao médico Oswaldo Cruz e ao prefeito Pereira Passos.

Foi o sr. Nilo Peçanha, depois das reformas realizadas com uma coragem de ferro, tendo modificado inteiramente o organismo político do estado e dando conta desse prodígio de cirurgia econômica, o primeiro político brasileiro capaz de dizer esta frase que resume na sua ironia o mais nobre dos programas políticos:

— De política, como se entende geralmente, nada vos disse porque dela não cogitei e a ela não servi.

Serviu ao seu estado, porém. E veio servir depois ao Brasil. A sua ação fecundíssima — o brilho entusiástico junto à ponderação, o ímpeto juvenil querendo fazer e fazendo em meses o que outros não tinham conseguido em quatriênios sucessivos — é o desdobramento das ideias do presidente do estado do Rio há seis anos, é a cristalização das ideias do deputado à constituinte, condensa o mesmo sopro de generosidade e de esforço pelo bem público.

A sua única mensagem ao Congresso diz: "O quatriênio que está para findar realiza em relação à viação férrea as aspirações que surgiram na juventude da nossa nacionalidade e que, honrando a visão clara dos antepassados, testemunha o espírito de fidelidade e de perseverança que tem presidido à formação do progresso do país."

A extensão total da viação férrea da República já inaugurada era de 1.227.135 quilômetros. S. Exa. inaugurou até os últimos dias mais de 900.000 quilômetros. O seu desejo de trazer os estados do interior ao mar, ele os realizou com as vias férreas que vêm até ao porto. E ligou o Sul da República, ligou o Rio a Montevidéu pelo caminho de ferro e a cada estado deu essa força de progresso que é a locomotiva.

A sua única mensagem diz: "Praticando uma política de rigorosa restrição das despesas públicas, pôde o Governo nos meses ultimamente decorridos, iniciar as remessas para a Europa de fundos que atingiram a importância superior a 9.000.000 esterlinos."

E fez o resgate do empréstimo de 1879 e fez o pagamento antecipado da nossa dívida externa e fez o pagamento da nova esquadra e do novo material do Exército e realizou a conversão dos juros de cinco por cento para quatro por cento.

Só essa obra seria a de um quatriênio que se imporia à gratidão pública. Quando a Caixa de Conversão, abarrotada de ouro, chegava ao limite máximo, prevendo uma situação financeira irregular, o sr. presidente em mensagem ao Congresso pediu urgência para se votar a nova taxa.

O Congresso fazia politiquinhas e sacrificou o país à teimosia de uma obstrução lamentável. Nem por isso o trabalho do presidente ficou diminuído. E esse labor é de resto imenso e múltiplo:

• A obra financeira, chamando as correntes do capital estrangeiro.

• A política dos caminhos de ferro como a base da sua ação no país pela penetração, a redução de fretes e as linhas trazidas até aos portos de mar, ligando o Brasil à civilização.

- A conquista da terra com a resolução do problema da seca nos estados do Norte e o saneamento da baixada do estado do Rio, obras já iniciadas.

- A obra urbana com a iluminação elétrica, o remodelamento dos subúrbios e dos seus meios de transporte; o desenvolvimento dos bairros pelas reduções do preço das passagens e das cargas, a reconstituição do mais belo parque do mundo.

- A obra dos estados.

- A execução do ministério da Agricultura, Indústria e Comércio, que foi o grande incentivo e é o despertar agrícola e industrial do país, a absorção do estrangeiro na sua atividade, o verdadeiro patriotismo.

Nesse ano febril de afirmação o sr. Nilo Peçanha não desejava só ser o administrador incomparável, mas também mostrar a sua compreensão da atitude internacional do Brasil e compreensão das relações entre o governo federal e os estados.

Nas relações com os estados, nenhum presidente mostrou uma tal energia em assegurar a união dos estados pelo respeito aos princípios cardeais da Constituição e às leis da República. A reposição em Sergipe, a reposição no Amazonas são atos que marcam um homem e a sua atitude; transformado em guarda do sr. Backer no seu próprio estado, só mais aumenta o brilho do estadista, que sabe pôr a Constituição acima de interesses pessoais.

Os atos mostram mais que os discursos. As insolências dos discursos de oposição, levou-as o vento. Tudo

UM GRANDE ESTADISTA

quanto se lhe pôde atribuir morre diante dos fatos iniludíveis: o sr. Doria está em Sergipe; o sr. Bittencourt está em Manaus; e o sr. Backer continua a infelicitar o estado do Rio.[6]

E, se assim nas relações internas o sr. Nilo Peçanha deixa um sulco de respeito indelével, na política interamericana teve a sorte de apagar com a visita de Sáenz Peña[7] um longo período de pretensiosos ressentimentos de parte a parte, entre o Brasil e a Argentina, período em que certas individualidades ligaram a vaidade pessoal aos destinos das respectivas pátrias, confundindo lamentavelmente as duas coisas.

Mas a característica desse governo já denominado: o governo das iniciativas, a característica desses meses de febre de progresso e de nobres ideias e que foi pela primeira vez — Oh! sim! como uma porção de casos mais! — um Governo democrata, um governo em que o presidente presidia pelo povo.

Os seus princípios democratas, longe de se pedestalizarem com o alto posto, como sói acontecer com os

---

6 José Rodrigues da Costa Dória (1857-1938) era o presidente — como então se chamava o governador — do estado de Sergipe; Antônio Clemente Ribeiro Bittencourt (1853-1926), o presidente do estado do Amazonas; e o deputado Alfredo Augusto Guimarães Backer (1851-1937) foi um opositor político de Nilo Peçanha que chegou a ser presidente do estado do Rio de Janeiro.

7 Em 1910, o presidente argentino Roque Sáenz Peña (1851-1914) esteve no Brasil, apesar da forte rivalidade que se estabeleceu entre os dois países a partir do século XIX.

VIDA VERTIGINOSA

homens guindados apenas pela sorte, tornaram-se a sua única satisfação própria. Ele só tinha uma preocupação: o povo. Os seus atos, o seu formidável trabalho, aquela atividade febril que fará o novo presidente ter no seu quatriênio quatro a cinco inaugurações por mês, eram o desejo de servir ao país e por consequência de agradar ao povo. O falecido Pena teve uma frase pretensiosa: "Quem manda sou eu." O sr. Rodrigues Alves, cujo governo foi o de um admirável prefeito, disse num momento crítico: "O meu lugar é aqui." A frase do estadista sr. Nilo Peçanha é sempre uma pergunta: "E o povo?"

Assim, o sr. Nilo Peçanha fez da presidência da República um verdadeiro posto de sacrifício e um lugar de ensinamento da lei, do direito, da Justiça e do desinteressado amor à pátria. Como na Suíça, nos Estados Unidos, o presidente deixou de ser um bicho raramente visível para ser o cidadão que recebe e atende todo mundo. O sr. Nilo Peçanha vinha para a sala de despachos às nove horas da manhã e atendia aos políticos, aos ministros como a simples particulares até as seis horas da tarde. Às vezes ainda descia após o jantar e só das dez em diante se recolhia aos seus aposentos para estudar as questões graves. No dia seguinte às seis da manhã viam-no a galopar no parque, já tendo feito os exercícios de higiene que lhe davam aquele inquebrável vigor, e de novo às nove, com o seu sorriso e a sua frase ponderada e bondosa, lá estava na sala de despacho.

Um íntimo do Catete dizia certa vez:

UM GRANDE ESTADISTA

— Nunca vi aqui tanta linha, posso mesmo dizer que nunca o Catete me pareceu assim o palácio da Presidência, mas também posso afirmar que nunca ele foi tanto do povo. Entra quem quer; fala quem quer com o presidente. Se desejassem atentar contra a sua vida era facílimo.

E com efeito. Contam dessa liberdade várias anedotas. De uma feita, à tarde, o presidente foi tomar um pouco de ar ao parque e sem surpresa viu dois estrangeiros que tranquilamente fotografavam aspectos da linda paisagem. Os estrangeiros nem lhe prestaram atenção. Continuaram. Afinal, um armado de um guia começou a discutir com o outro, e, vendo aquele grave senhor de chapéu-do-chile, escarpins, acompanhado de um cachorro, foram a ele.

— Não é aqui o Jardim Botânico? — indagaram em inglês.

— Não, senhor.

— Mas tem a aleia das palmeiras! — interrompeu o outro.

— Ah! sim, fez o presidente sorrindo, tem, mas o do Jardim Botânico é muito maior. Não deixem de ir ver.

— Então, isto aqui?

— É o parque reservado do Palácio da Presidência.

— Como?

O do guia folheava nervosamente o pequeno volume, e de repente vendo um retrato e encarando o presidente:

— Mas, perdão, é V. Exa. o próprio presidente!

— É o próprio presidente! — exclamou o outro, confuso.

275

O sr. Nilo Peçanha sorria bondosamente.

— E tenho muito gosto que continuem a ver o parque.

O inglês que se desfazia em cumprimentos não se conteve porém.

— Então, no Brasil é assim?

Doutra feita, uma senhora a cujo marido ia um ministro fazer uma injustiça resolveu em dia de despacho falar ao presidente. Foi com a filha, ambas em cabelo. Era difícil naquele dia aproximar-se alguém. A pobre senhora esperou no corredor, junto à porta, de uma às seis. Os contínuos diziam ser impossível. Num ímpeto, afinal, ela pôs a mão na porta e entrou. O presidente lia, cercado de papéis. Levantou-se imediatamente, e com a maior cordura:

— Que deseja, minha senhora?

Nunca essa senhora imaginara ser recebida assim. A comoção fazia-a tremer. O presidente ouvia-a. Quando ela acabou, disse:

— Pode ir tranquila, minha senhora. — E para o oficial de gabinete: — Mande chamar o ministro, íamos cometer um ato menos justo.

Contam que no estado do Rio a sua chegada anunciada a qualquer cidade era motivo de júbilo popular.

— O Nilo vem!

Como presidente da República, aonde foi, a população logo o envolveu em amor e logo, incansavelmente, ele atendeu, dispondo do poder para o bem, a mil coisas. Foi assim na Tijuca, querendo e fazendo, foi assim em Petrópolis. A soma de melhoramentos impostos pela sua vontade estão aí. Petrópolis já se transformou num arrabalde do Rio. A Tijuca teve as passagens reduzidas, as estradas cuidadas, os pequenos proprietários rurais com meios de transporte barato e rápido para as suas mercadorias.

Pode-se dizer, apenas escudado nos fatos, que com esse labor formidável o sr. Nilo Peçanha cuidava também da vida social. As suas recepções ficaram como exemplos de finura, de elegância, de entrelaçamento das classes representativas do país. Ele conseguiu juntar a essas festas o próprio elemento mundano, arredado de festas generais desde a monarquia. E pela primeira vez, num país democrático, o povo teve espetáculos gratuitos em todas as casas de espetáculo, o povo teve festas para seu prazer.

Mesmo sem ter nos olhos o daltonismo da simpatia, esse estadista mostra uma figura de tão largo destaque e de uma projeção moral tão intensa que se não lhe pode ser indiferente. O Brasil tem uma estrela ocasional. O sr. Nilo Peçanha culto, fino, patriota, tem também essa estrela. Mas não basta ter estrela. É preciso ajudá-la. E esse homem, elevado com uma rapidez pasmosa à mais alta posição do país por um curto prazo de tempo, conseguiu imprimir a sua individualidade à direção, desfez a rotina e teve no Brasil novo, no Brasil de depois da avenida Central,[8] um governo realmente extraordinário.

Pode-se dizer que, investido do alto cargo, do cargo dado aos generais e a dois conselheiros antes dele — o pro-

---

8 Ver p. 59, nota 9.

fessor de diplomacia, o ardente deputado e o presidente excepcional do estado do Rio —, condensou todas as energias para a obra colossal e não descansou mais um minuto. Realmente, não descansou. O público viu-o trabalhar. Era de manhã à noite e era em cada departamento da administração esse mesmo trabalho sugerido pela sua vontade. Não houve período de política mais agitado, desde 1893, na República. E na ameaça das revoltas, na continuidade das arruaças, na agitação primeira dos partidos em crises epilépticas previsoras do adesismo lastimável, como político, firmou com um vigor inquebrável mesmo à solicitação de amigos os princípios do respeito à Constituição, curvando-se a ela até contra os justos interesses próprios, e os superiores e altos sentimentos da tolerância e da liberdade, consentindo sem o sítio nos maiores excessos de uma oposição que o atacava por ele não ter intervindo na eleição presidencial apenas, enquanto na Argentina, Alcorta eternizava o sítio e em várias repúblicas sul-americanas os chefes das nações à menor insegurança empregavam a supressão de garantias.

E — fenômeno que todos sentirão eloquentíssimo à proporção que o tempo for passando —, nesse período de arruaça, de rolo, de ânimos exaltados, com uma coragem enorme, porque não há coragem maior do que defender a liberdade do inimigo, pondo acima das divergências ocasionais, da política a sua pátria, sustentando, com sacrifício da própria pessoa, a tranquilidade e a segurança do país, intervindo nos estados com uma retidão e uma consciência

UM GRANDE ESTADISTA

que nenhum presidente republicano teve antes (porque todos têm no seu ativo vários governadores engolidos), esse presidente do período mais agitado da República fez desse período o início da vida intensa, o fim da rotina, a transformação dos velhos moldes administrativos, foi o criador de um Brasil que se reconhecia, foi o Administrador.

E o Administrador possuidor do misterioso talismã da vontade, ao aceno do qual todas as coisas obedeciam e todas as energias acordavam. Só uma das suas obras valeria um quatriênio. Numa dúzia e meia de meses não descansou, porém, um dia.

O segredo da sua política unionista e forte, da sua política muito diversa da politiquice comezaina dos partidinhos, era a consolidação interna do país, o seu fortalecimento pelo despertar das suas vivas energias naturais, ligando-o à civilização inteiramente pelas estradas de ferro, querendo-o rico pela sua agricultura, auxiliando eficazmente a sua indústria e projetando-o assim como o grande país de amanhã à barra das nações, sem rivalidades e sem pretensões. E fez. Fez estradas de ferro. Dominou a terra. Pôs em execução o ministério que é o sonho dos países novos e que o nosso, dito essencialmente agrícola, não tinha, praticando agricultura em família. Consolidou o nosso crédito. Chamou a atenção de todos os países para o nosso, com as rendas crescendo, a população a aumentar vertiginosamente, um sopro ardente de entusiasmo americano sacudindo a vida nacional, e assim colocou o seu país sob o prisma da simpatia, principalmente

279

das repúblicas sul-americanas — obra sua, exclusivamente sua porque era a aplicação de ideias suas em discursos, alguns dos quais proferidos há mais de doze anos, obra coroada no seu governo pela visita de Sáenz Peña.

Mas o sr. Nilo Peçanha ia entregar o poder ao seu sucessor constitucional. Mais três dias apenas. Então, vendo-o assim, alguém perguntou-lhe:

— E que pensa V. Exa. do futuro?

— Não tenhamos as ideias antigas de ver sempre o país à beira do abismo e de ser contra, sempre contra todas as coisas boas ou más. O Brasil não para mais no caminho novo. É o grande país do futuro. Deixo o poder com uma grande esperança e uma grande fé na civilização proximamente dominadora deste imenso pedaço de terra, possuidor de todas as riquezas e destinado aos maiores triunfos.

Estava jovem, estava como se todo o seu trabalho não o tivesse cansado. Seria impossível pensar que esse homem forte, depois de uma imensa e forte obra, o presidente democrata e o grande presidente ia apear-se da vida pública. Todos o olhavam nesse último suspiro de governo, que ele fez agitado, febril, apoteótico como um começo de quatriênio. E ninguém duvidava do futuro, daquele futuro em que ele sorridentemente confia com o seu labor, o seu espírito e o seu consciente patriotismo. Não se mostrava uma melancolia. Em cada lábio havia o sorriso da esperança certa. E ele próprio, tal a sua juventude, vibrando no calmo gesto do estadista, era a insopitável e confiante esperança da pátria nova.

O FIM DE UM SÍMBOLO

No último *garden-party* de uma associação de caridade, eu percorria com a diretora da festa, dama de excessivas virtudes filantrópicas, os diversos divertimentos, quando, em afastado recanto, uma barraquinha afestoada de metim vermelho chamou a nossa atenção.

— É o *Guignol*,[1] um autêntico mandado vir de Paris. Mas não imagina, meu caro amigo, como tudo custa nesta horrível cidade. Não havia ninguém para mover as *marionnettes*. É crível?

Levantei as mãos para o céu, com o gesto de quem achava a falta clamorante e inacreditável. A senhora diretora animou-se:

---

[1] Referência ao teatro de marionetes francês, criado no início do século XIX. O termo designa o boneco de mesmo nome e, com o tempo, passou a ser usado como metonímia para o teatro francês de bonecos destinado ao público infantil.

— É o que lhe digo. Só a muito custo é que conseguimos um velho tipógrafo, que fala várias línguas, julga ser um prodígio de graça e começou por não trabalhar com os bonecos vindos de Paris. É o jacobino das *marionnettes*. Chama-se Batista. Dizem que foi o criador do João Minhoca.[2]

— Que diz, minha senhora? O João Minhoca por trás daqueles panos vermelhos e nós aqui sem ir admirar o alegre agitador da nossa meninice? V. Exa. há de permitir mas eu entro.

— Há lá dentro crianças e bonecos.

— As duas únicas criações de Deus que se pode amar sem receio.

Depois desta frase evidentemente amarga, mergulhei no metim. Era um canto do parque com grandes árvores verdes e bancos pintados. Ao fundo o teatrinho, na plateia um sonoro bando de crianças, meninas loiras com grandes chapéus e mitaines alvas, petizes enfardelados em roupas à marinheira, amas solenes de touca. Um riso jovial alegrava o ar.

— Que estão a representar? — perguntei a uma pequenita que trepara no banco para melhor ver.

— É o pretinho — respondeu ela —, é o *Minhoca*...

---

2 O boneco de madeira João Minhoca e seu criador, o tipógrafo João Batista, eram figuras ilustres no final do século XIX. O boneco, negro, abolicionista e morador da freguesia do Morro de Santo Antônio, parodiava a política e questionava o sistema escravagista da época em seus espetáculos.

— Mlle — corrigiu ao lado a *nounou* —, Mlle, diga direito. Estão a representar o *Guarani*.

Mas não era preciso a informação. Por trás de uma árvore, vestido de índio, eu via a cara malandra e preta de João Minhoca, que espiava e fugia, para tornar a espiar. E não sei por que, no riso das crianças, tão claro riso que mais parecia o trinado dos pássaros, comecei a rir como não ria há dez anos. Estava em cena um boneco branco. O boneco era o *Aventureiro*, e cantava a célebre canção com um burlesco tal, uma ironia tão disparatada, tão infantil que a pequenada toda gargalhava da obra do venerável Alencar e do venerável Carlos Gomes.[3]

A canção era simplesmente inacreditável. Uma só voz roufenha, uma voz de ventríloquo grasnava, casquinava as palavras com um fogo impetuoso.

Oh! que graça!
Fazer nada,
Estar na cama
  Descansar!

A pequenada desfechava em palmas e o fantoche, duro, impassível, malandro, parecia ser o próprio a dizer todas as barbaridades do disparate:

---

3 O *guarani* (1857) é um romance histórico de temática indianista de José de Alencar, adaptado para ópera em 1870 pelo compositor Carlos Gomes (1836-1896).

De pastinhas, embonecado
Pela rua de Sabão
Principiando nosso azeite
Bebendo vinho "bão"

E continuaria na impetuosidade da música se de repente João Minhoca, de um pulo, não lhe caísse em cima: "Espanhol de uma figa, vais ver o china-seco! Ceci não é para o teu beiço!"

Havia rolo, havia apitos, havia gritos, as crianças enchiam o ar dos timbres argentinos do seu riso. Em João Minhoca sorriam apenas esboçados todos os instintos dos espectadores, e eu tive vontade de ir ao bastidor ver de perto esse símbolo irreverente.

João Minhoca foi absolutamente nacional nesta cidade de colônias e imitações. A arte de animar bonecos existiu sempre desde os mais remotos tempos. O homem devia ter reproduzido as próprias formas e os próprios gestos para ousar depois imaginar a dos deuses. Já nos hipogeus do Egito apareciam uns fantoches acompanhando a morte e, no vale do Nilo, sob a dinastia dos Tutmés, os mecânicos que moviam os bonecos chamavam-se solenemente nevropatas. Em Atenas, nos teatros de Baco,[4] a arte sutil de fazer viver as angústias da vida por pequenos atores de madeira de tal modo agradava que até disso se fez um mo-

---

4 Aqui João do Rio comete um engano. Baco era um deus romano. O nome correto em grego é Dioniso.

O FIM DE UM SÍMBOLO

nopólio usufruído por Potino.[5] Em Roma, o *segillionus* e o *imaguneula* interpretavam nos bairros escuros cenas livres capazes de atordoar Plauto,[6] e desde a Idade Média, em que o fantoche desce dos altares para representar os mistérios, cada povo, cada país tem o seu boneco, símbolo dos seus costumes. Todas as províncias da Itália arvoram esse fantoche com um nome diverso nas feiras dos *puppi* e dos *bonifrates*. *Punch* ridiculariza os ingleses depois de ser um dos *puppets* que representavam para a rainha Elisabeth as tragédias de Shakespeare, e a Alemanha mostra às crianças o *Hanswurt*, como a Índia o *Ranguin*, a França *Polichinelle* e a Turquia *Karagueuz*, o depravado pai do teatro islâmico. Nós tivemos *João Minhoca*, que foi a nossa vida no que ela tinha de pessoal — com as suas rasteiras, os negrinhos malandros, o calão, a ironia despreocupada, e, quando já nos habituávamos a perdê-lo também, como temos perdido todas as tradições poeticamente inúteis, eu ia encontrar a face esperta do mariola, fazendo rir as crianças de hoje como fizera rir as de ontem!

Uma grande comoção prendia-me ao banco entre a álacre e cristalina jocundidade das crianças, mas, de súbito, duas bombas estoiraram, enchendo o palco minúsculo de fumo, e quando o fumo se dissipou, ao clarão vermelho

---

5 Potino é citado como um marionetista na obra *Deipnosophistae*, do escritor grego Ateneu de Náucratis, que teria vivido por volta do final do século II.

6 Tito Mácio Plauto (254 a.C.-184 a.C.) foi um comediógrafo romano. Ficou conhecido pela engenhosidade dos trocadilhos e jogos de palavras.

dos fogos de bengala, eu vi João Minhoca de joelhos conduzindo Maricota para o infinito, entre as palmas verdes da palmeira. Tinha terminado o *Guarani* e o demônio preto de novo se perdia.

Fiquei na plateia deserta agora. Começava a chover. Vagarosamente o pano do teatro subiu e nessa quase escuridão apareceu a cara bonacheirona de um velho de óculos.

— É o senhor o inventor do *João Minhoca*?

— Sim, meu senhor, sim sou eu, ou antes fui. Olhe que se molha. A festa acaba com chuva. Antes assim. Não me aborreço mais. É a última vez que trabalho. Entre.

Acedi ao convite. Convidava-me um artista que na sua ascendência tinha os nomes de Basoche e Pagotin, e nessa caixa de teatro eu iria decerto encontrar menos vaidade e menos pintura que nos teatros considerados sérios. Havia uma quase penumbra no pequeno espaço. Uma arca aberta deixava ver uma infinidade multicor de fatos de bonecos. Numa prateleira, arrumados e graves, o Aventureiro, D. Diogo, Maricota e João Minhoca olhavam sem ver a treva que crescia.

— São estes os bonecos?

— Tenho doze: João Minhoca, Maricota, um galã, um velho, uma velha, a donzela, a sogra, Satanás e a caveira.

— A caveira?

— Como é possível a vida sem a morte? Todos eles foram feitos em 1880 por um entalhador hábil. As cabeleiras fazia-as o Batista a cinco mil-réis. As roupas uma costu-

286

reira dos teatros. São os restos do Teatro de João Minhoca, baiano da freguesia de Santo Antônio, além do Carmo. Vou dar tudo isso.

Sorriu com melancolia, atirou dentro da área o Satanás.

— Já não se pode representar!

Eu me sentei no único banco vago.

— Escreveu o seu repertório, sr. Batista?

— O meu repertório? Tolices, invenções para fazer rir as crianças, troças às peças em moda... para quê? Tenho umas vinte peças: Os milhões do Diabo, O guarani, As proezas do João Minhoca, Aida, A defunta viva, Drama no alto-mar, Os huguenottes, O marquês de Pombal, Os piratas, Barbeiro de Sevilha, A romã encantada, D. Joanita de Molho Pardo, Boccaccio, A cabana de Belém, Os moedeiros falsos. Talvez hoje não possa reproduzir as pilhérias do outro tempo. Fazia mágicas, comédias, óperas, representava revistas — só. Dizem que há volumes de teatro para criança. Nunca os li. O João Minhoca nasceu de um acaso. O Recreio chamava-se, em 1880, Brasilian-Garden. Para o Brasilian-Garden chegara uma companhia de fantoches do senhor Lupi. Lupi tinha bonecos, mas não tinha vozes. Podia haver nesse tempo a senhora Pepa[7] pronta a vestir todos os papéis de uma revista inteira, mas o Fregoli[8] era desconhecido. Um amigo do empresário inculcou-me: "Há na tipografia do Jornal um rapaz

---

7 Pepa Delgado (1887-1945) foi uma cantora e atriz brasileira do teatro de revista. Gravou cançonetas e maxixes para a Casa Edison.
8 Leopoldo Fregoli (1867-1936) foi um ator e cantor italiano capaz de apresentar-se em diferentes timbres, do barítono ao soprano. Apresentou-se no Rio de Janeiro ao final do século XIX.

chamado Batista que imita todas as vozes, assobios e sons de instrumentos. Aproveita-o." Lupi mandou chamar-me, oferecendo dois mil-réis por noite. "Nessa não caio", disse eu, "ganho cinco no *Jornal*. Olhe, experimentemos uma noite. Se agradar paga-me o mesmo que o *Jornal*." Como eu ia nervoso e que sucesso! O Teatro ficava repleto todas as noites e eu, ganhando apenas cinco mil-réis, sentia na garganta a sensação de estar sendo explorado.

— Das sensações más é sempre a pior.

— Quando Lupi partiu levando os fantoches e a bolsa cheia, eu comecei a pensar. Fazer um teatro com bonequinhos brasileiros, arranjar uns tipos bons. Mas quem seria capaz de adiantar capitais para uma grande companhia de fantoches? Reduzi as proporções do desejo, reduzi-as a uma dúzia de bonecos de dois palmos. Quem moveria os bonecos? Eu. Quem escreveria as peças? Eu. Quem falaria? Eu. Um mês depois eu inventava João Minhoca, baiano da freguesia de Santo Antônio...

Não se pergunta ao gênio como chegou a conceber o prodígio. Diante do gênio, que modestamente falava, não lhe perguntei a concepção de João Minhoca. Disse-lhe apenas umas palavras simples.

— Eu aprecio muito os seus bonecos.

— Toda a gente os apreciou! — fez o velho. — Eu entrei na Guarda-Velha.[9] O Machado, dono da *brasserie* em

---

9 O primeiro espetáculo de João Minhoca, *O casamento fatal*, aconteceu 1882, na extinta cervejaria Guarda-Velha, na rua de mesmo nome, atual avenida Treze de Maio.

O FIM DE UM SÍMBOLO

que se tomava cerveja a sete vinténs o copo mais os tremoços, cedeu-me grátis um canto do jardim. Eu anunciei *Os milhões do Diabo*, e às seis horas da tarde a Guarda-Velha apanhava uma enchente formidável. O Machado estava contente. Eu alugara um homem para pedir níqueis aos consumidores. O público riu a morrer, aplaudiu e depositou no prato tremoços e pontas de cigarros. Isso assim não serve, resmunguei cá comigo. No outro dia a mesma coisa. Então combinei com o Machado fazer uma separação pagando-se duzentos réis a entrada. Contratara a orquestra e anunciei As *proezas do* João Minhoca, em que o negrinho dançava pela primeira vez no Rio uma dança depois famosa: o fandaguassu. Fiz nessa tarde sessenta e sete mil-réis! E depois foi sempre assim. O dinheiro entrava-me pelas algibeiras. Dei para gastá-lo a rodo. Jogava, era roubado pelos cobradores, e, no fim, para envergonhar os outros sérios, foi o João *Minhoca* o primeiro teatro que fardou os seus porteiros.

— Exemplo digno, que até hoje é mal seguido...

— O meu teatro tinha cartazes com desenhos e gente notável o foi ver. Uma vez que João Minhoca cantava a Aida, apareceram na plateia Castelmary, Robeso, Rossi, a Durand.[10] Rossi saiu por último e,

---

10 Armand Castelmary (1834-1897) foi um cantor lírico francês. Claudio Rossi (1850-1935), um arquiteto e cenógrafo italiano, um dos responsáveis pelo projeto do Teatro Municipal de São Paulo. Marguerite Durand (1864-1936), uma jornalista e atriz francesa, editora-chefe do jornal feminista La *Fronde* (1897-1905). Não foram encontradas informações a respeito de Robeso.

quando o negrinho cantava a paródia da ária do último ato da ópera — "Adeus bananas e cajus" —, gritava na plateia, a rir: "*Per Dio! buffone questo Joon Minhoco...*" Oh! meu senhor, que vida de glória! As imitações apareceram logo, o *Teatro Infantil*, o *Philomena Borges*; mas caíram todos. Os jornais falavam de mim, os empresários célebres descompunham-me! Foi por essa ocasião que deixei a Guarda-Velha e parti para Petrópolis a dar espetáculos no salão do Hotel Bragança. O sucesso seguiu-me, o salão estava sempre cheio apesar de se cobrar caro porque a Câmara, a Coletoria e outras repartições esfolavam-me com os impostos. Um dia vieram-me dizer: "Você deve convidar S. Majestade." "O imperador? para ver os meus pobres bonecos? Está maluco? Não vou." Nessa mesma tarde apareceu o altíssimo Paiva: "Por que não vais convidar S. Majestade?" "Deus me livre!" "Vai, é a praxe. S. Majestade tem desejo de assistir ao espetáculo..." Que fazer? Senti um aperto no coração não sei se de satisfação, se de medo, mas no outro dia fui ao palácio. Entrei pelo jardim, fui dar nos fundos do edifício e aí encontrei uma velha de olhar bondoso. "Por onde se fala com S. Majestade?" "Vai por ali, meu filho..." Em meio do caminho encontrei um mordomo. "S. Majestade?" "É por ali", disse ele. "Mas a velha que está no fundo do jardim diz que é por aqui." O mordomo abriu numa gargalhada. "A velha é S. Majestade, a Imperatriz..."

O FIM DE UM SÍMBOLO

— Batista, a sua história é maravilhosa. Deve começá-la sempre como nas lendas encantadas. "Era num país em que a soberana chamava nos jardins os humildes de filhos..."

— Eu conto a verdade. Quando o mordomo disse isto embarafustei pela primeira porta meio apatetado. Dei numa sala em que todos estavam de casaca e me mediam de alto a baixo. Eu estava envergonhadíssimo. Apareceu o Paiva, passou a mão pelo meu ombro e eu ouvi, enquanto todos se perfilavam, uma voz que bradava S. Majestade! Na escada foi aparecendo o imperador. Eu tremia e recuava. Afinal murmurei colado à parede: "Tenho a subida honra de convidar V. Majestade a assistir ao meu espetáculo de bonecos." "Sim, sim; terei prazer", fez o monarca com uma vozinha fina, passando adiante...

"Desapareci e anunciei o espetáculo honrado, com a augusta presença de SS. MM. e AA. II. Todo o corpo diplomático apareceu, depois de ter lido o anúncio.

"'É a função desse corpo, Batista.'

"Que noite! O trono tinha sido armado em caixões cobertos de veludo, a orquestra era composta dos três irmãos Alberti. Eu imaginava um monólogo de João Minhoca; *Viagem a volta do mundo no balão Júlio César.* A Imperatriz quando falei de Nápoles começou a rir. O Imperador a princípio conteve-se, mas depois sorriu. Que lhe dizer mais? Estaria recompensado do valor que me apregoavam apenas com a sua presença.

Anoitecera de todo, o Batista acendera uma vela. Fora a chuva tamborinava nas plantas.

— E depois? — indaguei.

— Depois vim para o Polytheama[11] no verão de 1883, estreando com o *Drama no alto-mar*, e comecei as *tournées*. Em quatro anos, fora todas as ladroeiras de que era vítima, tive de lucro cento e cinquenta contos. Comecei as viagens pela Barra do Piraí, percorri Minas, S. Paulo, Rio de Janeiro. Em Santos, no Rink, os camarotes de seis mil-réis eram vendidos por cem; em Juiz de Fora as cadeiras custavam dois mil-réis; em Vassouras *João Minhoca* foi tomado por abolicionista. Os barões de Cananeia, Amparo e Massambará julgaram que o negrinho pregava o desrespeito ao branco e mandaram os escravos impedir o espetáculo. Com o dinheiro de *João Minhoca* montei um estabelecimento comercial e arruinei-me. Quando quis recomeçar, na República, os bonecos pagavam tantos impostos como os teatros sérios, e a invasão estrangeira, o *Guignol* aparecera. Mas eu contei a minha história! É como um testamento. João Minhoca deu hoje o seu último espetáculo. Já não tenho voz, já não tenho graça...

Agarrou Maricota, o Aventureiro, D. Diogo, atirou-os com fúria à arca. Só João Minhoca, reluzente como um deus africano, ficara; João Minhoca que resumira a vida de uma cidade, na rasteira, no namoro, na política, no tea-

---

11 Teatro Polytheama Fluminense, criado em 1880 e situado na rua do Lavradio.

O FIM DE UM SÍMBOLO

tro, na chalaça; João Minhoca capoeira, fidalgo, inventor de balões, abolicionista! Batista pegou-o com raiva.

— E tu também!

Atirou-o sobre os outros. O boneco parecia rir. Fechou a arca. Sentou-se como querendo esmagar com o próprio peso o seu teatro e o imperecível riso de João.

— Duas frases eu as guardo até hoje desse período de glória. A primeira escreveu-a Luiz de Castro, o Urso Branco, no *Jornal*:[12] "O João Minhoca é a salsaparrilha do nosso teatro!"

— Hoje seria preciso um depurativo mais forte.

— A outra disse-me o Imperador, à beira do Piabanha: "O seu teatro, Batista, é muito interessante. Volto a vê-lo hoje."

— Esses dois homens guardavam a clara inteligência dos helenos, meu pobre amigo. Só os espíritos grandemente raros compreendem a sutileza dos símbolos populares.

Mas a minha frase não foi ouvida. Um cavalheiro elegante, de guarda-chuva a pingar, irrompera:

— Oh! homem, ainda aqui? Precisamos fechar o jardim. Os seus bonecos custam a despir-se. Safa!

Depois, dando comigo:

— Aposto que esteve a falar do imperador e a atacar o *Guignol*. Esse Batista! Meu caro, despache os seus bonecos. No Rio já não temos nem rasteiras nem moleques. Despache os bonecos e vá dormir.

---

12 Referência ao redator-chefe do *Jornal do Commercio*, falecido em 1888.

Batista sorria, endireitando os óculos. Eu saíra para a escuridão da noite. E sempre me pareceu, sob a chuva, que o céu chorava, na indiferença obtusa daquela festa elegante, a morte irreparável do boneco símbolo da nossa vida e da alegria das crianças de ontem...

O HOMEM QUE QUERIA SER RICO

O homem que queria ser rico foi um dia à Fortuna.

— Fortuna — disse ele —, eu tinha vontade de ter dinheiro, porque o dinheiro é até agora o melhor elemento de felicidade. Não digas que eu tenho ambição desmedida. Tenho ambição igual à de toda gente, nem mais nem menos. E talvez a causa dessa vontade seja a resultante do pavor, do terror de ver-me um dia impossibilitado de trabalhar, a morrer de fome. Os ignorantes chamam-te de cega. És irônica, apenas. Dás aos idiotas o dinheiro. E dás aos inteligentes também. Dás ao maior número. O mundo parece-me uma grande negociata, donde só eu não me arranjo! Fortuna, não rias! Faze-me ganhar dinheiro, faze-me!

O homem que queria ser rico estava de joelhos. A Fortuna cessou de rir.

— Meu caro, o teres dinheiro é uma questão da vontade do Destino. A minha roda, como todas as rodas, mesmo as mais mecanicamente certas, roda para onde ele quer. Pode haver bandalheira, mas é por sua vontade.

— Então eu... Fortuna — soluçou o pobre homem.

— Tu propriamente não és infeliz, senão porque queres ser rico. Tenta-o, pois. Às vezes o Destino deixa-se enternecer...

— Como?

— Fazendo o que os outros fazem...

O homem que queria ser rico amava o luxo e era honesto. Desprezou o luxo e começou a encarar a honestidade como um escrúpulo pernicioso. Tinha amigos talvez, se é possível que neste mundo vindo de Caim e Abel haja amizades. Tinha simpatias. Resolveu ver no homem apenas um bicho a explorar. De manhã, ao acordar, andando pelas ruas durante o dia, ao almoço, ao jantar, ao dormir, a preocupação de arranjar dinheiro verrumava-lhe o cérebro. Era preciso uma grande soma, uma soma para o banco! E, curvado sobre o trabalho ou à caça dele, a ideia apunhalava-o: dinheiro!

O dinheiro vinha, mas vinha pouco, à custa do seu suor. O homem juntava as pequenas notas até fazer uma grande e nesse dia delirava.

— Não a troco nem que esteja para morrer! Na semana que vem talvez arranje outra!

"É alguma coisa: um conto! Quando tiver dez ponho-os no banco!

Mas na semana seguinte havia atrasos de pagamentos, rejeitavam-lhe serviço, havia o imprevisto e ele tinha de trocar a única nota — porque tanto falava em contos de réis que os fornecedores não lhe deixavam a porta. Verdade é que o contratempo vinha com esperança. Um sujeito aproximava-se.

— Quer você fazer um negócio?

Era sempre uma questão de influência, de jogos de dinheiro, de desonestidade. O homem que queria ser rico comprometia-se logo sem a menor vergonha.

— Qual! O trabalho honrado não dá fortuna a ninguém! Trabalha-se para não morrer de fome e enriquecer os outros. O negócio é tudo!

E vinham-lhe à mente histórias fabulosas de cavalheiros a que a advocacia administrativa dera fortuna, ladrões do Estado milionários, propostas aceitas com gordas comissões.

— Ora, se não aceito! Aceito! Amanhã mesmo...

E mentalmente ia calculando os negócios: daqui um conto, dali três, d'acolá vinte. Talvez uma vez pudesse fazer quarenta contos. Quantos companheiros do seu tempo de menino, quase analfabetos, estavam ricos, com automóveis, prédios. Ter dinheiro, poder não fazer nada com a existência garantida, agir conforme a fantasia própria!

Porque a amante o roubasse um pouco à ideia fixa, abandonou-a, e, muita vez, nos grupos ficava como esquecido, impotente para conter a onda tumultuosa de pensamentos, de plano, de ideias para arranjar o dinheiro — que o desvairava quase.

Mas os negócios não se realizavam. Uns depois da proposta passavam adiante sem satisfação; outros eram tomados mais gordamente pelos de fora. E essa gente que o lubidriava e figurava no grande baile dos panamás de toda ordem — sorria, apertava-lhe a mão como se não tivesse preocupações graves.

Que diferença!

No seu cérebro as circunvoluções entumeciam-se; o desespero, a vergonha, a ambição giravam-lhe em vertigem dentro do crânio. O pobre homem que queria ser rico voltava ao labor sério.

— Que se há de fazer? Não nasci para as trapalhices. Ao menos o trabalho dá para se viver!

Então, como um furo de grampo atravessava-lhe o cérebro a ideia: e se não pudesse mais trabalhar? E teria de toda a vida fazer o mesmo, sem cansar, quando tudo cansa, quando o próprio aço quebra de cansado? Ah! era preciso ser rico, era preciso arranjar dinheiro, maços de notas a render. E ele teria, ele havia de ter, porque querer e força de vontade são as duas alavancas do mundo.

Extenuava-se de novo no trabalho. As pessoas que aparentavam riqueza ou que tinham mostravam sempre a jactância de igual em sorte. Os sujeitos que tiravam a grande na loteria, os roleteiros e bolsistas felizes, os me-

O HOMEM QUE QUERIA SER RICO

ninos com dote, os empreiteiros milionários, os tipos amigos, íntimos das altas posições causavam-lhe ironias e desprezo.

— Também eu hei de ter!

E os anos iam passando. O homem que queria ser rico não notava que perdera o cabelo, que já corcovava e que de fato não tinha vivido na vida normal. Não se divertira nos bailes, não dançara, não pulara, não cantara, não assobiara. Nem assobiara, quando o assobio é o mais libertário transporte permitido pela educação. As mulheres, os prazeres, os carinhos da amizade não os tivera. De manhã à noite só a grande vontade de ser rico, de ter dinheiro, não muito, qualquer coisa, o bastante para ter tempo de entrar na vida. E suando, arfando, batendo a enxada no terreno sáfaro, os seus olhos viam sem ver, por diante dele passara a torrente da existência feita de risos, de lágrimas, de fúrias, de ambições, de desesperos, apenas sem aquele caráter de exceção.

Um dia, ao sair de casa, o homem topou uma carteira. Abriu-a. Tinha um cheque ao portador sobre um banco. Encostou-se a uma parede, alucinado. E nem um segundo passara, diante dele um cavalheiro correto, dizia:

— Muito obrigado! Felizmente o senhor achou-a.

— É sua?

— Perdi-a há dez minutos. Estava louco! Obrigado.

O homem que queria ser rico viu que lhe tomavam a fortuna e, sem coragem de reagir, quedou-se, desiludido. Era impossível! Evidentemente, era impossível! Quanta gente acha carteiras, quanta gente as rouba mesmo sem as restituir? A ele, só a ele que queria ser rico é que acontecia tamanho caiporismo! Teria de ser toda vida um pobretão, indo cada vez mais para a miséria, andando a pé quando sonhava automóveis, morando em bibocas quando imaginava palácios, vestindo panos grossos quando desejava o contato de tecidos preciosos. Foi andando trôpego pela rua, enveredou por um jardim, sentou-se num banco, muito triste. Que fazer mais? Resignar-se? Não pensar mais em ser rico? A essa ideia rilhou os dentes, torceu os braços de raiva! Oh! não poder fazer o que queria, não conseguir o seu fim!

— Por que entregaste a carteira? — perguntou-lhe uma voz.

Voltou-se e viu a Fortuna, que sorria amavelmente, porque o sorriso da Fortuna é como o das meretrizes, sem significação de simpatia.

— Não me fales! Não me fales! Podias ter sido ao menos leal comigo! Vê. Estou velho, magro, corcovado, extenuado, sem cabelo, sem viço, sem ideias. Só penso numa coisa: em fazer dinheiro, e cada vez mais raro o dinheiro nas minhas mãos eu sinto, estás a ouvir? sinto que tudo quanto passa se pode converter em moedas para quem tem sorte! É o final da moléstia. Não posso mais.

— Mas tu tens sido infeliz?

— Ainda o perguntas!

— Vejo-te sempre com algum dinheiro.

— Algum dinheiro que diminui, não cresce, mingua, não aumenta, encurta. Algum dinheiro, sempre algum dinheiro para dar-me a angustiosa ideia de que se vai sumir de todo para nunca mais voltar. Algum dinheiro!... Era melhor não ter nenhum, era melhor viver sem uma moeda de cobre para não ter a esperança. Esse dinheiro que me dás em troca do suor da minha agonia é o chumbo que me prega ao desespero!

Então a Fortuna sorriu piedosamente.

— Tens razão. Mas que se há de fazer? Os manuais de enriquecer são mentiras. Para fazer dinheiro é preciso não pensar apenas em fazer dinheiro. O dinheiro está no fim das coisas ou no começo. Não se deve ser nem muito trabalhador nem muito ladrão. Mas é preciso ser as duas coisas, a propósito, vivendo. Tu esqueceste de viver. Sem viver não se aproveita a ocasião. Aquela carteira não era da pessoa que ta tomou. Se soubesses viver, não a terias entregue. Fica sabendo, meu caro, que não basta querer ser rico para o conseguir. É preciso saber guardar as carteiras e interessar-se pelos que as perderam.

— A Fortuna não deve filosofar.

— É a única coisa que não custa.

O homem que queria ser rico, simplesmente rico, sem outra qualidade, curvou a cabeça, ergueu-se e deixou o banco onde estivera com a Fortuna. Ao sair, olhou para trás e ainda a viu, que lhe dizia adeus.

Nesse mesmo dia, ao passar por umas obras, caiu-lhe um andaime em cima, quebrando-lhe uma perna. Remetido para o hospital, o homem exigiu do dono do andaime uma indenização louca. Obteve-a. Estava com dinheiro grosso.

E desde então começou de enriquecer, convencido de que o que tem de ser tem muita força e que não são os que procuram a fortuna os que mais depressa a obtêm...

UM MENDIGO ORIGINAL

Morreu trasanteontem, às sete da tarde, de uma congestão, o meu particular amigo, o mendigo Justino Antônio.

Era um homem considerável, sutil e sórdido, com uma rija organização cerebral que se estabelecia neste princípio perfeito: a sociedade tem de dar-me tudo quanto goza, sem abundância mas também sem o meu trabalho — princípio que não era socialista, mas era cumprido à risca pela prática rigorosa.

A primeira vez que vi Justino Antônio num alfarrabista da rua de S. José, foi em dia de sábado. Tinha um fraque verde, as botas rotas, o cabelo empastado e uma barba de profeta, suja e cheia de lêndeas. Entrou, estendeu a mão ao alfarrabista.

— Hoje, não tem.

— Devo notar que há já dois sábados nada me dás.

— Não seja importuno. Já disse.

— Bem, não te zangues. Notei apenas porque a recusa não foi para sempre. Este cidadão, entretanto, vai ceder-me quinhentos réis.

— Eu!

— Está claro. Fica com esta despesinha a mais: quinhentos réis aos sábados. É melhor dar a um pobre do que tomar um *chopp*. Peço, porém, para notares que não sou um mordedor, sou mendigo, esmolo, esmolo há vinte anos. Tens diante de ti um mendigo autêntico.

— E por que não trabalha?

— Porque é inútil.

Dei sorrindo a cédula. Justino não agradeceu, e quando o vimos pelas costas, o alfarrabista indignado prorrompeu contra o malandrim que com tamanho descaro arrancava os níqueis à algibeira alheia. Achei original Justino. Como mendigo, era uma curiosa figura perdida em plena cidade, capaz de permitir um pouco de fantasia filosófica em torno da sua diogênica dignidade. Mas o mendigo desaparecera, e só um mês depois, ao sair de casa, encontrei-o à porta.

— Deves-me dois mil-réis de quatro sábados, e venho ver se me arranjas umas botas usadas. Estas estão em petição de miséria.

Fi-lo entrar, esperar à porta da saleta, forneci-lhe botas e dinheiro.

— E se me desses d'almoço?

Mandei arranjar um prato farto, e com a gula de descrevê-lo, fui generoso.

— Vem para a mesa.

— A mesa e o talher são inutilidades. Não peço senão o que necessito no momento. Pode-se comer perfeitamente sem mesa e sem talher.

Sentou-se num degrau da escada e comeu gravemente o pratarraz. Depois pediu água, limpou as mãos nas calças e desceu.

— Espera aí, homem. Que diabo! Nem dizes obrigado.

— É inútil dizer obrigado. Só deste o que falta não te faria. E deste por vontade. Talvez fosse até por interesse. Deste-me as botas velhas como quem compra um livro novo. Conheço-te.

— Conheces-me?

— Não te enchas, vaidoso. Eu conheço toda a gente. Até para o mês.

— Queres um copo de vinho?

— Não. Costumo embriagar-me às quintas; hoje é segunda.

Confesso que o mendigo não me deixou uma impressão agradável. Mas era quanto possível novo, inédito, com a sua grosseria e as suas atitudes de Sócrates de ensinamentos. E diariamente lembrava a sua figura, a sua barba cheia de lêndeas... Uma vez vi-o na galeria da Câmara, na primeira fila, assistindo aos debates, e na mesma noite, entrando num teatro do Rocio,[1] o empresário desolado disse-me:

---

[1] Atual Praça Tiradentes.

— Ah! não imaginas a vazante! É tal que mandei entrar o Justino.

— Que Justino?

— Não conheces? Um mendigo, um tipo muito interessante, que gosta de teatro. Chega à bilheteira e diz: "Hoje não arranjei dinheiro. Posso entrar?" A primeira vez que me vieram contar a pilhéria achei tanta graça que consenti. Agora, quando arranja dez tostões, compra a senha sem dizer palavra e entra. Quando não arranja, repete a frase e entra. Um que mal faz?

Fui ver o curioso homem. Estava em pé na geral, prestando uma sinistra atenção às facécias de certo cômico.

— Justino, por que não te sentas?

— É inútil. Vejo bem de pé.

— Mas o empresário…

— Contento-me com a generosidade do empresário.

— Mas na Câmara estavas sentado.

— Lá é a comunhão que paga.

Insisti no interrogatório, a falar da peça, dos atores, dos prazeres da vida, do socialismo, de uma porção de coisas fúteis, a ver se o mendigo falava. Justino conservou-se mudo. No intervalo convidei-o a tomar uma soda, por não ser quinta-feira.

— Soda é inútil. Estás a aborrecer-me. Vai embora.

Outra qualquer pessoa ficaria indignadíssima. Eu curvei resignadamente a cabeça e abalei vexado.

A voz daquele homem branca, fria, igual, no mesmo tom, era inexorável.

UM MENDIGO ORIGINAL

— É um tipo o teu espectador — disse ao empresário.

— Ah!... ninguém lhe arranca palavra. Sabes que nunca me disse obrigado?

Eu andava precisamente neste tempo a interrogar mendigos para um inquérito à vida da miséria urbana e alguns dos artigos já haviam aparecido. Dias depois, estando a comprar charutos, entra pela tabacaria adentro o homem estranho.

— Queres um charuto?

— Inútil. Só fumo às terças e aos domingos. Os charuteiros fornecem-me. Entrei para receber os meus dois mil-réis atrasados e para dizer que não te metas a escrever a meu respeito.

— Por quê?

— Porque abomino a minha pessoa em letra de fôrma, apesar de nunca a ter visto assim. Se fizeres a feia ação, sou forçado a brigar contigo, sempre que te encontrar.

A perspectiva de rolar na via pública com um mendigo não me sorria. Justino faria tudo quanto dissera. Depois era um fenômeno de hipnose. Estava inteiramente dominado, escravizado àquela figura esfingética da lama urbana, não tinha forças para resistir à sua calma e fria vontade. Oh! ouvir esse homem! Saber-lhe a vida!

Como certa vez entretanto, à uma hora da noite, atravessasse o equívoco e silencioso jardim do Rocio, vi uma altercação num banco. Era o tempo em que a polícia resolvera não deixar os vagabundos dormirem nos bancos.

Na noite de luar, dois guardas-civis batiam-se contra um vulto esquálido de grandes barbas. Acerquei-me. Era ele.

— Vamos, seu vagabundo.

— É inútil. Não vou.

— Vai à força!

— É inútil. Sabem o que é este banco para mim? A minha cama de verão há doze anos! De uma hora em diante, por direito de hábito, respeitam-na todos. Tenho visto passar muito guarda, muito suplente, muito delegado. Eles vão-se, eu fico. Nem tu, nem o suplente, nem o comissário, nem o delegado, nem o chefe serão capazes de me tirar esse direito. Moro neste banco há uma dúzia de anos. Boa noite.

Os civis iam fazer uma violência. Tive de intervir, convencê-los, mostrar autoridade, enquanto Justino, recostado e impassível, dizia:

— Deixa. Eles levam-me, eu volto.

Afinal os guardas acederam, e Justino deitou-se completamente.

— Foi inútil. Não precisava.

— Mas eu sou teu amigo.

— Meu amigo?

— Certo. Nunca te pedi nada que te pudesse fazer falta e nunca te menti. Fica certo. Sou o teu melhor amigo, sou o melhor amigo de toda a gente.

— E não gostas de ninguém.

— Não é preciso gostar para ser amigo. Amigo é o que não sacrifica.

UM MENDIGO ORIGINAL

E desde então comecei a sacrificar-me voluntariamen-
te por ele, a correr à polícia quando o sabia preso, a procurá-lo quando não o via e desesperado porque não aceitava
mais de dois mil-réis da minha bolsa, e dizia, inexorável, a
cada prova da minha simpatia:

— É inútil, inteiramente inútil!

Durante três anos dei-me com ele sem saber quantos
anos tinha ou onde nascera. Nem isso. Apenas ao cabo
de seis meses consegui saber que fumava aos domingos e
às terças, embebedava-se às quintas, ia ao teatro às sextas
e às segundas, e todo dia à Câmara. Nas noites de chuva dormia no chão numa hospedaria; em noites secas
no seu banco. Nunca tomava banho, pedia pouco, e, ao
menor alarde de generosidade, limitava o alarde com o
seu desolador: é inútil. Teria tido vida melhor? Fora rico,
sábio? Amara? Odiara? Sofrera? Ninguém sabia! Um dia
disse-lhe:

— A tua vida é exemplar. És o Buda contemporâneo
da Avenida.[2]

Ele respondeu:

— É um erro servir d'exemplo. Vivo assim porque en-
tendo viver assim. Condensei apenas os baixos instintos
da cobiça, exploração, depravação, egoísmo em que se de-
batem os homens se na consciência de uma vontade que
se restringe e por isso é forte. Numa sociedade em que os
parasitas tripudiam, é inútil trabalhar. O trabalho é de res-

---

2 Referência à avenida Central. Ver p. 59, nota 9.

to inútil. Resolvi conduzir-me sem ideias, sem interesse, no meio do desencadear de interesses confessados e inconfessáveis. Sou uma espécie de imposto mínimo, e por isso nem sou malandro, nem mendigo, nem um homem como qualquer — porque não quero mais do que isso.

— E não amas?

— Nem a mim mesmo porque é inútil. Desses interesses encadeados resolvi, em lugar de explorar a caridade ou outro gênero de comércio, tirar a percentagem mínima, e daí o ter vivido sem esforço com todos os prazeres da sociedade, sem invejas e sem excessos, despercebido como o invisível. Que fazes tu? Escreves? Tempo perdido com pretensões a tempo ganho. Que gozas tu? Teatros, jantares, festas em excesso nos melhores lugares. Eu gozo também quando tenho vontade, no dia de porcentagem no lugar, que quero — o menor, o insignificante — os teatros e tudo quanto a cidade pode dar de interessante aos olhos. Apenas sem ser apontado e sem ter ódios.

— Que inteligência a tua!

— A verdadeira inteligência é a que se limita para evitar dissabores. Tu podes ter contrariedades. Eu nunca as tive. Nem as terei. Com o meu sistema, dispenso-me de sentir e de fingir, não preciso de ti nem de ninguém, retirando dos defeitos e das organizações más dos homens o subsídio da minha calma vida.

— É prodigioso.

— É um sistema, que serias incapaz de praticar, porque tu és como todos os outros, ambicioso e sensual.

Quando soube da sua morte corri ao necrotério a fazer-lhe o enterro. Não era possível. Justino tinha deixado um bilhete no bolso pedindo que o enterrassem na vala comum, "a entrada geral do espetáculo dos vermes".

Saí desolado porque essa criatura fora a única que não me dera nem me tirara, e não chorara, e não sofrera e não gritara, amigo ideal de uma cidade inteira fazendo o que queria sem ir contra pessoa alguma, livre de nós como nós livres dele, a dez mil léguas de nós, posto que ao nosso lado.

E também com certa raiva — por que não dizê-lo? — porque o meu interesse fora apenas o desejo teimoso de descobrir um segredo que talvez não tivesse.

Enfim, morreu. Ninguém sabia da sua vida, ninguém falou da sua morte. Um bem? Um mal?

Nem uma nem outra coisa, porque, afinal, na vida tudo é inteiramente inútil...

O ÚLTIMO BURRO

Era o último bonde de burros, um bondinho subitamente envelhecido. O cocheiro lerdo descansava as rédeas, o recebedor tinha um ar de final de peça e o fiscal, com intimidade, conversava.

— Então paramos?

— É a última viagem.

Estávamos numa rua triste e deserta. Viéramos do movimento alucinante de centenas de trabalhadores que, em outra, à luz de grandes focos, plantavam as calhas da tração elétrica e víamos, com uma fúria satânica ao cabo da rua silenciosa, outras centenas de trabalhadores batendo os trilhos.

Saltei, um pouco entristecido. Olhei o burro com evidente melancolia e pareceu-me a mim que esse burro, que finalizava o último ciclo da tração muar, estava também triste e melancólico.

O burro é de todos os animais domésticos o que mais ingratidões sofre do homem. Bem se pode dizer que nós o fizemos o pária dos bichos. Como ele tivesse a complacência de ser humilde e de servir, os poetas jamais o cantaram, os fabulistas referem-se a ele com desprezo transparente, e cada um resolveu nele encontrar a comparação de uma qualidade má.

"É teimoso como um burro!", dizem, e de um sujeito estúpido: "Que burro!" Cada bicho é um símbolo e o burro ficou sendo o símbolo da falta de inteligência. Mas ninguém quis ver que no burro o que parece insuficiência de pensar é candura d'alma, e ninguém tem a coragem de notar a inocência da sua dedicação.

Eu tenho uma certa simpatia por esse estranho sofredor. Há homens infinitamente mais estúpidos que o burro e que entretanto até chegam a ser ricos e a ter camarote no Lírico.[1] Há bichos muito menos dotados de inteligência e que entretanto ganharam fama. A raposa é espertíssima, quando no fundo é uma fúria irrefletida, o boi é filosófico, o cavalo só falta falar, quando de fato regulam com o burro, e a infinita série de inutilidades do lar desde os gatos e fraldiqueiros aos pássaros de gaiola tem a admiração pateta dos homens, quando essa admiração devia pender para o caso simples e doloroso do burro.

---

1 Ver p. 156, nota 2.

O ÚLTIMO BURRO

O burro é bom, é tão bom que a lenda o pôs no estábulo onde se pretende tenha nascido um grande sonhador a que chamam Jesus. O burro é resignado. Ele vem através da história prestando serviços sem descansar e apanhando relhadas como se fosse obrigação. Não é um, são todos. Eu conheço os burros de carroça, com o couro em sangue, suando, a puxar pesos violentos, e conheço os burros de tropa na roça, e os burros de bondes, magros e esfomeados. São fatalmente fiéis e resignados. Não lhes perguntam se comeram, se dormiram, se estão bem. Eles trabalham até rebentar, e até a sua morte é motivo de pouco-caso. Para demonstrar, nos conflitos, que não houve nada, sujeitos em fúria dizem para os curiosos:

— Que olham? Morreu um burro!

O burro é carinhoso e familiar. Ide vê-los nas limitadas horas de descanso. Deitam-se e rebolam na poeira como na grama, e beijam-se, beijam-se castamente, sem outro motivo, chegando até por vezes a brincar.

O burro é triste. O seu zurro é o mais confrangente grão de dor dos seres vivos; o ornejar de um gargolejar de soluços. O burro é inteligente. Examinai os burros das carroças de limpeza pública às horas mortas, nas ruas desertas. Vai o varredor com a pá e a vassoura. É burro de resignação. Vai o burro a puxar a carroça. É o varredor pela inteligência. São bem dois amigos, conhecem-se, conversam, e quando o primeiro diz ao segundo:

— Xô, para!

VIDA VERTIGINOSA

Logo o burro para, solidários na humilde obra, comem os dois coitados.

Esse exemplo é diário. A história cita o burro do sábio Ammonius em Alexandria, que assistindo às aulas preferia ouvir um poema a comer um molho de capim.

O burro é pacífico. Se só houvesse burros jamais teria havido guerras. E para mostrar o cúmulo da paciência desse doce animal, é preciso acentuar que quase todos gostam de ouvir música. Um abade anônimo do século VII, tratando do homem e dos animais num livro em que se provava terem os animais alma, diz que foram os animais a ensinar ao homem tudo quanto ele desenvolveu depois. O burro ensinou o labor contínuo e resignado, o labor dos pobres, dos desgraçados. Todo os bichos podem trabalhar, mas trabalham ufanos e fogosos como os cavalos ou com a glória abacial dos bois. O burro está na poeira, lá embaixo, penando e sofrendo. Por isso, quando se quer dar a medida imensa dos esforços de um coitado, diz-se:

— Trabalha como um burro!

Pobre quadrúpede doloroso! Não tem amores, não tem instintos revoltados, não tem ninguém que o ame! Quando cai exausto, para o levantar batem-lhe; quando não pode puxar é a murros nos queixos que o convencem. De fato, o homem domesticou uma série de animais para ser deles servo. Esses animais são na sua maioria uns refinados parasitas, com a alma ambígua de todo parasita, tenha pelo ou tenha pele ou tenha penas. Os gran-

316

O ÚLTIMO BURRO

demente úteis dão muito trabalho. Só o burro não dá. E ninguém pensa nele!

Aqui, entre nós, desde o Brasil colônia, foi ele o incomparável auxiliador da formação da cidade e depois o seu animador. O burro lembra o Rio de antes do Paraguai, o Rio do Segundo Império, o Rio do começo da República. Historicamente, aproximou os pontos urbanos, conduzindo as primeiras viaturas públicas. Atrelaram-no à gôndola, prenderam-no ao bonde. E ele foi a alma do bonde durante mais de cinquenta anos, multiplicando-se estranhamente em todas as linhas, formando famílias, porque eram conhecidos os burros da Jardim Botânico, os lerdos burros da S. Cristóvão, os magros e esfomeados burros da Carris.

O progresso veio e tirou-os fora da primeira. Mas era um progresso prudente, no tempo em que nós éramos prudentes. Vieram os alemães, vieram os assaltantes americanos, e na nuvem de poeira de tantas ruas abertas e estirpadas, carros elétricos zuniram matando gente aos magotes, matando a influência fundamental do burro. Eu via o último burro que puxara o último bonde na velha disposição da viação urbana. E era para mim muito mais cheio de ideias, de recordações, de imagens do que estar na Câmara a ouvir a retórica balofa dos deputados.

Aproximei-me então do animal amigo.

Certo, o burro é desses destinados ao olvido imediato. Entre a força elétrica e a força das quatro patas não há que escolher. Ninguém sentirá saudades das patas, com o desejo de chegar depressa. O burro do bonde não terá nem missa de sétimo dia após uma longa vida exaustiva de sacrifícios incomparáveis. Que fará ele? Dava-me vontade de perguntar-lhe, no fim daquela viagem, que era a última:

— Que farás tu?

Resta-lhe o recurso dos varais, das carroças. Burro de bonde, além de especializado numa profissão, formava a casta superior dos burros. Sair do bonde para o varal é decadência. Também as carroças são substituídas por automóveis rápidos que suportam muito mais peso. E ninguém fala dos monoplanos. Dentro de alguns anos monoplano e automóvel tornarão lendárias as tropas com a poesia das madrinhas... Como as espécies desaparecem quando lhes falha o meio e não as cuidam os homens, talvez o burro desapareça do mundo nas condições dos grandes sáurios. Em breve não haverá nas cidades um nem para amostra.

As crianças conhecê-lo-ão de estampas. Em três ou quatro séculos ver um burro vivo será mais difícil do que ir a Marte.

Oh! a tremenda, a colossal ingratidão do egoísmo humano! Nós outros só damos importância ao que alardeia o serviço que nos presta e aos parasitas. O burro na civilização é como um desses escravos velhos e roídos, que não cessou um segundo de trabalhar sem queixumes. Vem o aparelho novo. Empurram-no.

— Sai-te, toleirão!

E ninguém mais lembra os serviços passados.

Eu mesmo seria incapaz de pensar num burro tendo um elétrico, apesar de considerar o doce e resignado animal o maior símbolo de uma paciente aglomeração existente em toda parte e a que chamam povo — povo batido de cocheiros, explorado por moços de cavalariça, a conduzir malandros e idiotas, carregado de cargas e de impostos. Naquele momento desejava saber o que pensava o burro. Mas decerto ele talvez não soubesse que era o último burro que pela última vez puxava o último bondinho do Rio, finalizando ali a ação geral do burro na viação e na civilização urbanas. Tudo quanto pensara era de fato literatura mórbida, porque nem os burros por ela se interessariam nem os homens teriam a gratidão de pensar no animal amigo, mandando fazer-lhe um monumento ao menos. O homem nem sabia, pois o caso não fora anunciado. Aquele burro representativo talvez pensasse apenas na baia — que é o ideal na vida para os burros e para todas as outras espécies vivas.

Assim, sentindo por ele a angustiosa, a torturante, a despedaçante sensação da grande utilidade que se faz irrevogavelmente inútil, eu estava como a vê-lo boiar na maré cheia da velocidade, como os detritos que vão ter à praia, como os deputados que deixam de agradar às oligarquias, como os amigos dos governos que caem, como os sujeitos desempregados. Quanta coisa esse burro exprimia!

Então peguei-lhe a queixada, quis guardar-lhe a fisionomia, posto que ele teimasse em não ma deixar ver bem. Mas como, na outra rua, retinisse o anúncio de um elétrico, estuguei o passo, larguei o burro sem saudade — eu também! sem indagar ao menos para onde levariam esse animal encarregado de ato tão concludente das prerrogativas da sua espécie, sem mesmo lembrar que eu vira o último burro do último bondinho na sua última viagem urbana...

E assim é tudo na vida apressada.

O DIA DE UM HOMEM EM 1920

Dentro de três meses as grandes capitais terão um serviço regular de bondes aéreos denominados *aerobus*. O último invento de Marconi[1] é a máquina de estenografar.[2] As ocupações são cada vez maiores, as distâncias menores e o tempo cada vez chega menos. Diante desses sucessivos inventos e da nevrose de pressa hodierna, é fácil imaginar o que será o dia de um homem superior dentro de dez anos, com este vertiginoso progresso que tudo arrasta...

---

1 Guglielmo Marconi (1874-1937) foi um físico e inventor italiano. Em 1896, criou o sistema de telégrafo sem fio e realizou as primeiras transmissões de ondas de rádio.
2 O italiano Antonio Michela-Zucco (1815-1886) criou, em 1860, o primeiro teclado capaz de gerar símbolos usados na estenografia.

O Homem Superior deitou-se às três da manhã. Absolutamente enervado por ter de aturar uma ceia com champanhe e algumas cocotes milionárias, falsas da cabeça aos pés porque é falsa a sua cor, são falsas as olheiras e sobrancelhas, são falsas as pérolas e falsa a tinta do cabelo nessa ocasião, por causa da moda, em todas as belezas profissionais *"beige foncé"*. Acorda às seis, ainda meio escuro por um movimento convulsivo dos colchões e um jato de luz sobre os olhos produzido pelo despertador elétrico último modelo de um truste pavoroso.

— Caramba! Já seis!

Aperta um botão e o criado-mudo abre-se em forma de mesa apresentando uma taça de café minúscula e um cálice também minúsculo do elixir nevrostênico. Dois goles; ingere tudo. Salta da cama, toca noutro botão e vai para diante do espelho aplicar à face a navalha maravilhosa que em trinta segundos lhe raspa a cara. Caminha para o quarto de banho, todo branco, com uma porção de aparelhos de metal. Aí o espera um homem que parece ser o criado.

— Ginástica sueca, ducha escocesa, jornais.

Entrega-se à ginástica olhando o relógio. De um canto, ouve-se uma voz fonográfica de leilão.

— Últimas notícias: hoje, à uma da manhã incêndio quarteirão leste, quarenta prédios, setecentos feridos, virtude mau funcionamento Corpo de Bombeiros. Seguro prédios dez mil contos. Ações Corpo baixaram. Hoje 2h12 um *aerobus* rebentou no ar perto do Leme. Às

O DIA DE UM HOMEM EM 1920

12h45 presidente recebeu telegrama encomenda pronta Alemanha, quinhentas aeronaves de guerra. O cinematógrafo Pão de Açúcar em sessão contínua estabeleceu em suportes de ferro mais cinco salas. Anuncia-se o *crack* da Companhia da Exploração Geral das Zonas Aéreas do Estreito de Magalhães. Em escavações para o Palácio da Companhia do Moto-Contínuo foi encontrado o esqueleto de um animal doméstico nas civilizações primitivas: o burro.

"Instalou-se neste momento por quinhões a Sociedade Anônima das Cozinhas Aéreas no Turquestão. O movimento ontem nos trens subterrâneos foi de três milhões de passageiros. As ações baixam. O movimento de *aerobus* de oito milhões havendo apenas vinte desastres. O *record* da velocidade: chega-nos da República do Congo com três dias de viagem apenas no seu aeroplano de *course* o notável embaixador Zambeze. Foi lançada na Cafraria a moda das *toilettes pyrilampe* feitas de tussor luminoso. Fundaram-se ontem trezentas companhias, quebraram quinhentas, morreram cinco mil pessoas. Com a avançada idade de 38 anos, o marechal Ferrabrás deu ontem o seu primeiro tiro, acertando por engano na cara do seu maior amigo, o venerando coronel Saavedra. Impossível a cura, aplicou-se a elotrocussão…

Dez minutos. O Homem Superior está vestido. O jornal para de falar. O Homem bate o pé e desce por um ascensor ao 17º andar onde estão a trabalhar quarenta secretários.

Há em cada estante uma máquina de contar e uma máquina de escrever o que se fala. O Homem Superior é presidente de cinquenta companhias, diretor de três estabelecimentos de negociações lícitas, intendente-geral da Compra de Propinas, chefe do célebre jornal *Electro Rápido*, com uma edição diária de seis milhões de telefonógrafos a domicílio, fora os quarenta mil fonógrafos informadores das praças e a rede gigantesca que liga às principais capitais do mundo em agências colossais. Não se conversa. O sistema de palavras é por abreviatura.

— Desminta S. C. Aéreas. Ataque governo senil vinte nove anos. Some. Escreva.

Os empregados que não sabem escrever entregam à máquina de contar a operação enquanto falam para a máquina de escrever.

Depois o Homem Superior almoça algumas pílulas concentradas de poderosos alimentos, sobe ao 30º andar num ascensor e lá toma o seu *coupé* aéreo, que tem no vidro da frente, em reprodução cinematográfica, os últimos acontecimentos. São visões instantâneas. Ele tem que fazer passeios de inspeção às suas múltiplas empresas com receio de que o roubem, receio que aliás todos têm uns dos outros. O secretário ficou encarregado de fazer oitenta visitas telefônicas e de sensibilizar em placas fonográficas as respostas importantes. Antes de chegar ao *bureau* da sua Companhia do Chá Paulista, com sede em Guaratinguetá, o aparelho Marconi instalado no forro do *coupé* comunica:

O DIA DE UM HOMEM EM 1920

"Mandei fazer quinze vestidos tussor luminoso. Tua Berta."

"Ordem Paquin[3] dez vestidos pirilampos. Condessa Antônia."

"Asilo dos velhos de trinta anos fundado embaixatriz da Argélia dia completou 12 aniversário, pede proteção."

"Governo espera ordem negócio aeroplanos."

"Casa 29 das Crianças Ricas informa falecimento sua filha Emma."

"Guerra cavalaria aérea rio-grandense cessada fantasma Pinheiro miragem."[4]

O Homem Superior aproveita um minuto de interrupção do trânsito aéreo pelo silvo do velocipaéreo do civil de guarda da Inspetoria de Veículos no Ar e responde sucessivamente:

— Sim, sim, sim. Perfeito. Enterro primeira classe comunique Mulher Superior, Cortejo Carpideiras Elétricas. Oculte notícia cavalaria entrevista fantasma.

E continua a receber telegramas e a responder quer ao ir quer ao voltar da companhia onde se produz um quilo de chá por minuto para abafar a produção da república chinesa, porque todas as senhoras, sem ter nada que fazer (nem mesmo com os maridos), levam a vida a tomar chá — o que, segundo o Conselho Médico, embeleza a

---

3 Ver p. 175, nota 14; p. 217, nota 7.
4 Ironia com a figura de Pinheiro Machado. Mesmo no futuro distópico, o senador gaúcho continuaria a assombrar o país. Ver p. 197, nota 5; p. 201, nota 9.

cútis e adoça os nervos. Esse Conselho decerto o Homem comprou por muitos milhões e foi até aquela data o único conselho de que precisou. A ciência *super omnia*...

Ao chegar de novo ao escritório central das suas empresas, tem mais a notícia da greve dos homens do mar contra os homens do ar. Os empregados das docas revoltam-se contra a insuficiência dos salários: 58$500 por dia de cinco horas, desde que os motoristas aéreos estão ganhando talvez o dobro. O Centro Geral Socialista, de que o Homem Superior é superiormente sócio benemérito, concorda que os vencimentos devem ser igualados numa cifra maior que a dos homens do ar. Qual a sua opinião? É preciso pensar! Sempre a questão social! Se houvesse uma máquina de pensar? Mas ainda não há! Ele tem que resolver, tem que dar a sua opinião, opinião de que dependem exércitos humanos. Ao lado da sua ambição, do seu motor interno deve haver uma bússola, e ele se sente, olhando o ar, donde fugiram os pássaros, igual a um desses animais de aço e carne que se debatem no espaço. Não é gente, é um aparelho.

Então, esquecido das coisas frívolas, inclusive do enterro da filha, telefona para o *atelier* do grande químico a quem sustenta vai para cinco anos na esperança de realizar o sonho de Lavoisier: o homem surgindo da retorta; e volta a trabalhar, parado, mandando os outros, até a tarde.

Depois, sobe a relógio, ducha-se, veste uma casaca. Deve ter um banquete solene, um banquete de alimentos

O DIA DE UM HOMEM EM 1920

breves, inventado pela Sociedade dos Vegetaristas, cuja descoberta principal é a cenoura em confeitos.

O Homem Superior aparece, é amável. A sua casa de jantar é uma das maravilhas da cidade, toda de cristal transparente para que poderosos refletores elétricos possam dar aos convidados, por meio de combinações hábeis, impressões imprevistas; reproduções de quadros célebres, colorações cambiantes, fulgurações de incêndio e prateados tons de luar. No *coup du milieu*, um sorvete amargo que ninguém prova, a casa é um *iceberg* tão exato que as damas tremem de frio; no conhaque final, que ninguém toma por causa do artritismo, o salão inteiro flamba num incêndio de cratera. Para cada prato vegetal há uma certa música ao longe que ninguém ouve por ser muito enervante.

As mulheres tratam negócios de modas desde que não têm mais a preocupação dos filhos. Algumas, as mais velhas, dedicam-se a um gênero muito usado outrora pelos desocupados: a composição de versos. Os homens digladiam-se polidamente, a ver quem embrulha o outro. O Homem Superior, de alguns, nem sabe o nome. Indica-os por uma letra ou por um número. Conhece-os desde o colégio. Insensivelmente, acabado o jantar, aquelas figuras, sem a menor cerimônia, partem em vários aeroplanos.

— Já sabes da morte Emma?

— Comunicaram-me — diz a Mulher Superior. — Tenho de descer à terra?

— Acho prudente. Os convites feitos, hoje, pelo jornal.

— Pobre criança! E o governo!?

— Submete-se.

— Ah! Mandei fazer...

— Uns vestidos pirilampos?

— Já sabes?

— É a moda.

— Sabes sempre tudo...

O Homem Superior sobe no ascensor para tomar o seu *coupé* aéreo. Mas sente uma tremenda pontada nas costas.

Encosta-se ao muro branco e olha-se num espelho. Está calvo, com uma dentadura postiça e corcova. Os olhos sem brilho, os beiços moles, as sobrancelhas grisalhas.

É o fim da vida. Tem trinta anos. Mais alguns meses e estalará. É certo. É fatal. A sua fortuna avalia-se numa porção de milhões. Sob os seus pés fracos um Himalaia de carne e sangue arqueja. Se descansasse?... Mas não pode. É da engrenagem. Dentro do seu peito estrangularam-se todos os sentimentos. A falta de tempo, numa ambição desvairada que o faz querer tudo, a terra, o mar, o ar, o céu, os outros astros para explorar, para apanhá-los, para condensá-los na sua algibeira, impele-o violentamente. O Homem rebenta de querer tudo de uma vez, querer apenas, sem outro fito senão o de querer, para aproveitar o tempo reduzindo o próximo. Faz-se necessário ir à via terrestre que o seu rival milionário arranjou em pontes pênseis, com jacarandás em jarras de cristal e caneleiras artificiais. Nem mesmo vai ver as amantes. Também para quê?...

O DIA DE UM HOMEM EM 1920

De novo toma o *coupé* aéreo e parte, para voltar tarde, decerto, enquanto a Mulher Superior, embaixo, na terra procura materialmente conservar a espécie com um jovem condutor de máquinas de doze anos, que ainda tem cabelos.

Vai, de repente com um medo convulsivo de que o *coupé* abalroe um dos formidáveis *aerobus* atulhados de gente, em disparada pelo azul sem fim, aos roncos.

— Para? — indaga o motorista com a vertigem das alturas.

— Para frente! Para frente! Tenho pressa, mais pressa. Caramba! Não se inventará um meio mais rápido de locomoção?

E cai, arfando, na almofada, os nervos a latejar, as têmporas a bater, na ânsia inconsciente de acabar, de acabar, de acabar, enquanto por todos os lados, em disparada convulsiva, de baixo para cima, de cima para baixo, na terra, por baixo da terra, por cima da terra, furiosamente, milhões de homens disparam na mesma ânsia de fechar o mundo, de não perder o tempo, de ganhar, lucrar, acabar...

Bibliografia de João do Rio

Algumas das primeiras edições das obras de João do Rio não apresentam data de publicação. Quando foi possível determinar o ano dessas edições a partir de pesquisas em periódicos, a data aparece entre colchetes. Nos demais casos, a indicação da provável década vem entre colchetes, seguida de interrogação.

Conferência

Psicologia urbana. Paris/Rio de Janeiro: Garnier, 1911.
Sésamo!. Rio de Janeiro: Francisco Alves, 1917.
Adiante!. Paris: Aillaud; Lisboa: Bertrand, 1919.

Conto

Dentro da noite. Paris/Rio de Janeiro: Garnier, 1910.
A mulher e os espelhos. Lisboa: Portugal-Brasil, [1919].
Rosário da ilusão. Lisboa: Americana; Rio de Janeiro: Francisco Alves, [19??].

Crônica

As religiões no Rio. Paris/Rio de Janeiro: Garnier, 1904.
A alma encantadora das ruas. Paris/Rio de Janeiro: Garnier, 1908.
Cinematographo: crônicas cariocas. Porto: Lello & Irmão, 1909.
Portugal d'agora, notas de viagem, impressões. Lisboa: Porto; Paris/Rio de Janeiro: Garnier, 1911.
Vida vertiginosa. Paris/Rio de Janeiro: Garnier, 1911.
Os dias passam…. Porto: Lello & Irmão, 1912.
Crônicas e frases de Godofredo de Alencar. Lisboa: Bertrand, 1916.
Pall-Mall Rio: o inverno carioca de 1916. Rio de Janeiro: Villas-Boas, 1917.
Nos tempos de Wenceslau. Rio de Janeiro: Villas-Boas, 1917.

Ensaio e crítica

Fados, canções e danças de Portugal. Paris/Rio de Janeiro: Garnier, 1909.
Ramo de loiro: notícias em louvor. Paris: Aillaud; Lisboa: Bertrand, [19??].

Inquérito literário

O *momento literário*. Paris/Rio de Janeiro: Garnier, 1908.

Infantil

Era uma vez... [Em coautoria com Viriato Correia.] Rio de Janeiro: Francisco Alves, 1909.

Reportagem

Na Conferência da Paz: do armistício de Foch à paz da guerra. A nova ação do Brasil. Rio de Janeiro: Villas-Boas, 1919.
Na Conferência da Paz: aspectos de alguns países. Rio de Janeiro: Villas-Boas, 1919.
Na Conferência da Paz: algumas figuras do momento. Rio de Janeiro: Villas-Boas, 1920.

Romance

A *profissão de Jacques Pedreira*. Paris/Rio de Janeiro: Garnier, 1911.
A *correspondência de uma estação de cura*. Rio de Janeiro: Leite Ribeiro & Maurílio, 1918.

Teatro

A *bela madame Vargas*. Rio de Janeiro: Briguiet, 1912.
Eva. Rio de Janeiro: Villas Boas, [191?].

333

Que pena ser só ladrão! / Encontro / Um chá das cinco (três peças). Lisboa: Portugal-Brasil, [19??].

Obras reunidas e antologias

Celebridades, desejo. [Edição póstuma.] Rio de Janeiro: Centro Luso-Brasileiro Paulo Barreto, 1932.

Crônica, Folhetim, Teatro. Seleção e apresentação Graziella Betting. São Paulo: Carambaia, 2015.

Crônicas Efêmeras – Revista da Semana. Pesquisa e apresentação de Níobe Abreu dos Santos. Cotia: Ateliê Editorial, 2001.

João do Rio e o palco – Página Teatral / Momentos críticos. Apresentação e organização de Níobe de Freita. São Paulo: Edusp, 2009.

Memórias de um rato de hotel. [Sob pseudônimo de "Arthur Antunes Maciel"; edição póstuma atribuída a João do Rio.] Rio de Janeiro: Dantes, 2000.

Teatro de João do Rio. Organizadora Orna Messer Levin. São Paulo: Martins Fontes, 2002.

A primeira edição deste livro foi impressa nas oficinas da
DISTRIBUIDORA RECORD DE SERVIÇOS DE IMPRENSA S.A.
Rua Argentina, 171, Rio de Janeiro, RJ
para a
EDITORA JOSÉ OLYMPIO LTDA.
em agosto de 2021.

*

90º aniversário desta Casa de livros, fundada em 29.11.1931